長編サスペンス

闇の警視 照準

「照準」改題

阿木慎太郎

祥伝社文庫

目次

プロローグ

通りに出ると、十一月の寒気が体を包んだ。今年の寒さは酷《ひど》い、と誰もが言うが、それは菊池《きくち》には判らない。逃亡を続ける身に、気候をどうのこうの言う余裕などなかったからだ。今も、寒いとは思わない。パチンコ店の中は強い暖房を効かせてあったから菊池浩次《こうじ》の体は熱気を帯びて、彼にはこの肌を刺す寒さがむしろ心地良かった。

マイルドセブンを咥《くわ》え火を点け、菊池は腕の時計を見た。時計は金張りのロレックス。まだ景気の良かった頃に手に入れた時計で、今、菊池に残っている金目のものはこのロレックスだけだった。時刻は四時半過ぎ、ぶらぶら歩けば新潟駅近くのホテルまで十四、五分はかかるから、約束の五時にはちょうど良いだろう。菊池はサングラスの奥から気になる人影が周囲にいないか確かめると、駅前に向かってゆっくり歩き始めた。

菊池が逃亡生活を始めてからすでに一年十一カ月が過ぎていた。その間に、菊池は潜伏場所を五回変えた。最初は仙台に飛び、一カ月後に札幌、室蘭《むろらん》、さらに盛岡、そして八カ月前から新潟に身を置いている。

新潟のような大きな街に長い期間いることは危険だったが、実は離れられない理由があった。惚れた女が出来たのだった。女は美奈子《みなこ》といい、歳は二十二。ぶらりと入ったスナックにいた娘で、何度か通ううちに関係が出来た。菊池はもう四十五歳になっていたから、まるで自分の子供のような年齢差だが、めずらしく本気になった。

むろん菊池はこれまでに何度も女と所帯を持っている。籍こそ入れなかったが、同じ女と何年も暮らしたこともある。それでも菊池のほうから未練が残るほど女に惚れたことはない。だが、今回は別で、出来ることならこの女と死ぬまで一緒にいたいと、本気で思った。この思いは相手も同じで、菊池の体の刺青《いれずみ》を見てヤクザだと知っても、それで尻込みするようなことはなかった。そして、

「あんたの子供が欲しい」

と女は言い、本当に妊娠した。

「産んでもいい?」

と訊《き》く女に、菊池は止《や》めておけ、と答えた。自分は逃亡中の身で、おそらく良い結末は見ないだろう、パクられるかも知れないし、追っ手に見つかって報復を受けるかもしれない、そうなれば生まれてきた子供は父《てて》なし子だ、と菊池は説《と》いた。

「自首して。お願い。何したか知らないけど、死刑になるようなことをしてきたわけじゃないんでしょう? 生まれてくる子供と一緒に、十年でも二十年でもあんたが出て来るの

を待ってる」

　菊池は愛《いと》おしい思いで女に微笑《ほほえ》んで答えた。

「駄目だな、そいつは。刑務所に入ったら、たぶん出てはこられんだろうからよ」

　逃亡の事情は女に説明できるほど簡単なものではなかった。人を一人殺したことは解っているが、実際のところ、何人殺したかも正確には判らない。おそらく二人か三人は余計に殺しているだろう。

　菊池は仲間四人と一緒にテキヤ組織・大星会《たいせいかい》会長の三島興三《みしまこうぞう》を狙った。菊池の組は大星会の二次団体であったから、いわば内乱である。この内乱が成功して会長の後継者が菊池の組側になれば、菊池たちヒットマンは新しい会で功労者になったかも知れない。だが、予測したようにはならず、菊池たち暗殺部隊の四人は逃亡を続けなければならない身になった。

　会長であった三島の暗殺後、上でどんな動きがあったか、菊池は知らない。分かっていることは、功労者になれなかったことだけである。三島の後は腹心だった八坂秀樹《やさかひでき》がその跡目《あとめ》を継ぎ、菊池をはじめヒットマンたちは逆賊《ぎゃくぞく》として同じ会の連中から追われる身になった。

　会の転覆を謀《はか》り、あろうことか親とする会長を暗殺した裏切り者、これが菊池たちのその後の立場である。八坂を頭とする新生・大星会は全国に散らばって、逃げた菊池たちを血眼《ちまなこ》になって追った。同じヤクザと呼ばれる集団でも、博徒《ばくと》系と違ってテキヤ組織は横のつながりが強い。組織は日本全国に繋《つな》がっている。だから、一年十一カ月経《た》った今、ここまで逃げ切れたのは奇跡に近い、と菊池は感じている。

事件後、菊池と同じように逃げたヒットマンが他に三人いたが、現にそのうち二人はすでに殺されている。見つけられ、殺されたのは「辰巳組《たつみぐみ》」の角田俊夫《つのだとしお》と「宮城会《みやぎかい》」幹部だった武井章介《たけいしょうすけ》である。角田俊夫は静岡の海辺で射殺体で発見され、武井は長野県の山中で、その惨殺体がハイキングに来た人々によって発見された。

角田はあっさり撃ち殺されたようだが、武井は違った。酷いリンチの後でなぶり殺しにされていたと、菊池は逃走費用の金を運んでくる元布施《ふせ》組の仲間から聞かされた。ワイヤーで縛られ、体の骨という骨はすべて叩《たた》き折られて、手指の爪はみんな引き抜かれていたという。

死体がハイキングコースに置かれていたということは、最初から発見されることを考えてのことだ。これは見せしめということだろうと菊池は思う。逃げつづけている菊池たちにだけでなく、ヤクザ稼業に生きる者たちへのメッセージといっていいのかも知れない。親を裏切った罪は、決して消えるものではないと、武井の死体は物語っている。

まだ無事だと思われるのは「勝俣組《かつまたぐみ》」の島田克己《しまだかつみ》だけだが、こいつとも携帯での連絡が取れなくなってすでに何カ月も経つから、もう生きてはいないのかも知れない。

だったら美奈子の言うように、諦《あきら》めて警察に自首すればいいかといえば、そう簡単にはいかないのだ。警察に捕まってしまえば、確かに惨殺されることはないだろう。だが、十数年臭い飯を食えば出てこられるという保証もない。刑務所は安全のように思えて、実はそうではないからだ。会長になった八坂がそうと決めれば、彼らのヒットマンは刑務所の中にまで入ってくるだろう。それくらいのことは八坂ならやれそうだ。

仮に刑務所で無事満期を迎えても、事はそれでは終わらない。出た時に殺《や》られるかも知れないからだ。十年以上も菊池たちを追うだろうか、と普通の人間は思うかも知れないが、やつらから忘れられることはまずないだろう。大星会が解散でもしてくれれば話は別だが、八坂が会長でいるかぎり、菊池たちへの報復が止むことは絶対にない。

だから菊池はこうして逃亡を続けている。それに、追っているのは大星会関係者だけではない。大星会の系列上部の新和平《しんわへい》連合もやはり追う側だ。追っ手はまだいる。それは組織としては最大の警察である。警察もまた菊池たちを殺人罪で追っている。こんな状況の中、菊池は狭い日本の中で身を潜《ひそ》めてきたのだ。

菊池はサングラスの中から周囲に視線を走らせながら、ゆっくりと新潟駅に向かって歩いた。歩道にも怪しい男はおらず、車道に違法駐車している車もない。横断歩道を渡り、どんよりした空を見上げた。今にも雪が降ってきそうな厚い雲。この寒さにもかかわらず、菊池はコートを着ていない。コートを買う余裕もなく逃げ回っていたのだ。

早くコートを買わなければ、と菊池は思った。ジャケットだけでは、わき腹に差した拳銃の膨《ふく》らみが目立つ。拳銃を身につけているのは警察に対しては危険なことだが、菊池が考えている一番の危険は大星会の追っ手だった。この追っ手にむざむざ捕まる気はない。やられればやり返す。なぶり殺しにされてたまるか、と菊池は思っている。何人殺しても逃げられるだけ逃げてみせる。それが菊池の思いだ。

もう一つの思いは、俺たちを選別した上のやつらはどうしているのか、ということだった。追われて死んだ仲間とは違い、指示した連中が制裁を受けたと、まだ菊池は聞いていない。追及を上手《うま》く逃れて、まだ会の中で良い地位に座っているのだろう。

皮肉なことだが、この上がまだ捕まっていないから菊池も逃げていられるのだ。上が八坂一派に疑われてしまったら、菊池の逃走を助けてくれる仲間はいなくなる。彼らが運んでくれる逃走資金がなければ、おそらくもう逃げ続けることは出来ないだろう。太い息を吐き、短くなった煙草を捨てると、菊池は目指すホテルに向かった。

ホテルのロビーは狭いから、その男はすぐにわかった。片桐会《かたぎりかい》の幹部だった山内龍雄《やまうちたつお》についていたチンピラの一人、権藤《ごんどう》という男だ。これまで連絡要員として菊池のところに来たことはないが、顔は知っている。

おかしい、と思った。これまで菊池に金を運んで来るのは元布施組の組員と決まっていた。だが、今日はその組員は見えない。何かあったのか？　ただ、権藤は八坂側ではないはずだ。山内組の山内は、そもそも前会長三島興三の暗殺を指示した男なのだから。その手下の権藤が追っ手ということはあり得ない……。

菊池はすぐにはホテルに入らず、玄関扉の脇からしばらく様子を窺《うかが》った。どこかにやばい気配はないか……？　約束の時間よりも五分ばかり早いが、相手はそれ以上早く着いていたことになる。

スポーツ紙を広げてロビーのソファに座る権藤のほかに、もう一人連れがいるのがわかった。並んでいるわけではない。権藤とは離れてエレベーターの傍《そば》に立っている。権藤もガタイの良い男だが、そいつもでかい。もっとも、そいつはとくに身を隠しているようには見えない。大して緊張した様子もなく、両手をズボンのポケットに入れて突っ立っているだけだ。

もし俺を狙っている刺客なら、もうちょっとは人の目につかないところにいるだろう。こいつは多分権藤のガードだろう……。

他におかしいのがいないか確認すると、菊池は思い切ってホテルに入った。

玄関扉とフロントとは離れていて、菊池が自動扉から入っても、それでフロントが声をかけてくることはない。相手もすぐ菊池に気がついた。スポーツ紙を畳み、ソファから立ち上がる。

「……お元気そうで……山内組の組長代行をしている権藤です」

男がうつむき加減になり、小声で言った。なるほど、三下《さんした》だった権藤は代行まで出世したのか……。大星会の中もこの二年で相当に変わったということか。

菊池たちが決行した三島の暗殺後、大星会は混乱を極《きわ》めたと元布施組の組員から聴いている。会はいくつにも分裂し、中には解散した二次団体もある。関東の他の組織に逃げ込んだ連中もいたそうだし、八坂秀樹に詫《わ》びを入れ、幹部から格下げされても犬のようにへつらっている組もあるという。きっちり役目を果たしてもこうして逃げまわっているのは情けないが、滅茶苦茶になった会を眺めて、ざまあみやがれ、という気持がないでもない。

ほんの僅《わず》かの溜飲。だが……会長殺しを命じておいて、こうしてのうのうと良い目をみている山内組のような連中もいる……。そんな馬鹿なことがあるか、とわめいてどうなるわけでもない。菊池はエレベーターのところから近づいてくるもう一人の男から視線をはずさず言った。

「知ってるよ、あんたのことは。総会の時に何度も見てる。昔は山内さんのガードをしてたよな」

「そうでしたか。失礼しました」

権藤の連れがやって来て横に立ち、頭を下げる。こいつ、腰が低い。権藤がガードらしい男を見て言った。

「うちの若いもんです。竹田《たけだ》といいます」

猪首《いくび》の上にある頭は異様に小さい。まるでゴリラだ。一丁前《いっちょうまえ》にスーツなんぞ着ているが、こんなところにいるよりも四角いロープの中にいるほうが似合う。

「ご苦労さんだな。ここじゃあまずいだろう、場所を変えるか」

他に人影がないか、視線を配りながら言った。

「そうですね、いろいろ話したいこともありますし。どうでしょう、ちょっと早いですが、飯でも食いますか」

「そんな時間があるのか？」

「今夜はこっちで泊まります。時間はいくらでもありますよ」

コーヒーでも飲んで新しい情報を聞くつもりではあったが、ゆっくり飯を食う気はなかった。誰の目から見てもヤクザと分かる権藤などと長い時間一緒にいたくはない。

「いや、俺のほうに時間がない。ブツを貰《もら》えばそれでいい」

ブツとは、金だ。二カ月前に届けてもらった逃走資金はたったの四十万で、その金はもう底をついている。

「それですがね、菊池さんが新潟におられるんなら、もう心配はないんですよ。こうして金を届ける必要もなくなるんで」

「どういう意味だ？」

ホテルに宿泊客らしい男女が入ってくるのを見て、権藤が小声で言った。

「とにかく外に出ますか。車で来てますんで、話はそこで」

金を受け取っていないので、菊池はしぶしぶ権藤の後ろに立つ格好でホテルを出た。権藤が自ら携帯で車を呼んだ。待っていたように派手なベンツがホテルに横付けされた。

たかが金を届けるのに、東京から新潟までわざわざ車で来るのか……。菊池の胸の中で警戒のベルが鳴る。走って逃げるか……。だが、後ろには権藤のガードの竹田というのが立ち塞《ふさ》がるようにくっついている。こんな野郎に尻を見せるのも腹が立つ。

「先に乗らせてもらいます」

権藤が横付けにされたベンツの後部座席に乗り込む。逃げる機会がなくなった。仕方なく菊池も権藤の後に続いた。ゴリラのような竹田が助手席に乗り込むと、権藤から行き先も聴かずにベンツが走り出した。権藤がラークを差し出し、言った。

「今の話の続きですが、菊池さんはここの『一剣会《いちけんかい》』を知ってますか」

「知らんな」

一本ラークを取って答えた。新潟にはもう七カ月身を潜めているが、ここのヤクザは知らない。なるべくそんな連中に身を曝《さら》さないようにしているからだ。

ヤクザの世界での情報伝達の速さは、警察でさえ舌を巻くほどのものだ。菊池たちを追っている組織は会長を失った大星会と、系列上部の新和平連合だが、実はそれだけではない。大星会と新和平連合からの通達を受けた組織がそれに加わる。とくにテキヤの大星会の系列は九州を除いて全国に散らばっているから、たとえ知らないヤクザでも噂《うわさ》はたちどころに伝わる。

仙台、札幌、室蘭、盛岡、新潟と逃げて来たのは、この五つの都市に大星会の系列組織がないからだった。系列がなくてもそれで安全だという保証は無論ない。ただ、いくらかは危険度が低いと思っただけで、ヤクザとの接触が危険なことは、日本全国どこでも違いはない。

「……兄弟も知ってるでしょうが、うちらにはこの新潟に系列の組がなかった。ですが、今は違うんですよ。先月、うちもこっちに縁が出来ましてね。今言った『一剣会』が傘下《さんか》になった……うちの山内と舎弟《しゃてい》盃《さかずき》しましたんでね」

このガキ、俺を兄弟と呼ぶか……。山内の使い走りしていたチンピラ風情《ふぜい》に兄弟と呼ばれて一瞬頭に血が上りかけたが、なんとか堪《こら》えた。今は金だ。金がなくては逃げることも出来ない。

「……ですから、兄弟ももう何も心配することはないんですよ。これからはここの『一剣会』が面倒をみるようになるでしょう。暮らしのことも、『一剣会』の原田《はらだ》が何とかすると思います」

「原田というのが、そこの頭《かしら》なのか？」

「そうです。なかなか腹のでかい男です」

「じゃあ、そいつは、事情を知っているってことなのか」

運転している男が気になって、菊池は声を落として訊いた。

「そういうことです。うちの頭の舎弟ってことですから。八坂会長ととくに繋がっているわけじゃあない」

事情は判ったが、だからと言ってほっと出来る話でもない気がした。

「……山内さんも、きわどいことをするな……あんたのところは、それで大丈夫なのか？」

菊池が知っているのは、山内組は大星会直系片桐会の二次団体だということだ。同じ片桐会でもいろいろある。二年前の事件で反三島派だった片桐会の組は、その後すべて解散させられたと聞いている。その中で山内組はかろうじて生き延びた組のはずだ。他にも生き延びた組はあるが、三島の遺志を継いだ八坂秀樹が大星会の新会長になっている現在、かつての勢力はないはずなのだ。

「その心配はありませんよ。うちの頭は今、片桐会の会長ですから。先月、高井《たかい》会長の跡を継いでうちの山内が会長になっとるんです」

唖然《あぜん》とする話だった。三島を殺す一味の幹部だった山内が、上部の片桐会を継ぐ……一体どうなっているのか……？

「そいつは……知らんかった……山内さんが、片桐会を継いだのか……」

「そういうことです。もうこの時代、高井じゃあ、会はおさめられないですから。だから、もう何も心配することはないんですよ。うちの山内は兄弟が何をしてくれたか忘れちゃあいない。他の連中が忘れても、うちのおやじさんは忘れません。そいつを忘れちまったら、わたしらの稼業は終わりでしょう。

兄弟の面倒は、だから最後まできっちりわたしらがみる。他の連中は知らんですが、山内のおやじさんがしっかりしている間は、もう兄弟に苦労させるようなことはせんです。これは兄弟だけじゃない、島田さんも同じですよ」

「島田さんは……それじゃあまだ生きているのか」

驚いて菊池は訊きなおした。勝俣組組長の島田克己は菊池と一緒に三島を殺した男だ。というより、暗殺実行部隊の指揮を執《と》った男である。

「ええ、元気ですよ。わたしが直接会ったわけじゃないが、熊本で元気にしとるようです」

そうか、島田は熊本に逃げたのか……。なるほど、九州に大星会の系列の組はない。島田とはそれほど親しい関係ではなかったが、それでも嬉しかった。志願したわけでもないのにヒットマンという役を押しつけられて、その後はひたすら逃亡を続けなければならない身になった同志である。悲運の仲間と言うべきか。その島田がまだ無事でいる……！

ベンツが停まった。驚いたことにそこは、さっきまで菊池がパチンコをしていた通りのすぐ近くだった。狭い通りには酒場が集まっている。

「着きましたよ」

運転手とガードが車を降り、後部座席のドアを開ける。

「ここですわ」

と権藤が言った先は一階に不動産屋が入り、二階から七階までずらりとヘルスやクラブの入った、言ってみれば風俗ビルのような古びた建物だった。

「……ここはさっき話した『一剣会』のビルでしてね。ここの店は『一剣会』がやってるんです。原田を呼んでありますから、一度顔を見てやってください」

と権藤は地下にある「波」というクラブの看板を指して言った。

「原田を?」

「ここに飯を運ばせます。他の所だと目立つでしょう。原田の店ですから、おかしな連中に見られることはない。それに、今日は日曜ですから、どの店も閉まってる。ここだけ特別に開けさせた。貸切ですから、心配要《い》りませんよ」

時間も早いが、確かにどの看板も灯《あか》りは点いていない。どこから現われたか、いかにも田舎《いなか》ヤクザという格好の若いのが二人、飛んで来て権藤に頭を下げる。

菊池は、前に権藤と一剣会の組員一人、後ろに例のゴリラともう一人のチンピラに挟まれる形で狭い階段を地下に下りた。下りきった所に「波」というクラブと「エリカ」というカラオケ・バーの扉が二つ。廊下の裏に洗面所のプレート。「波」の扉だけが開いている。そこにも派手なシャツを着た組員が一人……。

「すまんが、先に小便させてくれ」

権藤が「波」に一歩足を入れたところで、菊池は洗面所を指して言った。

「ああ、どうぞ」

権藤が苦笑して先に店に入った。ゴリラと一剣会の組員が二人、階段の下でトイレに向から菊池を見送る。

小さな洗面所に入ると扉を閉め、ひび割れた洗面台に手をついて鏡に映る自分の顔を見つめた。険《けん》のある鋭い目つき……だが、これは普段と変わらない生来のものだ。表情にとくに緊張の色はない。そのことに菊池は満足した。ここまで来てもまだ自分は落ち着いている。権藤には緊張を悟られてはいない。

水道の蛇口《じゃぐち》を開け、もう一度考えた。こいつは罠《わな》か？　証拠はない。だが、臭う。権藤の腐れは、俺の都合も訊かず、すべての準備をしていた……。もし、俺が急ぐからすぐに金を寄越せと言ったらやつはどうしただろう。

「『一剣会』の原田から受け取れるように、そういう手はずになっている」

とでも言うか。要するに何が何でもここに連れて来ようとしたはずだ。やつは俺を嵌《は》めようとしている……。

考えてみれば、これまで嵌められなかったことが不思議だ。山内は、てめぇの地位を確保した。そうなったら、何もかも知っている俺たち暗殺部隊の生き残りがいては困る。もし八坂の手の者に捕らわれ、しばかれたら、誰の指令で動いたか吐くかも知れない。それを考えれば、俺に消えて欲しい、と思わないほうがおかしい。

これまでに二人、角田と武井が殺されたが、武井はリンチを受けても指示した連中の名は吐かなかった。吐かずに死んでいったのだ。もう一人の角田は辰巳組の出。辰巳組は最近片桐会の傘下になった組だから、上の事情までは知らなかったのだろう。

だが、俺と島田は違う。詳しい事情はともかく、どこが立案して三島暗殺の指示を出したか、おおよそのことは判る。少なくとも山内龍雄が具体的な指示をしたことは知っている。

権藤の腐れは、勝俣組の島田は熊本に元気でいる、と口にしたが、それはおそらく熊本で島田の命《タマ》を取った、ということなのだろう。島田がまだ生きている可能性は限りなくゼロに近い……。

菊池は左のわき腹のベルトに差したチャカを抜き取った。拳銃はレンコンと呼ぶリボルバー六連発。いわゆるスナップノーズと呼ばれる銃身の短いチャカだ。口径は38。装弾数は少ないが、代わりに弾丸詰まりがない。もしもの時を考えて、あと六発ほど予備の弾丸をバラでジャケットの内ポケットに入れてある。

菊池は弾倉を開き、弾丸がきっちり六発入っているかを確認した。続いて内ポケットに入っている予備の六発の実包をジャケットの右ポケットに移す。そんな事態になりたくはないが、弾丸切れになった時に弾丸の詰め替えを少しでも速くするためだ。

ここを出たらまずゴリラを撃つ、向かって来れば一剣会の組員も撃つ。店から出て来る奴がいたら、そいつも撃つ。後はとにかく通りに出る。幸いなことに、ここなら土地鑑《かん》がある。通りに出たらどうするか？　出来ればアパートに戻りたい。新潟からは逃げなければならないだろうが、その前に美奈子に会って事情を伝えたい。いや、場合によっては美奈子を連れて逃げなければならないかも知れない……。

息を整えると、蛇口をそのままにして、菊池はチャカを後ろ手に握り、洗面所の扉を開けた。権藤のガードのゴリラが扉のすぐ傍に立っている。中の様子を窺っていたのだろう。一剣会の若い衆が二人、「波」というクラブの前に立っている。ちょうど階段を塞ぐ形だ。店の扉付近には他に誰もいない。権藤たちはクラブのソファに座っているのか。

「……水道の栓《せん》が壊れとるよ、ちょっと見てくれ……」

菊池の何気ない言葉に、ゴリラが思わず頷《うなず》き、入れ替わるように洗面所に入る。ゴリラが蛇口の栓を閉めた時にはもう、菊池は二人の若い衆を押しのけ階段に足を掛けていた。押しのけられた一人が、駆け上がろうとする菊池のジャケットを必死で掴む。菊池はチャカをその若い衆に向けた。

「死にたいか」

若い衆が菊池の手の中にある拳銃に蒼白になる。無理もない。素手のチンピラは菊池から一メートルくらいしか離れていない。どんな不器用な射手でも、引鉄《ひきがね》を引ける指の力さえあれば当たる。手洗いから出たゴリラが叫んだ。

「待て！　こら、菊池！」

おう、このチンピラが俺を、菊池と呼びすてにするか。菊池は階段を三段上がったところで唇を歪《ゆが》めて微笑んだ。

「おう、お前いつからタメ口きけるほど偉くなった？」

やっぱり罠じゃあねぇか。ふざけた真似をしてくれる。怒りが脳天を衝《つ》き上げた。蛇口に触れて濡れた手で、竹田がベルトに差していた拳銃を引き抜いた。突進すれば犀《さい》のような力があるのだろうが、動作は遅い。

二発、ゴリラに向かって撃った。狭い通路に馬鹿でかい銃声と硝煙……。二発とも厚い胸に当たったのが判った。ゴリラが呆気《あっけ》に取られた目で自分の胸を見つめ、ゆっくり腰を落とす。

戸口にまで下がった一剣会の組員が、「波」の店内に向かって叫ぶ。

「野郎が逃げます！」

菊池は容赦《ようしゃ》なくその若い組員に引鉄を引いた。弾丸が同じように胸に撃ちこまれた。倒れ込む若い衆を突き飛ばす勢いで権藤が飛び出してきた。

「……菊池！」

すでに手にしている拳銃を権藤は菊池に向けた。これまで修羅場を潜《くぐ》ってきた菊池は、その拳銃がオートマチックだと判るくらい落ち着いていた。

「てめぇに菊池呼ばわりされるとはな……」

相手より速く二発撃った。権藤の顔面が真っ赤に弾《はじ》けた。権藤が仰《の》け反《ぞ》るように店内に倒れた。弾丸はあと一発。菊池は階段を駆け上がった。階段の中ほどで、もう一人の一剣会の組員がぞっとした顔で菊池を見つめていた。菊池に向けた拳銃ががくがくと震えている。

「止めとけ。そんな格好じゃ、当たりゃあしねえ……チャカ捨てろ。兄さん、死にてえか？」

組員が手にしていた拳銃を投げ出す。拳銃が音をたてて菊池の足元に転がってきた。菊池はその拳銃を拾い上げると、壁にへばりつく格好の組員に言った。

「……追うなよ。ここから出て来たら殺すぞ。分かったな、死に急ぐこたぁねぇ」

階段を二段ずつ駆け上がった。通りにいた何人かの通行人が呆然と菊池を見ていた。おそらく外まで銃声が聞こえたのだろう。手には拳銃を二丁持っている。こいつらが魂消《たまげ》ているのは当然だ。

「心配ない、警察だ」

と通行人に言い、菊池は二丁の拳銃をベルトに差し、早足で通りを進んだ。追っ手が現われる前に路地を曲がった。路地に入ってからは全力で走った。やつらも同じだろうが、菊池もこの辺りの道筋は知っていた。よくパチンコに通う道筋だった。

逃げる時は右に曲がるのが鉄則だと知っている。追っ手は本能的に角を左に曲がるものだ。菊池は角を右に曲がり、走るのを止めてビルの陰に身を隠した。息があがり、もうこれ以上は走れない。有り難いことに追っ手はまだ姿を見せなかった。

ゴリラに権藤、それに一剣会の組員一人を撃った。権藤の野郎には顔面に弾丸を撃ち込んでやったから、たぶん即死だろう。激しい息遣いの中で煙草を取り出して咥えた。さすがに手にしたライターがぶるぶると震えていた。一服吸い込んだ。

まだ追っ手は来ない……。咥え煙草のまま、足早に歩き始めた。これでもうこの街にはいられない。階段の上にいた組員を撃ち殺さなかったことを悔《く》やんだ。やつは俺の顔を覚えている。殺しておいたほうが良かったかも知れない……。だが、無用のことだという気もした。どのみち面は割れている。権藤の連れて来た運転手がもう一人いるし、俺の顔写真くらいすぐ手に入れることは出来る。一剣会はすぐに俺を捜し始めるだろう。

今知りたいのは、やつらが美奈子の存在に気づいているかだ、と菊池は唇を噛《か》んだ。気づいているかも知れないし、そうでないかも知れない。菊池は心を決めると、美奈子が昼間働いているコンビニの方向に向かってまた走り始めた……。

第一章　拉《ら》致《ち》

一

僅かだが呼吸が楽になり、亮介《りようすけ》は身をよじるようにして隣りの健民《ケンミン》を見た。だが、やっと見えたのは床に投げ出された健民の片足だけだった。汚れた健民のスニーカーはピクリとも動かない。

もっと首を動かそうとした途端、全身に激痛が走った。クソッ！　息が苦しい……。呼吸が苦しいのは、多分肋骨《ろっこつ》が折れているからだろうと思った……健民が気になる……。

「……健民……大丈夫か……？」

何とか息を整え、声をかけた。だが、健民からの声はない。死んだのか……。殴られて左目はふさがっているが、右目は見える。痛みを堪《こら》え、何とか首を回した。横たわった健民の体がやっと視野に入った。うつ伏せに横たわる健民が見える。床には血溜まりが出来ている。やつらは容赦なく健民を金属バットで痛めつけていたのだ……。

身を起こそうとした途端、後ろ手にケーブルタイで固定された手首にまた激痛が走った。痛みは手首だけでなく全身におよんでいた。肋骨だけでなく、腿《もも》や他の骨も折れているのだろうと思った。健民と同じように金属バットで長い時間殴られ続けたのだから、体が酷《ひど》いことになっているのは判る。頭にも何発かバットを食らったが……俺は何とかこうして生きている。

「……健民……」

問う声が痛みに呻《うめ》き声になる。くそっ！

どうにか半身を起こした。ヤクザたちに連れ込まれた場所がどこか、正確には分からなかったが、広いガレージだということは判った。車が四、五台はゆうに入る広さで、壁際にはもの凄くでかいタイヤが二つ立てかけてあった。

今、このガレージには誰もいない。逃げるなら今だが、身動きすらままならない。腕はケーブルタイで後ろ手に縛られ、動かせるのは指だけだ。このナイロン製の結束バンドはおそろしく丈夫で、刃物でも使わない限り絶対に切れない。足は縛られていないが、脛《すね》を折られたらしく、歩くどころか動かすことも出来ない。

呼吸を整え、もう一度呼んでみた。

「健民……生きているのか？」

やはり応答はなかった。

（……もっと用心しなければならなかったんだ……クソッ！）

すべては自分のミスだった、と亮介は呻いた。過信して、罠に気づかず車に近づいたのが間違っていた。

ヤクザは三人もいたのに、そのことに気づかなかった。しかも相手は素手ではなかったのだ。これも相手がヤクザなら当たり前のことだ……。それにしても、相手がヤクザだということにどうして気がつかなかったのか……何というドジだ……！

それでも一つだけツキはあったのだと、今、思う。とにかく美希《みき》だけは逃げられたのだから。それも健民がいてくれたからだ。自分一人では美希を逃がす時間を稼ぐことは出来なかった。逃げることも出来たのに、亮介と一緒にヤクザたちに立ち向かったのだ。喧嘩などしたことのない健民が、二人のヤクザに飛びかかっていったのだ……健民……！

亮介たちはそれでも用心して、三日もかけてやつらの動きを調べた。メルツェデスのマイバッハにはヤクザの匂いはしなかった。運転手付きの車に乗っているのはきちんとスーツを着た実業家のような男だったし、運転手も同じようにきちんとネクタイをつけた男だった。

この土地では東京ナンバーの車は珍しかったが、それがまずいとは思わなかった。地元のナンバーでないことで、むしろ亮介は、こいつはいいカモだと思った。

実業家らしい男は福原《ふくはら》市で一番大きな丸菱《まるびし》ホテルに泊まり、日中は港町《みなとまち》のオフィスビルに入った。午後の二時過ぎからは三日間続けて君浦《きみうら》町の市立病院に通っていた。病院で一時間ほど過ごすと、夕刻にはそのままホテルに戻る。

昼はオフィスビルに入るから、東京から福原市に来たのは出張か何かだろうが、病気なのか、真面目な男は病院からそのままホテルに戻る。夜になってもホテルから外に出ることはない。食事もホテルの中のレストランで済ますらしい。普通の旅行者のように、夜の繁華街に繰り出すこともなかった。見た通りの真面目な男たちなのだった。

太田《おおた》のおやじから頼まれた車はベンツかセルシオ・クラスの高級車と言われていたから、とにかくこのマイバッハは見逃すわけにはいかない車だった。マイバッハはそこらのベンツとはわけが違うのだ。一台三千万以上もする最高級車で、この辺りではまずお目にかかれない車だった。この機会を逃したら、もうマイバッハを手に入れることは出来ないだろうと思ってやった仕事だった。

盗むには何通りもやり方があったが、街中で接触し、強奪するのは止めた。車に乗っているのは運転手だけではないから、この手は使えないのだ。だから乗っている男たちがいない隙《すき》を狙うことにした。

狙う場所は三カ所。ホテルの駐車場、港町のオフィスビルの隣りにある有料駐車場、そして市民病院の駐車場だ。ホテルの駐車場とオフィスビルの隣りの駐車場には当然ながら料金所があり、そこには職員がいる。ホテルの料金所からマイバッハの駐車位置は見えないが、オフィスビルの隣りの駐車場ではやつらは料金所の小屋のまん前に車を駐《と》める。それに比べて、市民病院の露天駐車場には料金所などない。そもそも無料なのだ。

狙うとしたら、ホテルの駐車場か市民病院の駐車場しかないと思った。ホテルの駐車場の場合は時間がたっぷり取れる。一晩駐めておくからだ。ただし料金所の通過に上手《うま》い手を考えなくてはならない。

料金所のない市民病院は逃げることの心配はないが、難点が二つあった。一つは人目だ。ここは人や車の出入りが結構多いのだ。もう一つは運転手が車から離れるかどうかだった。だが、三日間観察して、約一時間の駐車の間、運転手がずっと車の中にいるわけではないと判った。運転手は三日とも車を離れ、病院の中に入っていった。寒い中で、一時間もヒーターのためにエンジンをかけっ放しにして車の中で実業家らしい男を待つのは馬鹿らしいと思っているのに違いない。だいいちガソリン代が高くつく。だから三日とも、運転手は暖房の効いた病院に入り、ロビーか喫茶室で待ち時間を過ごしていたのだ。

結論は、やはり病院の駐車場だと思った。人目がないわけではないが、中国人たちがやるようにレッカー車なんかを使うわけじゃない。それに、場所は病院の露天の駐車場だ。他人の車の盗難まで心配する客はいないだろう。

とはいえ、それほど仕事は簡単ではなかった。ベンツやセルシオのような高級車には最新技術を駆使した盗難防止装置が取り付けられているからだ。マイバッハも当然、最新の盗難防止機器を積んでいると覚悟しなければならない。積んでいるのは最新のイモビライザーだろう。だから、ドアの開錠をしても、配線をいじるだけではエンジンはかからないのだ。イモビライザーの中のコンピュータを解読するか、プログラムをいじる技術がなければ、今の高級車は動かせない。

だが、妹の美希なら、それが出来た。工業高校を出た後、コンピュータの専門学校に通っていた美希は、コンピュータのプロなのだ。ただ、それでも作業に五、六分はかかる。この五、六分間の時間を作ることが亮介と健民の役目だった。

亮介たちは朝からマイバッハの尾行を始めた。彼らはそれまでの三日間と同じように午前十時にホテルを出ると、港町のオフィスビルに入った。そこを出てきたのが午後二時過ぎ。二時半前に病院に到着。病院の玄関で実業家風の男を降ろすと、マイバッハはそのまま駐車場に向かう。

これまでと変わらないように見えた。わずかに違ったのは運転手がすぐ車から降りなかったことだ。だが、怪しいとは思わなかった。だから亮介たちのヴィッツも駐車場に入った。

運転手は十分くらいで車を降りた。いつものようにスポーツ紙を手にしていたが、今日は別の手に携帯電話を持っていた。だが、それもおかしいとは思わなかった。運転手はいつも実業家風の男が出てくる前に車を駐車場から病院の玄関先に移動させていたから、多分、診察室から出るときに携帯で運転手に知らせているのだろうと思っていたのだ。

いつものように運転手が病院に入ると、亮介はその後を追った。運転手が病院の中でどうするのか見届けなければならなかったからだ。自動販売機でウーロン茶かなにかを買ってそのまま車に戻られたら仕事にならない。後をつけられているとも知らず、運転手は病院一階ロビーに隣接した喫茶室に向かった。

亮介は携帯で健民に仕事の開始を指示した。健民はヴィッツの中から駐車場に出入りする者の動きを監視し、美希が仕事にかかる。美希はまずマイバッハの状態を調べ、防犯ブザー付きのドアをどうやって開けるかを考える……。

まあ、ドアの開錠に美希が苦労するはずはない。一番大変なのは、イモビライザーの扱いで、こいつを何とかしないと肝心《かんじん》のエンジンがかからない……。

イモビライザーはキーに設定してある電子チップのコードと車の制御装置のコードが一致しないとエンジンがかからない仕組みになっているのだが、美希は制御装置そのものを取り外して別のものと付け替えてしまうのだ。この付け替えのシミュレーションもやったし、仕事は計画した五、六分で終わるはずで、それほど不安を感じてはいなかった。

亮介は運転手の後をつけ、病院の喫茶室に入った。喫茶室はすいていた。運転手はスポーツ紙を手に奥まった席に座っている。テーブルにアイスコーヒーらしい大きなグラス。

亮介も怪しまれないようにコーラの食券を買い、ブースの一つに座った。

何事も起こらないように見えた。男は熱心にスポーツ紙を読んでいる。五分ほど経った。亮介は男が携帯を耳に当てていることに気づいた。それでもまだ危険を感じたわけではなかった。怪しいと思ったのは、男が自分のほうから何も話していないことを知った時だった。男は携帯を耳に当てたまま、じっとしている。何かの情報を聞いているように見えた。

競馬の情報でも聴いているのか……？　どこかがおかしい気がした。それは男の目だった。スポーツ紙を大きく広げてはいるが、視線はその紙面にない。喫茶室の客を一人一人観察している気がした。亮介の本能が危険を知らせた。慌《あわ》てて席を立ち戸口に向かうと、男が初めて亮介に素早い視線を走らせた。男がスポーツ紙をテーブルの上に投げ出し、立ち上がる。亮介は察知して携帯で健民に危険を伝え、ロビーに飛び出した。

男が追ってくるのが分かった。最悪だと思った。とにかく健民の待つヴィッツまで逃げなければと、亮介はロビーを全速で走りぬけた。玄関を飛び出したところで、初めてマイバッハに近づく男たちの姿が見えた。危険を感じたのは当たっていたのだ。

駐車場に向かって走った。ヴィッツから降りた健民が蒼白になって男たちの前に立ち塞がる。美希はまだマイバッハの中にいた。亮介は携帯を耳にしているはずの美希に、構わず逃げろ、と叫んで二人のヤクザに背後から飛びかかった。

乱闘になった。二対二。日頃、肉体の鍛錬などしていないはずのヤクザたちだったが、予想外に強かった。ヤクザの一人は金属バットを持っていて、亮介はそのバットでまず肋骨を叩き折られた。それでも美希を逃がしたい一心で、亮介たちは必死に戦った。ヤクザたちの怒号の中に、やっとマイバッハのエンジンがかかる音が聞こえた。

病院から追って来た運転手が乱闘に加わり、これで二対三。戦いは絶望的になった。亮介は傷つき、アスファルトの上に倒れ、金属バットの乱打を受けながら、それでもまだ抵抗した。何としてでも美希を逃がさなくてはならなかった。亮介は失神する前に、マイバッハが駐車場から走り去るのを見送り、最悪の事態だけは免《まぬが》れたことを知った。美希さえ逃げてくれればそれでいい……。

意識が戻ったのは広いガレージらしい所に連れ込まれた後で、苦しいのはそれからだった。やつらは本物のヤクザだった。病院の駐車場にいた男は二人だったが、ガレージの中で亮介と健民を取り巻いたヤクザは五、六人はいた。拷問《ごうもん》が始まった。ケーブルタイで拘《こう》束《そく》された亮介と健民に執拗《しつよう》な殴打が続き、亮介は何度も気を失った。

「お前ら、ただ車盗む気やったんか？　え？　吐かんかい！　お前らのボスは誰や！　吐かんかいクソったれが！」

とくに関西弁のヤクザがきつかった。顔はいい男なのに、一番凶暴で、手加減というものがなかった。金属バットで腿の骨を折られても、亮介は太田の名は言わなかった。

「誰に言われてわしらの車狙った？　言え！　言うたら命助けたる。さあ、吐け、お前のボスは誰や？　こら、吐かんかい、殺すぞ！」

太田の名を吐けば逆に殺されるだろう、と思った。こいつらは何としても奪われたマイバッハを取り戻したいのだ。吐かなければ助かる可能性はある、と思った。

太田のおやじはヤクザにコネがあるはずだった。美希から事情を聴いたらおやじが何か手を打ってくれるかも知れない……。そう思ったから、亮介も健民も決して太田の名を口にはしなかったのだ。だが……もうこれ以上は耐えることは出来ないかも知れない……それほど凄まじい殴打だった。亮介は有り難いことに何度も気を失った。

ヤクザたちが戻ってきた。数が一人増えていた。近づいてきたのは、きちっとスーツを着たあの実業家風の男だった。やっぱりこいつも同じヤクザだったことが近くで見て分かった。凄い目をしていた……！　何でこの顔に気づかなかったのか……。亮介は慌てて目を閉じた。

「……じゃあ、ただわしの車盗んだだけか……」

一番凶暴なヤクザが答えていた。

「そうや思います」

「こいつら、どこかの組織に入っているんだろうな」

「多分、そうでっしゃろ。ただ、会長の車狙ういうんは、組関係やないと思いますがね」

別のヤクザが口を開いた。

「港通りの連中んところと違いますか」

説明役の男が唸《うな》った。

「そうやな、やつらならこんなガキ使《つこ》うとるかも知れん」

実業家風の男が訊いた。

「港通り?」

「港通りいうんは、車なんかを韓国や中国に売っとる連中ですわ。イランやパキスタンのやつらが多いんですが、やつら中古車を専門に扱っとるんです」

「イランか……」

「イランだけやのうて、他のもいてますが」

「そいつらには、どこか組がついてるのか?」

「あそこは、田中《たなか》んとこや思います。うちの系列ではないです。この土地のもんですわ」

と他の男が答えた。

「土地の組か……」

「とにかく、こいつらの雇い主吐かせんとしょうないな……ほんま、しぶといガキや」

と言い、ヤクザの一人が近づくのが判った。その男が健民の傍《そば》に腰を落として言った。

「頭《かしら》……こいつ、くたばっとりますが」

くたばっているとは、どういう意味か……。やっぱり健民は死んだのか……!

突然わき腹を靴で蹴《け》られた。思わず呻いた。

「こっちはまだ生きとるな」

仕方なく目を開けた。ヤクザたちが見下ろしている。もう駄目だ、俺も健民と同じようにここで殺されるのだろう。そう思うとむらむらと怒りが込み上げた。亮介は開いている右目で男たちを睨《にら》み返した。実業家風の男が表情のない目で見つめ、微笑んだ。

「……いい面構《つらがま》えだな……」

亮介はその男に叫んだ。

「殺せ、馬鹿野郎！」

ヤクザの一人が言った。

「このクソガキ、お前、死にたいのか？」

「どうせそうするんだろう、だったら早くしろよ」

実業家風の男が笑みを見せて言った。

「いい根性だな……どうだ、誰の所に車運んだか、教えてくれんか」

「誰が言うか、馬鹿野郎！　殺せ！」

男の笑みが大きくなった。

「簡単に言うな。死ぬのは辛《つら》いぞ。この男たちは気が荒い。きっと、楽はさせんよ」

何をするのか……。開いている右目から悔し涙がこぼれ、頬を伝った。男が頭と呼ばれた男に命じた。

「指を落とせ。一本一本ゆっくり。三、四本落としてやれば嫌でも歌う」

男が言ったことは正しかった。小指から順に、二本指を切り落とされたところで亮介は太田の名を叫んだ。

二

神木剛《かみきごう》は珍しく落ち着きのない太田桂三《けいぞう》の表情から視線を戸口のブースに座る女に移した。話を聴かせたくないのか、太田は最初から連れの女を別のブースに座らせている。こちらも落ち着きがないのは同じだが、女というよりはまだ少女といっていい年齢に見える。十五、六か。短い髪に、陽《ひ》に焼けてか、色黒の肌。化粧はしていない。髪は黒いし、この歳で化粧もしていないのは、今の日本では珍しいかも知れない。セーターにジーンズ、膝の横に安っぽいコート。可愛い顔は、娘というよりも少年のようだ。

「……それにしても、よく俺があそこに来るのが判ったな……」

神木は娘から太田に視線を戻し、ブラックのコーヒーを一口飲んだ。

太田に会うのは四年ぶりか。用心して染めた髪を伸ばし、サングラスを掛けていても、太田の目はごまかせない。刺さる視線には気づいていたから、かけられた声に驚きはしなかったが、まさかつけてきた相手が太田だとは思わなかった。

「まあね。様子が変わっていたから、最初はね、用心して見ていたんですよ」

「そいつは判っていたが、つけて来たのがあんただとは思わなかった……」

場所は丸の内《まるのうち》の喫茶店。午後二時過ぎ。花の丸の内だが、ＯＬや新丸《しんまる》ビルに集まるような人種が入るような店ではない。今どきこんな喫茶店が都心にあるのが不思議なようなしけた店だ。だから、客はスポーツ紙を広げているような年配の男しかいない。

今、太田桂三は神木のお株をとって、戸口に面した席に座っている。店に入って来る客がそれほど気になる、ということだ。太田がその職業柄用心深いことは解るが、その視線に微《かす》かだが怯《おび》えが走るのは珍しい。中国や韓国、金になれば北とも平気で情報の取引を商売にしてきた太田は、滅多なことでは怯えるような男ではないからだ。

「……携帯がかからないから苦労しましたよ。何かあったかと思ってね、心配した……」

「あの携帯はだいぶ前から使っていない。それにしても、俺の心配をしてくれていたとは、泣かせるな」

「本当ですよ、ずっと気になっていたんだ。いろいろあっただろうからね」

「確かにな。のんびり暮らしていたとは言い難い」

のんびりどころではなかった。太田は知らないが、この数年の間に、命のやりとりを何度かしている。太田が小声になって訊いてきた。

「……今でも、監視がきついですかね」

「それは大丈夫だ、今はそれほどでもない」

二年前まで気をつかっていたのは公安の目だった。だが、現在はそれがヤクザに変わっている。気になるヤクザは新和平連合と大星会。どちらも現在は死に体になったはずの暴力組織だが、死に体にしたのが有川涼子《ありかわりようこ》という元検事補を中心とする非合法の組織。ひょんなことから、神木はこの極道狩りの非合法組織に加わった。新和平連合も大星会も東京を本拠にする組織だったから、東京は神木にとって危険地帯になったのだ。今でも新和平連合と大星会の残存グループが神木を捜しているという想像は、それほど非現実的なことではない。

「なるほどね。まだ同じヤマを追っているんですか？」

「いや。いろいろあったという意味は、あのヤマとは違うということだ」

神木は太田の指にある煙草を見て言った。もう三カ月ほども神木は禁煙を続けている。

「……それじゃあ、あの件は、まだ諦めずに？」

「ああ。決着はまだ着いていないからな」

太田が言ったあのヤマとは、北朝鮮の拉致《らち》事件のことだった。だが、一般の国民が知る拉致事件とは違う。その拉致被害者は公式には認定されていないし、当然ながら公表もされていない。その拉致被害者を追跡してきた神木は、結果的にそれまで勤めていた職を捨てた。その職は警視庁公安……。

「俺に会いに来たのはその件じゃないだろう？」

「だったら良いんですがね、申し訳ないが、違いますよ」

「まあ、いい、つづけてくれ」

太田が言いにくそうに続けた。

「ちょっと助けてもらいたいことが出来ましてね……実は、神木さんがそこの中央郵便局に月に一、二度来ることは覚えていたんです。手紙を出して返事を待っているような余裕がなかったんで、こうしてやって来た」

それじゃあ、何日も郵便局前で俺を張っていたってことか。確かに東京で暮らすようになってもまだ神木は丸の内にある中央郵便局の私書箱を使っている。八王子《はちおうじ》にある「救済の会」に厄介《やっかい》になる二年前まで、神木は住所不定の生活をしていた。つまりはホームレスのような生活を送っていたのだ。

理由は、うるさい公安の目を逃れるためである。その間、携帯は持ってはいたが、どうせそれは使い捨ての怪しげなものだったし、二カ月とは使えない。代わりに確保していたのが中央郵便局の私書箱。ここに月に一度、来られる月は二度、郵便を取りに来ていた。

現在もまだ月極めでこの私書箱を残しているのは、寄宿させてもらっている八王子の「救済の会」に迷惑をかけないためと、現在のアパートもいつ立ち退《の》くか判らないからだった。つまり、迷惑をかけかねない相手からのメッセージだけが中央郵便局の私書箱にやってくる仕組みになっている。以前、この太田と連絡が必要だった時も、神木はこの私書箱を使っていた。太田はそれを覚えていたのだ。

「あんた、どこかに追われているのか……？」

「いや、追われているわけじゃないんですがね、あとをつけられたくもない……」

「ほう。警戒しているのは、北か？」

太田は苦笑して首を横に振った。

「いや。ヤクザですよ」

「ヤクザ？　あんたもヤクザと事を構えるようになったか」

「こっちで望んだことじゃないんで……つまらんことでドジを踏んでね」

意外な返答に、神木はあらためて太田の幅の広い顔を見詰めた。太田桂三は神木の知るかぎり、日本のヤクザなど屁とも思わぬ種類の男だ。ただ北朝鮮の暗殺部隊や韓国のＫＣＩＡあたりに追われれば話は別だ。こいつらは国家規模の組織だから、個人で防戦は出来ない。だが、太田ならば日本のヤクザを手玉にとるくらい、そう難しくはないだろう。それなのに、今の太田には微かだが怯えが見える。

「どこのヤクザなんだ？　お前さんが逃げなきゃならないほどのヤクザがいるのか」

「地元のヤクザくらいならどうということはないですがね、今回はちょっと相手が悪い。相手は『蒼井《あおい》連合会』っていうことが判ったんだが、こんなヤクザ、神木さんが知るわけないわね」

「知らんな」

　太田が口にした蒼井連合会という名は確かに聞いたことがない。元警察官の神木だが、配属は公安だった。だからヤクザには疎《うと》い……そう太田は信じている。だが、これは当たっているわけでもない。疎かったのは二年前までだ。有川涼子とともにヤクザと戦い、九死に一生という体験をした。それが証拠に、二カ所の銃傷で、長い入院生活を送った。肩の骨が砕《くだ》け、今も右肩には骨の代わりに硬質プラスチックが埋め込まれている。

　だから昔と違い、神木もいくらかは暴力団に対する知識を得ている。大きな暴力組織の名はそんなことで頭に入っているが……それでも、「蒼井連合会」という組織は聞いたことがなかった。

「でかい組織なのか？」

「まあ、力はあるらしいですね。上は有名な指定暴力団の『新和平連合』だそうでしてね」

「新和平連合？」

「ええ。こいつは有名で、相当の組織と判りましたよ」

　蒼井連合会は知らないが、新和平連合なら、神木も知っている。そもそもリハビリに苦労する傷を貰ったのは、その新和平連合との死闘が原因だったのだ。だから、ほう、と思った。死に体にしたはずの新和平連合が、まだ動いているのか……。つまらない話だと思っていたが、新和平連合の名が出て来たことで、興味がわいた。

「で、その蒼井と何で揉《も》めたんだ?」

「馬鹿な話でね。俺のところの若いのが、まずいことにヤクザの会長の車を盗んだ……いや、後で判ったんだが、正確に言うと、蒼井連合会が護《まも》っていた上部団体のやつの車をやっちまった」

「ほう。窃盗か」

思わず神木は苦笑した。この太田が、今では車泥棒になったか。そんなことはないだろう。盗難車を商売にしているのだとすれば、それはおそらく副業だ。この男の専門は情報の売買なのだから。

「なんだ、お前も今はそんな商売をしているのか」

「そんな商売とはまいったな。神木さんは知らんだろうが、今、車は結構金になる。需要が多いからね」

「どこに売るんだ? 中国辺りか?」

「うちの場合は中国、北朝鮮、ロシア……オーダー次第だが。神木さん、それが私の今の商売ですよ。あっちのほうは足を洗った。もう私のような素人《しろうと》が動けるような状況じゃないから」

あっちのほうとは、情報の売買のことだ。今の太田の台詞《せりふ》は解る。諸外国に比べて諜《ちょう》報《ほう》天国と言われた日本の防諜も、北朝鮮の拉致事件以来急速に整備が進んだ。それは日本の国民の意識に、やっと国防という意識が芽生えたからである。公安が力をつければ、太田のように個人のネットワークで動くレベルは通用しなくなる。その点、太田は状況をよく把握しているといっていい。盗難車を扱っているくらいなら、情報の売買と違ってそれほど危険はないということだ。

神木は戸口のブースにいる娘の顔をもう一度見た。相変わらず娘の視線は落ち着かない。戸口を見たり、二組しかいない客を見たり。なるほど車を盗みそうな目の動きだ、と思った。

「……あの娘も、お前のところの若い衆の一人か？　学生のように見えるが」

「若く見えますがね、あれで、じき成人式のはずだ。実は、俺の姪《めい》なんですがね……」

と太田は渋い顔で答えた。

太田に家族がいないことは知っている。女に子供を産ませたこともないはずだ。太田はいわゆる在日である。本名は崔桂三《サイケイゾウ》。国家を股《また》にかけた情報屋だったから、危険を考えて自分では家族は作らなかった。ただ、自分には家族はないが、親戚はいる、ということだろう。

「ほう……それで、あの子も、そのトラブルに関係があるのか？」

「そう……。それで、あんたの所に連れてきた」

「なんで俺の所に連れてくるんだ？」

「神木さんしか頼れる所がなかったんですよ」

照れたように、太田が答えた。

「どういうことだ？　まだ話が読めんな」

「今、話したように、うちのガキどもが蒼井連合会の客の車を盗んだことで、やばいことになった。この俺もかなりやばい状況でね。地元のヤクザを入れて交渉に当たったが、上手くいかない。力が違って、簡単に追い払われたらしい。まだ話し合いは続けているが、上手くいくかどうか、先が読めないわけですよ」

「お前がヤクザ相手の交渉に苦労するとは思えんが」

と神木は苦笑した。

「実は、あの美希という子には兄貴がいてね。亮介っていうんだが、この甥《おい》と仲間のもう一人が、まずいことに蒼井の連中に捕まっちまった。要するに、人質ですよ。そんな不利な状況で話を続けているわけなんで」

「車を返すだけじゃあ済まんのだな……色をつけんとならんか……」

「そういうことです。だが、百や二百積んで事は収まらん相手でね」

「倍返しか」

「どうしてどうして。そんな甘い話では乗ってこない」

「なるほどね。向こうの条件は？」

「判らんが、多分、俺の商売でしょう。傘下に入れ、というのが狙いだと思うんだが」

「車の密輸出がそんなに金になるとは知らなかったな」

「それだけなら、まあ商売、みんな渡しても良いですがね……向こうのね、繋がりが欲しいんじゃないかって気もする。まだよく判らんので」

なるほど、蒼井連合会は太田の持つ人脈に目をつけたのかも知れない。確かに二百万や三百万の金よりも、こちらのほうが何倍も価値がありそうだ。

「ところで……敵さんは、あんたの正体を知っているのか?」

「いや、そこまではね、知らんと思う。捕まっちまった甥っ子も、そこまでは知らんからね、ゲロしたって、せいぜいロシアや中国に車送ってるってことぐらいだ。そう、もう一つあるか……」

「送り出すルートか?」

「そう。こっちの税関をどう抑《おさ》えて仕事してるか、そいつも知りたいんだろうね」

まあ、聴いてみれば、大した危険でもないな、と神木は思った。太田なら、そんな苦境を乗り切るくらいわけもなく出来そうな気がする。

「いいじゃないか、傘下に入っても。そのほうがかえって苦労がなくて気が楽なんじゃないか」

「まあね。だが、ヤクザと組みたくはない。あいつらと仕事はしたくないからね」

確かに太田はヤクザ嫌いだ。真面目に商《あきな》いをしていた両親が、ヤクザに苦しめられてきたという過去があると、聴いた気がする。

「……で、今言ったように、神木さんに助けてもらいたくてやって来た……」

上目遣《うわめづか》いになってそう言う太田の顔を、神木は見詰めた。

この太田には借りがないでもない。北の情報収集で神木は彼を使った。公安の時代ではなく、公安を辞めてからだ。拉致されたと思われる許婚《いいなずけ》だった女性の奪回に、太田は大きな助力を与えてくれた。むろん、無償ではない。相当の金は取られた。金は取られたが、それ以上の力を貸してくれたことは事実である。太田の協力でその女性を北に連れ出した男の正体を突き止めることが出来たのだ。この男の助力は、有償であったにしても、やはり借りだろうと思う。

「俺に、何をして欲しい。そのヤクザとの交渉か？」

太田は小さな笑みを見せた。

「いや、そいつは畑違いでしょう。神木さんに頼みたいのは、あの子ですよ」

太田が所在なげな顔をしている娘に視線を移して続けた。

「……あいつをちょっとの間、神木さんの所で預かってもらえんだろうかね」

「あの娘を？」

「長い間じゃないですよ。そうだな、一週間。多分、そのくらいで決着がつくと思う」

苦笑して訊いた。

「それほど危険な状況なのか？」

「そうとも、そうでないとも言えますね。あの美希という娘ですが……実は普通の娘じゃないんで」

「どういうことだ？　変わった性癖でもあるのか？」

「いやいや、そういう意味じゃない。向こうにとっちゃあ、姪っ子のほうにも魅力があるんですよ」

手持ち無沙汰《ぶさた》にメニューを眺めている娘は、ヤクザが涎《よだれ》を流すような女性には見えない。太田はじきに成人だと言ったが、二十歳になろうとはとても思えない、女学生の制服が似合うタイプの娘だ。

「信じられないでしょうが、あいつには特殊技能があるんですわ」

「どんな技能だ？」

「コンピュータ……車のね、イモビライザーの解読はほとんどあの娘がやっていたんですよ。ハッカーもどきのこともやるしね、その種の技能で食っていける……捕まっているあの娘の兄貴より、あいつらにとっちゃあ、あの娘のほうがずっと価値がある。だが、困ったことに、こっちにはあいつを匿《かくま》ってやれる場所がない。そこで、悪いが、神木さんのことを思い出した」

こちらの視線に気づいたのか、件《くだん》の娘が神木に視線を向けた。栗鼠《りす》のような可愛い顔はただの娘で、コンピュータの解読が得意な特殊技能の持ち主にはとても見えない。苦笑して言った。

「……俺が今どんな生活をしているのか、知っているのか？」

「知りませんよ。だが、他に預ける所がない。あの兄妹は親なしでね、交通事故で親が死んで、それで俺が預かる羽目《はめ》になった。今度の話し合いは、先が読めない。ちょっと間違えるとこっちが危ない。相手はかなり手強《てごわ》い。仕方がないからこっちも地元のヤーさん使って交渉に入ったんだが、話したように、これがまるで役立たずでね。ま、仕方がないから自分でやらんとならん。ただやられっ放しにはならんつもりですが、さて、どうなるか……」

テーブルにある太田のマイルドセブンに手を伸ばした。一本取り出して唇に咥えた。ライターで火を点けようとして、かろうじて止めた。

「……お前が考えていることが読める気がする……」

太田の表情に一瞬おかしな色が走ったのを神木は見逃さない。案の定だな、と思った。

「俺が何を考えているって？」

「フケル気だろう。逃げる先は、韓国か」

太田が苦笑した。

「神木さん、それはないよ」

「俺に娘を引き取らせて、てめぇは逃げる。まあ、お前さんが思いついたのは、そんなところなんじゃないかな。たしかに、お前さんには世話になったと思っている。だがな、若い娘を引き取って暮らすような余裕は、俺にはない。金を貸せ、と言われたらなお困るが、この依頼も、ちょっと無理だな」

太い息をついて、太田は神木の手からマイルドセブンを取り返した。

「まいったね。たしかにフケたいところだが、言ったでしょう、敵さんには甥っ子をまだ押さえられてる。だから消えちまうわけにはいかないんだ。私はそれほど情のない人間じゃないですよ」

商売が商売だが、そんな世界で生きてきた男とは思えない情が、たしかにこの男にはあった。それが証拠に、かつて、無援の神木に、この太田は助力をしてくれたのだ……。

「娘を一人預かることなんか、大したことではないだろうと言いたいだろうが、考えてみろ、俺はまともな暮らしをしているわけじゃない。危険度から言えば、今だって、多分、お前よりまずい状況に身を置いている」

「……落ち着いた暮らしをしているように見えたがね……昔のあんたは、もっとぴりぴりしていた……さっき、声をかけた時、そう思ったが……」

確かにそうかも知れない。新和平連合か大星会のヤクザに出くわしたら危険だが、とはいえ北の工作員や公安を相手にするわけではない。

「よわったな。神木さんしかいないんですよ、安心できる人は……」

と思案顔になり、太田は続けた。

「……それなら、これならどうですかね？　俺が殺《や》られたら、その時はあの娘、頼めるかね？」

「お前がヤクザごときにそう簡単に殺されたりするか。その逆なら解るがな」

と神木は冷めたコーヒーを一口飲んだ。

「言ったでしょう、そこらの組と話が違う」

蒼井連合会の上は新和平連合だという……。だが、その新和平連合は会長の新田雄輝《にったゆうき》が逮捕された後は、死に体になっているはずだ。その傘下の大星会も同様。関東のテキヤ組織に君臨していた大星会も、現在は壊滅寸前、組織は分裂し、かつての力はないはずだが……それでもまだかなりの力があるということか？

「蒼井の上部団体は新和平連合だと言ったな？」

「そう、誰でも知っている新和平連合ですよ。蒼井と話をつければいいと思っていたが、なにしろ盗んだのが蒼井連合会の客だった大星会の車だというんで、話がややこしくなりそうなんですわ」

「つまり、新和平連合の系列が蒼井連合会で、その客が、大星会だったということか」

「そうです。大星会も有名だが、その大星会は今は新和平連合の傘下に入っていると判った。私は、あんまりヤクザに詳しくないが、要するに大物の車に手を出してしまったってことですわ」

「なるほどな。大星会の幹部があんたのいる福原市に来ていたわけだな」

「そう。ただの幹部じゃない、大星会の会長だったらしい……だから、護りについていた蒼井もおっとりと交渉は出来んということでしょう」

と太田は苦《にが》い顔で答えた。

「……その会長、何て男か知っているのか？」

「大星会の会長は八坂秀樹という男だそうです。まだ会ったことはないがね。だが、最後は会うんじゃないかな。こっちはマイバッハをその会長とやらに返さんとならんから」

「なるほどな、相手は大星会の会長ということになるのか」

「蒼井ならまだしもね、その格上の大星会ということになるんでしょうな」

八坂秀樹……大星会……。神木はやっとその男の名を思い出した。二年前の大星会会長は三島興三……その下にいた男がたしか八坂秀樹……。三島は下部組織のヒットマンに射殺され、大星会は壊滅に向かったが……今、新しく八坂秀樹をトップにした大星会が動き始めている……。

「いいだろう、あんたに何かあった時は、あの娘さんのことは俺が引き受ける。何かあったというのは、別にあんたが死んだ時という意味じゃないぞ。状況が本当に手に負えなくなった時、という意味だ。その時は連絡しろ、連絡先はこの番号だ」

神木は新しい携帯の番号を太田に教えた。

「解りました。神木さんなら、きっと私を助けてくれると信じていましたよ。で、これが、私の携帯の番号。通話が私だと確認出来るまで話はせんといてくださいよ。この携帯、将来もずっと私が持っていられる保証はないんでね」

と太田はポケットから取り出した携帯を神木に見せて、ニッと笑った。

三

診察室から出ると、八坂秀樹は不安げに距離を置いて立っているガードの相川《あいかわ》に小さく頷《うなず》いた。きちんとスーツにネクタイという服装にさせていても、根っからの大星会育ちの相川は、困ったことに堅気《かたぎ》には見えない。場所が病院だから、八坂はヤクザ臭の抜けない相川をなるべく近づけないようにしている。

だが、相川に距離を置かせることは、かなり危険な指示だった。廊下には医師や看護婦以外にも外来の患者がいる。その中にヒットマンがいれば、距離を空《あ》けている相川には防戦のしようがない。といっても、危険な状況は病院の中だけだ。外にはY県平川《ひらかわ》市から駆けつけた新和平連合傘下の蒼井連合会の組員が八坂の護衛にあたっている。

それほど今の八坂は危険な立場にいた。現在、八坂は、内部抗争でヒットマンに襲われて死亡した三島興三の跡目を継ぎ、新生大星会の七代目会長に納まっている。だが、八坂が会長になってからも会内部では不満分子の抗争事件が続き、大星会は分裂を繰り返した。千五百人の構成員を誇っていた大星会の現在の構成員数はすでに千人を割っている。

五百名余の組員は他の組織に吸収されたり、堅気になったりとさまざまだが、八坂はそれを悔いることはなかった。それは六代目の三島興三が遺《のこ》した言葉を信じていたからである。

「八坂、これからはヤクザは数じゃあない。これは俺が考えたことじゃない、先代星野《ほしの》会長が言っていたことでな。これからのヤクザの強弱は資金力なんだよ。頭数だけ揃えてもどうにもならん時代に来ている。だから俺は関西を見習おうとは思わんのよ。俺が、こいつだ、と思っているのが新和平の新田だ。これからの世の中、生き残れるヤクザは新田の新和平連合だと、俺は信じている」

そして先代の三島興三は構成員数わずか三百という新和平連合の傘下になる道を選んだ……。この決断によって三島は自らの命を落とし、大星会は分裂という運命を辿《たど》ったが、八坂はこの先代の決断を誤りだったと思ったことは一度もない。それで良かったのだと八坂は思っていた。氷河期を迎えた恐竜と同じで、図体《ずうたい》がでかい分、これからの世の中、生き残るのはむしろ難しくなる……。この先代の考えは正しい。

だが……その三島の路線を忠実に歩む八坂を恨《うら》む者は相当数いる。ほとんどがかつて大星会にいた反主流派で、事実、この二年間に八坂は三度命を狙われた。幸い八坂は無事だったが、ボディガードが一人、拳銃で撃たれて死亡している。

これほどまでに恨まれるのには、それなりの理由もまたあった。八坂は、先代三島興三に反旗を翻《ひるがえ》した者たちを徹底して制裁してきたのだった。反主流派で三島を襲った者たちを追い詰め、そして殺した。これは実行犯だけでなく、彼らに加担したと見なされた者も同じだった。今もまだ残党の追跡は続けられている。そのような状態であったから、八坂もまた彼らから狙われ続けてきたのだ。

そんな八坂の状態を案じたのは、面白いことに大星会の人間ではなく、新和平連合の会長新田雄輝だった。新田は現在六年の実刑判決を受け獄中にあったが、

「八坂会長をうちの会で護れ」

と新和平連合の幹部に命じていた。八坂は、人生は解らないものだなと、この成り行きを考えて思った。

先代の三島は、まだ若い新田雄輝・新和平連合会長を、いつか日本のヤクザの頂点に立つ男だと信じていた。だから多くの反対をねじ伏せて大星会は新和平連合の傘下に入った。だが、三島の下で働いていた八坂は新田をそれほどの男と思っていたわけではなかっ

たのだ。新田が新和平連合にあって武闘派だということは知っていたし、和平連合系形《けい》勝会《しょうかい》時代には仙台の矢島《やじま》組に日本刀片手に乗り込んだという逸話も耳にしていた。それでもまだ成り上がりの極道という印象は消えなかった。

そんな八坂が新田を認めたのは、初めて三島と共に新田に会った時である。新田は三島を硬軟取り混ぜた説得で落とし、突っかかる八坂をまた見事にあしらって見せた。これは、ただ度胸だけでのし上がったヤクザではない、と衝撃を受けた。頭も切れれば、顎《あご》も達者だった。しかも尻をまくれば痩《や》せた小さな体が巨人に変わる。貫目《かんめ》が違う、と八坂は悔しいが圧倒された。

三島興三が凶弾に倒れ、混乱の中にあった時、獄中から八坂を助けたのもまた新田だった。新和平連合の後押しがなかったら、八坂が新生・大星会を守ることは出来なかっただろう。今もまた八坂の大星会は新田の指示で新和平連合に助けられている……。

何事もなく、八坂は相川と玄関ホールまで出た。相川が患者と見舞い客で込み合うホールに素早く目を走らせる。玄関口には蒼井連合会の蒼井会長と組員の屈強な姿が見える。会長の蒼井は自ら八坂のガードを買って出ているのだ。おそらく玄関ホールはこの蒼井のチェックで安全確保が出来ているはずだ。

八坂と相川は真っ直ぐ玄関口に進んだ。

八坂は福原市に着いて間もなく血を吐いた。東京を発つ前から胃が痛んでいたが、それはいつものことなので、ただ売薬を飲むだけで済ませてきた。吐血の量は洗面器に半分ほどにもなり、蒼井の手配で八坂はすぐ福原市の市民病院に運ばれた。

医師の検査結果は急性の胃潰瘍《いかいよう》だった。すぐ入院と手術が行なわれた。入院は一週間と告げられたが、八坂は翌朝には医師に無断で退院した。八坂も相川と同様にきちんとしたスーツを身に着けていたが、手術は服を着たままでは出来ない。手術台に横たわれば、誰の目にも背中から胸にかけて彫られた刺青《いれずみ》が嫌でも目に入る。それでも病院は、「暴力団、刺青の方お断り」などという看板など出ていないから、筋者《すじもの》でも立派に治療が受けられた。その代わり、相手がヤクザと知ってか、八坂が勝手に退院しても担当医師は何も言わなかった。

「会長、退院はいけません、無理せんでください！」

と蒼井連合会の蒼井会長が退院を止めたが、八坂は言うことをきかなかった。

「医者にかかりにここまで来たわけではないからね。話し合いに出なかったら、新田会長に言い訳も出来んよ」

八坂が東京から福原市までやって来たのは、福原市一と言われる丸菱ホテル買収を完結させるためだった。丸菱ホテルは全国に展開するホテルチェーンの一つで、「横尾《よこお》リース」をメインにした数社が買収工作に入っていたのだ。「横尾リース」は新田の世話で大星会が作った会社で、中国、近畿、関西地方に店舗を広げる家電製品をリースする企業である。本社は新潟だが、福原市にも支社があり、今回の丸菱ホテル買収は、この支社が担当。もちろん「横尾リース」が大星会のフロント企業だということは、裏社会のごく一部にしか知られていない。

このフロント企業で大星会は丸菱ホテル攻略にかかった。攻略のための資金の大半はノンバンクからのものだが、辿っていけば最終的には新和平連合に行き着く。もちろんその間には外資の姿をしたファイナンスを含め、ちょっとやそっとでは新和平連合には行き着かない。大星会系列のフロント企業が入れた金は僅かに十億。買収金額は六百八十億。六百七十億の金が、一体どこから融資を受けているのかは専門家が調べてもなかなか判りにくい。

「これがあんたの所の初仕事になる。あんたに出てもらう時はこちらから知らせる。富田《とみた》という男を行かせるから、彼と相談するように。あんたはうちの富田の言う通りにしていればいいから。最終段階で登場してもらえば、それでいい」

弁護士を通じてのこの新田の伝言に、八坂は新和平連合がどんなにダメージを受けても簡単に立ち直れるその秘密を知った。富田勲《いさお》は外資系イースト・パシフィックという金融会社の代表で、裏の顔は新和平連合の金庫番という人物だった。この富田と会った八坂は、大星会では体験したことのないシノギの方法を教えられた。

「バブル以降、株、土地、証券は駄目ということになっていますが、もうそれも底でしょう。おそらく今年あたりから株も商売になると、私たちは見ています。土地もおそらく上昇に転じる。これは国策ですから、読み方を間違わなければ、そう外れるもんじゃないんですよ。

それに、日本には、金はいくらでもありますからね。今は投資先が見つからないから、むしろ資金はだぶついているのです。もちろん投資には常にリスクがつきものです。ですが、この案件はそれほどリスキーな仕事ではないと思いますよ。買収と言いましても、最終的には買収しなくてもいいのですよ。ただ、経営権を左右出来るだけの株は一度手に入れなければなりませんがね。

現在、うちに流れ込んだ株は約六十二万株。これをそちらにお渡しする。『大星会』じゃあありませんよ。『横尾リース』に入れる株です。まあ、それほどの株数ではないですが、『横尾リース』の横尾さんを丸菱ホテルにエースとして送り込むことは出来るでしょう」

社長の横尾照一《しょういち》は大星会の企業舎弟だ。そして、エースとは狙った企業に送り込む企業舎弟のことである。企業舎弟はヤクザではない。だから前科もない。それでも大星会の人間には違いないのだ。

今回はこの大星会の秘蔵っ子を八坂は乗っ取り劇に参戦させた。二十人ほどの企業舎弟の中で、八坂が現在一番信用している男である。

そんな八坂の大星会と違って、新和平連合には無数の企業舎弟がいる。おそらく五百人や六百人ほど企業舎弟がいるはずだ。新和平連合は日本全国にフロント企業を千社以上持つと、八坂は後に新和平連合の弁護士から聴かされている。

「……買収に成功しなくても、ある段階で勝負が見えてきます。情勢を見て、そこで続行か撤退かを考えます。たとえばその時に一株二千円が相場なら、それを丸菱ホテルに四千で買い取らせて、我々は撤退する」

倍の値で相手が買い取るか、という疑問に富田は笑った。

「そりゃあ、買うでしょうね。丸菱ホテルの大株主が『大星会』だと世間に判ったらどうにもならないもの。倒産するくらいなら、倍でも喜んで手を打つでしょう。撤退してくれるのが丸菱ホテルにとって一番嬉しいことなのですからね。

難しいのは、いつ、何を仕掛けるかですよ。株の値付け、どこらへんで八坂さんに出てもらうか。最終的に、向こうさんに暴力団が絡《から》んでいることを判らせるわけですから。すべてがタイミングにかかっている。

だから、その情報を取るためにエースとして社長の横尾さんを丸菱ホテルに送り込むわけです。ただ、安全だとは限りませんよ。経営陣に冷静さがあるうちでないとね。窮鼠《きゅうそ》猫を嚙まれても困る。つまり、官憲ですね。こちらに出て来られては困る。法の裁きに持ち込まれないように事を進めなければならない」

それもまた難しいのではないか、と言う八坂に、富田は奇妙な笑みを見せた。

「そこですよ。こちらも同じように、切羽詰《せっぱつ》まればいろんな手が使えるということを相手に解らせれば良いのです。いざとなれば暴力の装置が働くことを教えて差し上げる……八坂さんもご存知でしょう？　過去、不良債権絡みでずいぶんいろんな人物が死んでいる。ターゲット企業の経営者もいれば、ノンバンクのオーナー、はては大銀行関係者もいる。犯人はどうなりましたかね。少なくとも逮捕されたという報道はない。

もう一つ……金の流れ。本当は、これが一番難しい。買収資金がどこから調達されたか。売却益がどこへ入ったか。株券がどう流れたか。この操作は素人では出来ませんし、それは仕手《して》戦でも同じ。ですが、八坂さんのほうがそれを心配する必要はない。会計士、税理士、弁護士、すべて私どもがチームを組んで管理します。

これは新和平連合の会長の要望で、この会長の要望は、うちのオーナーも了承済みです。そうそう、しばらく見ててご覧なさい、大星会もやっていたでしょうが、不動産とゼネコン、これもまた間もなく復活しますよ。これも時期が来たらお教えしましょう。株駄目、土地駄目、今はベンチャー花盛りですが、また情勢は変わります。もちろん、ベンチャーが美味しい畑であることはしばらく変わることはないと思いますが」

整理してみれば、実に簡単なからくりだった。テキヤとして生きてきた大星会は、このようなフロント企業を駆使した商売をしたことがなかった。ベンチャー企業に食い込んだことも無論ない。風俗、売春、ノミ行為、債権取り立てのサルベージ、倒産企業の整理屋などの、いかにも古いヤクザらしい商売でこれまで何とか生きてきたのだ。バブル期にやっと地上げや不動産業に進出したが、百億単位の商売などしたことはなかった。そして、新田が祝儀として用意してくれた商売は、富田という不思議な男の指導によって、今、最終段階に入ろうとしているのだった。

八坂は男たちに囲まれて市民病院を無事に出た。東京の新和平連合の組員がそうであるように、蒼井連合会の組員も皆揃って黒のスーツ姿である。顔つきをみれば堅気でないことはすぐ判るが、遠目にはサラリーマンと区別がつかない。それでも、どこか物々しい男たちの集団を、病院に来た患者や見舞い客が啞然と見詰めている。

先頭に立って歩く蒼井が携帯を手にすると、一分もしないうちに濃紺のクラウンが車寄せに横付けにされた。衣服と同じで、下部組織の蒼井連合会も使う車はベンツなどではなく、日本車のクラウンと決まっている。その中で八坂が乗って来た新田のマイバッハだけが外車だったのだ。そのマイバッハは盗難に遭《あ》い、この数日は蒼井の車を使わせてもらっている。

車の盗難の日以来、蒼井は、

「とにかく一人で出歩くのは止めてください。もしものことがあったら私が困ります」

と言い、それから八坂には四六時中、蒼井連合会のガードがつくことになった。今も八坂の周囲には蒼井連合会の会長である蒼井以下、四人の若い衆がぴったり護衛に付いている。

八坂がこの町に来た理由を、蒼井だけは知っている。蒼井は新和平連合本部から直接、八坂の警護を命じられていたのだ。それでも、八坂はこの土地に一人で来たわけではなく、相川を運転手兼ガードとして連れている。

だが、肝心のそのガードが車を盗まれるというポカをやった。盗人《ぬすっと》の一人を取り逃がしたのは失点だが、相川が用心を怠《おこた》っていたわけではない。相川は前日から不審な気配を感じていて、蒼井連合会のガードを使って八坂のマイバッハを見張らせていたのだ。これは車を盗まれるという用心ではなく、ヒットマンを警戒しての措置《そち》だった。泥棒の二人を捕らえ、狙われたのは八坂ではなく車だと判ってほっとはしたが、盗まれた車はまだ戻っていない。

「ここは泥棒の巣のような所ですねん。イラン、パキスタン、しょうもない外人がようけ集まっとるんです。警察もお手上げやし、ここの組の連中もイランのやつらには、もう諦め半分なのと違いますか。ま、いくらかはかすり取っとるんでしょうが」

と蒼井が言うように、このT県福原市は、八坂が記憶していた町とは様変わりしていた。港通りにはパキスタン人やイラン人たちの中古車店が軒《のき》を連ね、蒼井に言わせれば、そこで扱う中古車は大半が盗難車なのだという。

「いったん横尾氏の事務所にもどりますか。まだ会談の時間まで相当ありますが」

と、隣りに座る蒼井がおそるおそる訊いた。

「いや、横尾との打ち合わせはもう済んでいる。このままホテルに戻ってくれんか。少し休む」

「そうですね、そうされたほうがええと思いますわ」

自分で休みたい、と言うように、確かに八坂の顔色は紙のように白かった。食事はほとんど摂《と》れず、点滴だけで動いている。

「……煙草をもらえるかな……」

慌てて煙草を差し出す蒼井の太い指先に視線を落とし、話題を変えて訊いた。

「ところで、例の車のことだが、今度は向こうの組長というのが出て来るのか」

これは丸菱ホテルとの交渉相手ではない。八坂のマイバッハを盗んだ相手が、交渉に出して来た地元の暴力団の組長のことである。

「ええ、多分、出て来るようです。田中組は八坂会長が絡んでいると知っておそらく相当慌ててると思いますわ」

蒼井聖一《せいいち》はまだ四十前だが、八坂はこの男を認めている。さすが、新和平連合の新田が寄越した男だけのことはあると思った。強面《こわもて》だが、思慮もありそうだ。この蒼井も、使っていたマイバッハ同様、現在の八坂の危険な状況を気遣った獄中の新田が、わざわざ新和平連合の本部に指示を出してつけた護衛である。

「その組は、今、何人抱えている?」

「そうですねぇ、七、八十ですやろか。百はいてへんと思います」

「上はどこかな?」

「系列ではないですが、一応、I県の仙石組《せんごく》が後見ということになっています」

後見とは、何かあった時はうちが出て行きますよ、という関係だ。つまり、田中に手を出せば、仙石組が出て来るわけである。今の日本には独立独歩の組はほとんどない。ほとんどのヤクザは系列化している。そうでなければ生き残っていけない。

「……なるほど、仙石のおやじがついているのか……」

仙石組はそれほど大きな組ではない。だが、古い由緒ある組で、結構業界では知られた顔なのだ。一方の田中組は、八坂が子供の頃から福原市を縄張りにしていた地元の古い博徒である。今の組長の田中は五代目で田中茂《しげる》だという。

隣県の蒼井は知らないだろうが、この福原市について八坂はかなりの知識を持っていた。侵攻を目的に調べたわけではない。実は、この福原市で八坂は少年期を過ごしている。八坂には、物心ついた時から父親はおらず、母親は港町の漁船員相手の飲み屋で酌《しゃく》婦《ふ》をして生計を立てていた。だから、昔の港町はよく知っている。

その頃の良い思い出など一つもない。男の体にまとわりつく、酒臭い母親の姿を思い出すだけだ。この母親も、八坂が少年院に入っている間に、どこかの男と一緒に姿を消した。八坂にとって、捜したいとも思わない母親だった。

そして、今回登場してきた田中組の田中茂は、八坂と小学校から中学まで同窓の男だった。ヤクザの息子を絵に描《か》いたような大柄な子供で、学校への送り迎えに組員がついていた。少年だった八坂は何度もこの田中と張り合ったものだ。単身の八坂に対して、田中はいつも取り巻きの悪ガキを四、五人連れていた……。多分、今日も相当の数を連れてくるのだろう。

それにしても、仙石組が後見ということが面白い、と思った。八坂は後ろについているのはおそらく関西系列の組だろうと、そう見当をつけていたのだ。だが、それが仙石……。さて、その仙石にはまだ後ろがあるのだろう。今はどこがついているのか……ちょっと思い出せない。仙石組とて、独立の組織として生きてはいけない。ただ、仙石のバックは関西ではないはずだ。それでは京都がついているのか……。

「……その交渉だが……もし、ここにいる間だったら、俺も、顔を出させてもらうか」

「とんでもない。わしだけで十分です。わざわざ会長に出てもらうほどのことではないです。任《まか》せてください、きっちり片《かた》をつけます。ですから、会長はホテルでお休みになっていてください」

蒼井は慌ててそう答えた。八坂の過去を詳しく知らない蒼井がそう言うのも無理はない、と八坂は苦笑した。

「盗まれたのは、俺のところの相川がぼけとったからだ。あんたたちだけに任せてはおけないだろう」

「そりゃあ、おかしくはないですが、そんなことしたら、わしらが低く見られます。会長をお迎えしろと、本部のほうから言われとって、このザマです。こりゃあ、わしらの責任ですから。それに、ほんまはわしではのうて、うちも幹部の吉原《よしはら》あたりを出しておこうかと思うてたくらいです。ただ、今度は向こうも組長の田中が出てくるいうことで、それなら、わしが出ておいたほうがええと、そう思ってるわけです」

車を引き渡してもらう程度で済ませはしないと、事件を知った蒼井は八坂に詫びを入れた。窃盗団相手なら、その頭の命を取るくらいの気でいる蒼井に、

「なに、たかが車だ。新田会長の車だから、傷でもついていたら困るが、車が返ればそれでいい。それに、保険にも入っているから実害はないだろうからな。新田さんもそんなことで煩《うるさ》いことは言わんよ。あまり無理をせんでいい」

と八坂は笑って言っている。自分を狙ったわけではなく、ただ車を盗んだだけらしいと判り、大事な旅先での無用のトラブルを避けたい気持も八坂にはあったのだ。下手《へた》な騒ぎを起こせば、行動が警察に漏れる。それではわざわざ新田から車を借り出して来た意味がない。自分の車を囮《おとり》に使い、危険を承知で、相川の護衛だけで福原市に来たのだ。

だが、地元のヤクザが出て来るのだと蒼井から聴かされて、気が変わった。相手がヤクザとなれば、いささか事情も変わってくる。蒼井の立場もあり、ここは好きにさせようと、八坂はその落とし前を蒼井に任せることにしたのだった。そして出てくるヤクザが田中組と知って、さらに八坂の気持は変わっている。当初は、

「ほう、稼業の人間が出て来たか……馬鹿なことをする」

と笑う八坂に、蒼井は言った。

「相手が堅気なら、会長のお言葉通りに無理言わんつもりでいましたが、こうなると、簡単には引けません。少々きついことになります」

「だが、どうしてそこに田中組が出て来たんだ？」

「田中が、その密輸業者とつるんだシノギしとったんでしょう」

「そうか、それで出て来たか」

「すみませんが、ここはわしらに任せてください。きっちりけじめつけさせてもらいますから」

つまりは、相手にとって滅法《めっぽう》きつい条件をつけるという意味である。

むろん、田中組がすぐ解りました、と言うわけもない。それは場所が蒼井連合会の縄張りではなく、福原市だからだ。一応は地元の組として、田中組も突っ張ってみせる気なのだろう。だが、相手は実は蒼井連合会ではないと判る。盗んだ車が全国組織である新和平

連合会長の車だと知ったらどうなるか。しかも乗っていたのは、これまた小さな組ではなく、テキヤの大組織である大星会会長の八坂だ。八坂は蒼《あお》くなる田中の顔を想像し、腹の中で笑った。

だが、今、その想像はいくぶん現実味を帯びつつある。それはこの港町にずらりとならぶ中古車店を見たからだ。こんな小さな港が車の密輸の根拠地になっている……。今の福原港は昔の記憶にある漁港とは違うのだ。おそらく今ではかなりの大型船が入れる港になっているのだろう。そうでなければ車の輸出は出来ないはずだ。

「まあ、いい。その代わり、ホテルに真っ直ぐ行かずに、港を回ってもらえるか。一度じっくり福原市の港を見てみたい」

「港をですか……解りました」

八坂を乗せたベンツは港町へと向きを変えた。

福原港は八坂の想像通り、少年時代の記憶とはまったく異なる堂々たる港湾に様変わりしていた。昔は千トンに満たない漁船しか入れなかった港が、今は万トン級の船が碇《いかり》を下ろしている。陸揚げのクレーンがものものしい。

「ここも田中組が仕切っているわけだな」

「そうです。あそこは、港湾の利権だけで食うとるんやと思います。ただ、景気はようないはずですわ。荷役《にやく》の利権握ってますが、上がりも大したことないはずですし、あそこはイランやロシアどもに食い荒らされとるということです。まあ、みかじめくらいは取っとるんでしょうが、やつらに勝手を許しとるいうことです。おかしな話ですが、警察は私らにはきついが、外人さんには甘い。ですから、田中んとこも、自分のとこが狙われるもんで、毛唐《けとう》どもにきついことが出来んのでしょう。イラン、ロシア、それにパキスタンなんかが加わって、どないもならんのと違いますかね」

「……この福原市だが、田中組の他に、今はどこが入ってるんだ？」

「あとは、そうですねぇ、立浪《たつなみ》組系の金井《かない》組と吉田《よしだ》連合会系列の渡部《わたべ》組くらいですか。ただ、こいつらも大したことはしてませんわ。ロシアから蟹《かに》とか、キャビアなんかをいくらか入れてるくらいで、商いとしては大したことはないと思います。

　そもそもこの福原市いうのは、おかしな所ですねん。商業都市ですが、扱っとるのは海産物ばかりで、大きな産業はないんです。新幹線も通っとりませんから。ですから、歓楽街は港町だけで、その肝心の場所を金払いの悪いイランやロシアの連中が占領しとる。港町で聞こえて来るのはペルシア語かロシア語だけですわ。

　一応は三十万都市と言われてますが、今はもっと減ってると思います。わしらにとっちゃあ旨味《うまみ》のない土地柄ですわ。いわゆる歓楽街というのがほんまにないんです。だから、珍しく関西も進出しとらんのです」

「……なるほどな……港以外は価値がないか」

「その港も、神戸や横浜とは違いますからね。最近こそ、そこそこの船が入りよるようになりましたが、それかて知れたもんでしょう。荷役の利権いうても、さっき言いましたが、それほどでかい商いやない。車持ち出すような仕事は、皆、今言うたイランやパキたちが押さえとるし、田中組も、食うに困って解散寸前でしょう。もし旨味があったら、うちも早くに進出してます。ここに看板出さんのは、出しても採算が取れんからです」

八坂は目を閉じた。歓楽街のない地方都市。確かにヤクザにとって旨味はないのだろう。だが、それは今までのヤクザの観点から見てではないのか。無法外人に占拠されてしまった都市でも、彼らをコントロールさえ出来れば旨味は生まれる……。

「……港町の連中だが、イラン、ロシア、それにパキスタン、それだけなのかね？」

「そうですなぁ、まだまだだいてますよ。あとは韓国、中国も少しいてますか。北の連中も一時入っていたらしいですが、これは公安警察の目が厳しゅうなって、こいつらはいなくなったらしいです。やはりイラン、ロシアとパキスタンでしょうな。どっちもバックに本国のおかしなのがついとるから、田中んとこも手がつけられんようですわ。

やつらとは簡単に話が出来んのやないですか。滅茶苦茶しよるらしいですわ。約束は守らんし、仕事もまるで信用出来ん。田中んとこも、結局は、港の小さな利権守って食うだけでしょう。開発とか、良い情報が入れば、うちも出張《でば》りますが、そんな情報も今のところ聴いとりませんし。それでも、こっそりいくつか会社は入れてますがね」

これは、いわゆるフロント企業のことである。それも、闇金《やみきん》のようなものは目立つので、空調設備などの、表の目には一般企業としか映らないものだけが進出している。

状況は解った。問題は大きくなった港だ。だが、その港も田中組の力が衰えているから、不良外人に食い荒らされている。ロシアやイランのマフィアに日本のヤクザがびびる……古いヤクザの田中組としては、勝手が違ってどう扱っていいのか分からずにここまで来てしまったのだろう。やりようによっては使えるか……とも、思う。

八坂は、新田雄輝が娑婆《しやば》にいてくれたなら、とため息をついた。新田なら、この福原市の港の価値が解るはずだった。

現在、新田は公判を終え、何度目かの懲役に入っている。刑期は六年だった。僅か三百という構成員数でありながら、新和平連合はまちがいなく関東一の暴力組織だと断言できる。二年前には、構成員千五百人を抱える大星会をはじめ、橘《たちばな》組、別当会《べつとうかい》という関東の大組織が新田を頼って新和平連合の系列に入った。

今や日本全土を制圧した感さえある関西さえ、この新和平連合には手を出せない。それは新和平連合がまったく新しいタイプの組織だからだ。頭数こそ三百だが、傘下にした組織の合計となれば、その数は一万に近づくのではないか。

そして、資金力では間違いなく関西をも凌駕《りようが》する。それではただの経済ヤクザかと言えば、そうではない。有り余る資金力を持つ新和平連合の戦闘能力は、これまた底知れない。それは新和平連合になる以前の和平連合時代にも証明されている。戦闘能力では関西にもひけを取らないと言われていた海老原《えびはら》組との大抗争で、和平連合は一歩も退《ひ》かずに戦った歴史がある。

この大抗争で海老原組は壊滅したが、和平連合は新和平連合となって再生した。それは新和平連合の資金のほとんどが日本国内ではなく、官憲の手が伸びない海外にあるからだ。だから、潰《つぶ》したと思っても、再生する。殺しても殺してもゾンビのように生き返る。すさまじい生命力を持った組織と言わねばならない。

ただ、現在その新和平連合には頭がいない……。肝心の新田雄輝が獄中にあり、留守を護る者には頼るほどの能力はない。今の代行は品田才一《しなださいいち》だが、この品田には知恵もなければ力もない。無能だ、と八坂は思う。

「……あんたは、この土地は駄目だと踏んでいるわけだな……」

「今のところは。イランどもをコントロール出来れば話は別ですが」

確かにこれまで通りの商売をしていたら蒼井の言う通りだろう。だが、ロシアとの商売に使えば、ここも新しい価値が生まれるのではないか。これまでのように蟹やキャビアをこっそり持ち込む話とは違う、でかい商売をすればいい。小型船しか入らなかった港は、その分、税関も甘いはずだ。そうでなければおかしな外人どもが福原市に集まるわけがない。

さて、そうなると、問題は田中組だ。こいつを食えるか……。田中組のバックは仙石……。仙石組にどこがついているかでいろんな答えが出る。関西か京都がついていたら、大星会といえども手は出せない。新和平連合も関西と対峙《たいじ》するのは嫌うだろう。だが、仙石にバックがなかったらどうだ……？　あそこは近畿が地盤のヤクザだ。後ろにどこがついているのか、これも確かめなくては答えは出せない。近年は、表面に出ない関係というものもあるからである。

侵攻の動機はどうか。田中組が新和平連合の車に手を出した者のケツを持ったとなれば、一応、利は大星会にある。手段は？　今までの大星会なら、昔通りの乱暴な手を使っただろう。鉄砲玉を送り込み、一気に攻める。だが、新和平連合ならもっと上手い手を使うかも知れない。

「……ところで……新田会長は、新潟だったな」

新潟とは、再犯の者が入る新潟刑務所のことである。

「……そうです」

と訝《いぶか》しげに蒼井が答えた。

新田に港を一つ贈りたい。それほどの世話になった、と八坂は思う。

もし、隣りに新田がいて、八坂が腹の内に湧いた思いを伝えたら、何と答えるだろう。面白い、やれ、と言ってくれるだろうか。八坂は何としても新田に会いたくなった。彼なら、福原港に価値があるかないか、すぐ答えを出すだろうと八坂は思った。

四

車を降りると、まず異臭が鼻をついた。臭いはゴムかプラスチックが焼けた後に残すような、不快なものだ。

「さあ、歩けよ」

背中を突かれ、太田はゆっくり歩き始めた。目隠しをされていて、靴の先で足元を確かめながらだから、速くは歩けない。

「もたもたするな」

とまた背中を突かれた。

「無理を言うな、目が見えんのだから、お前たちのようには歩けん」

太田桂三は落ち着いた声で、そう相手に言った。

それにしても、この異臭は何だ？　やっと判った。ゴミの臭いだ。微かだが、腐敗臭も混じっている。車が停まるまで、短い間に二度停車した……その度に助手席の組員が降りていった……その二度の停車は、おそらくゲートを開けるためだったのだろう……二つのゲートを通って、敷地に入ったわけだ。生ゴミの臭いと二つのゲートを考えれば、想像出来るのは、塵芥《じんかい》処理場だ。それでは産業廃棄物の会社にでも連れ込まれたか……。

　東京から福原市に戻り、太田は田中組の幹部である根来《ねごろ》に連絡を取った。根来の返答は、予想通りのものだった。蒼井連合会との交渉はうちに任せておけ、と胸を叩いた根来が、案の定、弱音を吐いたのだった。

「昔の蒼井と違って、今の蒼井には後ろに新和平連合がついてるんでな。わしの掛け合いで何とかなると思っていたが、組で話さんと埒《らち》があかん。もう二、三日待っとってくれんか。うちがケツ持つと言うとるんだから、心配せんでいい。今度は頭が出張るから、大丈夫だ」

　と根来が言ったが、組長の田中が出ても、解決にはならないだろうと太田は判断した。田中組は福原市でこそ最大の組だが、相手が全国組織の大星会や新和平連合では、北朝鮮がアメリカに喧嘩を売るようなものだ。威勢が良くても、まず喧嘩になるまい。

だが、そうなればなったで、太田に他の手がないわけではなかった。最終的には韓国系の組織を動かす手もあったし、太田自身で対抗する手段もなくはなかった。こんなこともあろうかと、太田は独自に蒼井連合会の動きを調べていたのだ。

　太田がまず最初に引っかかったのは、なぜ福原市に大星会という関東の組織のトップが大した護衛も連れずに現われたのか、ということだった。福原市には大星会系列のテキヤ組織はないのだ。隣県の蒼井連合会が出て来たことも不思議だったが、これは根来からの情報で理由が判った。二年ほど前から大星会は新和平連合の傘下に入っているのだという。その大星会の会長が、出先機関のない福原市にお忍びで現われる……何かある、と太田は甥がマイバッハを盗んだ経過を思い起こしたのだった。

今、太田はそれらしきものを摑んだと思っている。確証はまだないものの、感触はあった。大星会会長がせっせと通っていたオフィスビル……その会長が密《ひそ》かに訪れていたのは、「横尾リース」という家電のリース会社だった。

ここは中国、近畿、関西と、家電製品のリース店を展開している中堅企業である。社長はまだ若い横尾照一という男。やり手の経営者だということは、「横尾リース」がわずか数年で急成長したことで分かるが、この横尾が丸菱ホテルの役員に入ったという情報を闇社会の知り合いから摑んだ。

丸菱ホテルは、しかも大星会会長が宿泊しているホテルでもある……。ただ、丸菱ホテルは、怪しげなホテルチェーンではない。これは全国展開をするビジネスホテルチェーンで、資本は全額、財閥系から出ている。ヤクザなどとはまったく無縁の資本である。

横尾と大星会の八坂……。何かが匂った。この情報、ひょっとすると武器になるか。そこまで握って、太田は蒼井連合会に思い切って自分から接触したのだった。

そして、最初の会見。会見場所は丸菱ホテルのロビーと太田から指定したが、これはあっさり向こうから蹴られた。場所が丸菱ホテルからファミレスに変わった。太田はマイバッハには乗らず、東京行きに使った中古のトヨタ車で単身、現場に向かった。これが今夜までの経緯。現われたのは蒼井連合会の組員二名で、会長が別の場所で待っている、という。話が違うだろう、と帰ろうとすると脇を取られた。

「お願いしますよ、太田さん。私らに面倒かけんでくださいよ」

スーツ姿で言葉遣いもおとなしいが、やり口は紛《まぎ》れもないヤクザだった。ファミレスの駐車場で蒼井連合会の車に乗せられると、目隠しをされた。文句を言ってみたが、無視された。まあ、相手はヤクザだから、そのくらいの扱いは最初から覚悟はしていた。

そこからの走行時間は約四十分と踏んだ。国道を走ればほぼ県境までの距離だ。いや、何度となくターンを繰り返していたから、同じ道を何度も走った可能性もなくはない……。それでも、そんなに近距離ではない。かなりの距離を走っていると思った。

扉を開ける音がした。また背を押された。室内に入ったらしいことは暖房で暖められた空気でわかる。緊迫した状況にあっても、太田は案外落ち着いていた。相手が目隠しをしたということは、命まで取られない、ということだろう。生きては帰さない気なら、目隠しなど最初からする必要がないからだ。まあ、ヤクザにどの程度論理的な脳みそがあるか、それは相手に会ってみなければ判らないことだが、と太田は一人苦笑した。

手が伸びてきて、太田の耳に触れる……。目隠しが外された。太田は眩《まぶ》しさに一瞬目を閉じた。灯りがなじむように、ゆっくり目をあける。状況が考えていたこととほぼ同じだったことを知った。ここは産廃企業の現場事務室だろう。それにしても、ごたごたした事務室だ。机がいくつか並んでいるが、並べ方は乱雑だ。壁には予定表やカレンダー。とても整頓されているとは言いがたい。ひょっとすると、もう使っていない部屋なのか。そんな感じもする乱雑さだ。

「お前が太田だな?」

机の前に座っている男が言った。鋭い目つき、整えられた長髪。四十前後の、きりっとしたなかなか男前のヤクザが見上げていた。黒のスーツに白いワイシャツに地味なネクタイ。ちょっと見にはヤクザには見えない。両側に立つヤクザも同じだ。これがこの組のスタイルなのか。太田が交渉を任せた地元福原市の田中組の連中とはずいぶん違って、洒落《しやれ》ている。最近のヤクザもだいぶ変わってきたのだな、と思った。

「太田だが、あんたが蒼井さんか」

と太田は、何か書類を見ている相手に訊いてみた。

「……ああ、わしが蒼井だ。ま、そこに座れ」

太田は言われるまま、向かいにあった事務椅子に腰を下ろした。

「田中組の幹部の根来さんから伝えてもらったが、今回は、申し訳ないことをした。まず、謝罪したい」

そう言って、太田は頭を下げた。相手は煙草を吸っているだけで何も言わない。

「……車はいつでもお返しするし、傷はどこにもつけていない。当然だが、車は安全な場所に保管してある。根来さんから伝えてもらったように、車の持ち主の会長さんには、車の他に、それなりの謝罪金を払う。それで何とか穏便《おんびん》に済ませてもらいたい……」

やっと男が言った。

「なんぼ、出すつもりや」

こいつは関西出身か……。この辺りで関西弁を使うヤクザは珍しい。

「二千万出す」

返事はない。

「二千万で収めてもらえませんかね。少ない金額ではないと思うが」

答えずに、質問が返ってきた。

「……あんた、車、どこへ売っとる？　ドバイ辺りか？」

ほう、こいつ、盗難車の密売に色気があったか……太田は解決の糸口を見つけた気がした。

「いや。ドバイに運んでいるのはイランやパキの連中だ。うちはヨーロッパの商売はしていない」

「それじゃあ、ロシアか」

「ロシア、中国、韓国……そういったところだが」

「ロシアとは、どんな商売しとる。車だけではないだろう」

「車だけだ。ほかの仕事はしていない」

「ロシアとは、どんな連中とつるんでる……？」

太田は苦笑した。

「困ったな、どんな連中と言われてもね。蒼井さんのところも、ロシアと何かやっているんですかね」

相手はただ黙って太田を見詰めている。やっと口を開いた。

「あんた、在日だったな？」

「それが、何か」

「韓国とは、当然永い付き合いだな」

「まあね」

「シャブもやっていたんか」

「いや。そういったものは扱わない。私は暴力団じゃないからね」

「車盗んで、韓国辺りに売り飛ばしている男が、ふざけたことを言う」

と色男の顔が苦い笑みで歪んだ。

「そう、私は泥棒だが、ヤクザじゃない」

また黙りこんだ。

「……北とも商売しとると、田中んところの者が言っていたがな」

田中組の根来が、あることないこと喋ってきたのだろう。

「北朝鮮のことだな？」

「ああ、そうや」

「以前に車を何台か売ったことはあるがね」

「車だけやないやろ」

「根来から何を聴いているか知らんが、北に売ったのは車だけだ。他の取引は、したことがないな」

「ほう。田中のところの者の言うたこととだいぶ違うな」

「それは根来さんが私のことをよく知らんからでしょう。金になれば何でもやるわけじゃない。一応、私なりのけじめはある。在日でも、日本人だからね、日本に不利になるようなものは売らないし、買わんのよ。だから覚醒剤も偽ドルの商売もせん。そこが、ヤクザ屋さんと違う」

蒼井が笑った。煙草を差し出してきた。太田は一本取った。煙草はハイライト。姿からは違う銘柄だ。この男ならラークあたりが似合う。

「車は、福原港から積み出しとるんか？」

苦笑いで聞き返した。

「あんた、警察の代わりしとるんかね。まいったね。まあ、大方のものはそうだね。福原港から積み出すものが多い」

「違うこともあるんか？」

「ああ、違う港の時もある。ただ、書類は福原港で作る。あそこのほうが審査が甘いからね。ところで、あんた、いやに港に拘《こだわ》るが……うちは車の解体がメインだからな。中古の部品がメインと言ったら解り易いか……いいかね、部品にして輸出したほうが、問題がないということだよ。新車でも、部品にしてしまえばいい。イランのやつらとはやり方が違うんだ、うちはな。だから、税関のチェックも、さほど神経を遣わんでもいいんだ……ところで、話がだいぶわき道へそれている気がするが」

「そうや、車、返すいうことやったな」

「さっき言ったが、二千万、これで何とか収めてもらいたい」

「あかんな」

と蒼井が笑った。

「どうしてだ。二千万は、小さな額じゃない」

「お前も車の業者やろ。だったら、あの車がなんぼするもんか、解っとろうが」

「ああ、解っている。だが、車は返すんだ。傷一つつかん状態で。それに、二千万つけると言っている。それほど失礼な話ではないはずだがね」

「どこの誰か判らん者の汚い手ェつけた車をか。考えてみいや、走行距離、変わっとるだろうが。同じ状態で返ってくる話と違うわ」

なるほど、理屈だな、と太田は苦笑した。

「それなら、車は返さなくてもいい。うちで貰って、その代わり三千出そう。そちらは保険金で新しいマイバッハを手に入れられる。保険が全額出なくても、三千万つけるんだから、損はないだろう。これなら、大星会の会長さんも嫌な思いされんで済むと思うが。中古が新車になる」

蒼井の目が光った。

「堅気の人には解らんかね。わしらは商人やない。あんた、ええ歳して、まだ解らんか？　そんなことで、わしが『新和平連合』にどんな顔が出来るんや？　わしの顔、あんた考えてみたことあるか？　わしの顔は三千万言われとるのと同じじゃないかい」

蒼井が顎を振った。後ろの若い衆が携帯で誰かを呼んだ。

「いや、そのことに関して……」

事務所の奥から現われた数人の男に、太田の言葉は封じられた。甥の亮介が両腕を男たちに抱えられるようにして立っていた。太田は立ち上がって叫んだ。

「……亮介……！」

顔が変わっていた。顔全体が風船のように膨らんでいる。真っ赤な西瓜《すいか》に見えた。

「亮介……大丈夫か！」

蒼井がため息をつき、言った。

「落ち着け。まだ生きとる」

太田は思わず亮介に駆け寄った。後ろから腕が伸び、襟《えり》を取られた。

「騒ぐなよ、おっさん」

若い衆に言われて、太田は足掻《あが》くのを止めた。

「……もう一人はどうした？　もう一人いるはずだ」

太田の問いに、蒼井が笑って答えた。

「病死した。体が弱かったんやな。それを知らんで、可哀想なことをした」

太田は冷静さを取り戻すために深く息を吸った。

「解った……いったい、いくらなら納得してもらえる……」

「一本、と言うてやりたいが、そうもいかん。二本かのう」

二本とは、二億だ。

「ふざけたことを……！」

「真面目な話や」

「悪いが、そんな金は払えんな。わしにそんな金はない」

「店売れば出来るやろ」

「土地は私のものじゃない。借地だ。それに、あんたらのために店を売る気はない」

「……まあ、好きにせい……」

と蒼井は手元の書類に目を落とした。

亮介を引きずって行こうとする組員を見て、太田はブラフを張った。

「……大星会の会長さんとやらに、それなら伝えてもらおう。『横尾リース』の件が世間に知れる……」

蒼井が書類から顔を上げた。

「あんたらが堅気相手にここまであこぎな真似をするなら、こちらもそうする。改めて伝えてくれ。三千は出す。それ以外にはびた一文出さん。それで嫌なら、仕方がない。こちらもやれることをやる。高くつくことになるがね、それは交渉に立ったあんたの責任だ」

蒼井が囁《ささや》くような口調で言った。

「今、何と言うた？　『横尾リース』とか言うたな？」

「ああ言った。『大星会』の会長がこっそり会いに来た相手だ。社長の横尾は、丸菱ホテルの役員だそうだね……横尾というのは、なにか、ひょっとしたら大星会のフロントかね？　もしそうなら、えらい話だ。三千万どころのネタではない」

睨みあった。蒼井が言った。

「喋り過ぎだな」

蒼井が頷く。太田が振り返るよりも早く、打撃が右耳を襲ってきた。太田はたまらず倒れた。丸太を叩きつけられたような衝撃だった。その衝撃に太田は一瞬意識を失った。意識が戻り、激痛にやっと目を開けると、男が立っているのが見えた。スーツの男が、姿に似合わぬものを持っている。金属バットだ。

「……止めろ、話せば……話し合えば……！」

叫ぶのと同時に、若い男は金属バットを振りかぶる。バットが振り下ろされるのを見ながら、太田は自分が危険ラインを踏み越えてしまったことを知った……。

五

田中茂の身長は百八十五センチ、体重は百キロを超える。好きなものは酒に女に博打《ばくち》なら極道として不思議ではないが、田中は酒がまったく飲めず、好物は羊羹《ようかん》。また、祖父の代から博徒という環境にありながら、博打にも才がなかった。女だけは人並みに好んだが、四十半ばで、これも現在はむしろ鬱陶《うっとう》しいものに変わっている。空腹時血糖値が二百九十、田中はインシュリンを必要とする糖尿病患者なのだった。

その日、田中は福原市を離れた隣県五井《ごい》市のゴルフ場にいた。医者に勧められて始めたゴルフだったが、運動が嫌いな田中にこのスポーツだけはよくマッチした。その巨体から、人は彼に豪快なゴルフを期待するが、田中は外見とまったく違ったゴルフをする。ドライバーの飛距離はせいぜい二百二十程度。それも、曲がるのが怖い、とティーショットでスプーンを使うことが多かった。その代わり、アプローチとパットは巧《たく》みで、ハンディーは十、スコアが八十五以上になることはまずなかった。

その日の連れは福原市の水産会社社長の鎌谷《かまたに》泰《やすし》、市会議員の谷宗佑《たにむねすけ》、歯科医の森川《もりかわ》功《いさお》の三人。福原市から一時間半と遠いゴルフ場を選んだのは、接待の目的である市会議員の谷に気を遣ったからだった。福原市あたりではヤクザとの付き合いに目くじらを立てる者などいないが、それでも議員の立場の谷に、一応の気遣いを田中はしたのだ。そして十六番まで、田中は三人に圧勝していた。アプローチもパットも気持よく決まり、握りでは、三人からだと二十万を超える金額を取れる、と田中は考えていた。

そういえば、このところ自分の運は上向いているな、と田中は思った。まず長女の縁談が決まった。相手は堅気である。東京に本社のある有名企業のサラリーマンで、長女が東京の大学時代に知り合った。相手の親もサラリーマンだったが、嫁の親が田舎ヤクザでも文句もいわず、結納《ゆいのう》も無事に済んだ。式は半年先になるという。次女もこの春、神戸の有名大学に入った。三女はまだ高校に入ったばかりだが、学年で二番か三番の成績であると女房の典江《のりえ》から教えられた。

不思議なことだと田中は思う。小学校から高校まで、喧嘩ばかりしていたから、田中の学業成績は常に最下位を争うほど酷《ひど》いものだったのだ。それでは女房に似たのか、といえば、典江にそんな優秀な脳みそがあるとは思えない。所詮《しょせん》、ヤクザのところに嫁に来るような女で、漁労長の親父も頭の程度は知れたものだ。それなのに、田舎の学校とはいえ、子供三人は揃って出来が良い。男の子がいないことが難点だったが、今ではこれもまた天の導きか、と思うようになった。

田中組はヤクザ社会ではめずらしく歴代世襲で組を継いできた。最近でこそ増えたが、昔はヤクザの稼業で世襲はやらなかった。考えてみれば解る道理で、親分の子が跡目を継ぐことが決まっていたら、子分は命を賭けて組を守ることなどしなくなるだろう。いずれトップに立つという夢があるから命も張れる。ヤクザ社会の親分子分は実の親子より強い絆《きずな》で守られているというのは、世襲制度でないからだ。

だが、田中組はこのヤクザの制度に反する世襲で跡目を継いできた。これにも先代の理屈があった。組がおかしくなるのは、だいたい跡目相続の時が一番多い。田中の祖父も父親も、それを知っていたから、田中組は代々組長は世襲と決めてきたのだ。だから、代が代わっても、組に混乱が起こることはなかった。しかし、ここにきてその世襲の決まりが当代で終わりそうになっている。田中に男児がないからだ。便宜的に考えれば、娘か婿に跡目を継がせる方策もないではないが、娘はむろん、ヤクザになりたい婿が現われるとはとても思えないし、ヤクザと結婚したいと娘が言うわけもない。

また、この世襲が生んだ弊害もあった。田中組の構成員数は系列の七つの組員数を入れて、現在七十八名。数だけは大したものだが、七つの組のどれもが古く、力量は似たり寄ったりで図抜けた力の組はない。確かに混乱はないが、どの組も覇気がなく、組員の年齢も高齢化している。

それが証拠に、福原市唯一の繁華街である港周辺の地域では不良外国人の勝手を許してしまった。日本のヤクザを屁とも思わぬこれらの不良外国人は、田中組を完全に舐めていた。地元のヤクザとして田中組がこれを座視していたわけでは無論ない。

「日本のヤクザ舐めたら承知せんぞ！」

と港町を仕切る系列の葦原《あしはら》組と小川《おがわ》組がこの不良外国人を取り締まったが、田中組はこの結果、手ひどい被害を受けた。組員が一人殺され、犯人のイラン人はさっさと本国へ逃げ帰ってしまったのだ。不良イラン人の背後にはいわゆるマフィアグループがあり、トラブルが起こるとヒットマンが本国から送られて来るのだと、本当かどうか、田中は事情通の密輸業者から教えられた。

「ふざけたやつらだ。日本の土地で勝手な真似はさせん！」

といきりたち、田中は組を挙げて彼ら不良外国人グループの追放作戦を始めたが、人を殺すことなど何とも思っていない相手は、組員を殺傷しては本国に逃げ、ほとぼりが冷めるとまた違うグループが現われている、という鼬《いたち》ごっこ。結局は田中組だけが当時警察に目の敵《かたき》にされる羽目になった。こんなことが何度も繰り返されたすえ、

「港の利権を食われたわけじゃなし、敵対するのは止めにして、やつらを取り込むほうが利にかなう」

との意見が出て、現在はほぼ野放し状態なのが福原市港湾地区の現状なのだった。これも、組にしっかりした男がいないためで、組自体が高齢化、弱体化していることを田中自身が痛感している。だから、世襲は俺の代で終わりにしてもいい、願わくば、一日も早く跡目を継がせる器量の男が出てくれればと、今、田中は悲痛な思いでいる。

十六番をパーで上がり、十七番に向かうところでゴルフバッグの中の携帯が鳴った。

「誰だ?」

かけてきたのは若頭《わかがしら》の葦原組組長だった。

「馬鹿か、お前は。解っているだろう、今、プレー中だぞ」

分かっています、と葦原は言い、ゴルフを終えたらそのまま組事務所に来て欲しい、と緊張丸出しの声で続けた。

「何かあったか?」

「根来の件です」

根来とは田中組の幹部で渉外担当、根来組組長のことである。根来組は福原市駅界隈《かいわい》を

守らせている組で、主なシノギは金融だ。いわゆる闇金の店を二軒持っている。

「根来の件というのは、なんだ……」

田中は根来に何があったのか覚えていなかった。

「太田桂三の件です」

太田桂三と言われて、田中はやっと根来が何をやったかを思い出した。太田桂三は港町で中古車販売と解体をやっている男である。韓国、中国、ロシアと以前貿易をやっていたらしいが、現在は車専門に密輸出をやっている。田中の組でも車を何度か売りさばいてもらったことがあり、また不良外国人に食い荒らされている港町では、ロシア人やイラン人との揉め事で世話になったこともある人物でもあった。

この太田が、盗んだ車がもとでトラブルになり、その仲介《ちゅうかい》に根来が動いたことまでは葦原から聴いた覚えがあった。だが、記憶しているのはそこらまでである。

「急ぐ話か?」

と渋い顔で田中は訊いた。ゴルフの後は谷たちを連れてひさしぶりに飲めない酒の相手をしようと思っていたのだ。

「ええ、ちょっと具合の悪いことになりまして」

人目があるのか、葦原ははっきりしたことを携帯では話さない。

「……根来が、何かやったのか?」

「いえ、そうじゃないんで。交渉の相手が……蒼井なんですが、ここと、ちょっと揉めまして……」

蒼井連合会はY県平川市の新興の組だ。構成員数は約二十名。会長の蒼井とは親睦会のゴルフコンペで何度か顔を合わせたこともある。まだ四十前で、見た目はヤクザに見えない色男だ。要するに顎ばかり発達した現代ヤクザを絵に描いたような男だった。

そうか、根来は太田のケツ持ちで、蒼井連合会との掛け合いに出張ったのか、と田中は話の内容をやっと理解した。

「……蒼井がぐちゃぐちゃ言っとるんか?」

「まあ、そういうことですが、もう少し面倒なわけがありまして」

田中は渋い顔で舌を打った。

「わけありか……本当に緊急なんだな?」

「そうです」

「解った、事務所にもどるが、二時間くらいかかるぞ」

蒼井の若造相手に何をもたもたしとる、と田中は渋い顔で携帯を切り、すでに十七番のティーショットを打ち終えている三人に、すまんすまん、と謝ってドライバーを手に取った。珍しく豪快な球が出たが、球は大きく右に曲がり、初のOB。三打目はドライバーをスプーンに持ち替えたが、今度は大きく左に巻き、またもOB。十七番は八も叩き、最終十八番のロングはあろうことか倍の十を叩いて、半ば手にしていた二十万は夢と消えた。

田中は夜の接待を期待していた三人に急用が出来たことを告げ、負けたベットの六万ほどを払うと、駐車場に待たせていたガードの組員の運転するベンツで組事務所に戻った。

このゴルフと同じで、事務所に戻った田中を待ち受けていたのは、かなり厄介な話で、取れる金を失ったどころの話ではなかったのだ。

事務所には若頭の葦原、問題を起こした当の根来、それだけでなく田中組の幹部が五人も集まっていた。新庄《しんじょう》組組長の新庄鉄哉《てつや》だけは所用で福原市から離れているという。日頃、一番威勢のいい根来がしけた面《つら》でうなだれているのがおかしいが、笑えるような事態でないことがじきに判った。

「……実は、太田桂三が拉致されちまって……」

と田中の到着を待っていた葦原が切り出した。

「拉致だと?」

「蒼井のガキが太田の身柄を押さえちまったんですわ」

と葦原がため息をついて言った。なるほど、太田が蒼井連合会に拉致されたということか……。だが、太田が蒼井に連れていかれたことが、それほど大事なのか?

「馬鹿野郎、最初からきちんと説明しろ、話が読めん!」

と田中は珍しく葦原に怒鳴った。普段、田中が葦原を怒鳴りつけることはない。もう七十歳を過ぎている葦原は親父の代からの若頭で、子供の頃、子守をしてもらったことを覚えている田中は、いつもそれなりに葦原を立てている。

「解りました……それでは最初から……」

老いた葦原の説明はまだるっこしかったが、やっと事の次第が判った。

まず最初はここから始まった。太田桂三の身内がとんでもないことに、隣県平川市の蒼井連合会の車を盗んだ。このトラブルで、太田の甥っ子ともう一人の仲間が蒼井連合会に捕まった。ここまでは、実は大した問題ではない。田中組の縄張り内になぜ蒼井連合会が入り込んでいたのか、という程度のことだ。だが、止せばいいのに、日頃の関係もあって根来が太田桂三のケツを持った。ケツを持つ、ということは、太田に代わってすべての交渉の矢面《やおもて》に田中組が立つ、ということである。業界では、こうなると当事者はもう関係がなくなり、問題は蒼井連合会と田中組ということになる。

ここまで聴いても田中はまだ慌てずにいられた。掛け合いの相手はたかが蒼井連合会である。二十年ほど前に出来た暴走族上がりを集めたような組で、ヤクザとしては田中組とは格が違う。だが、田中は忘れていた。たかだか組員数二十人程度の組であっても、現在の蒼井連合会は関東で特別名の知れたあの新和平連合傘下なのだという。

衝撃はそれだけではなかった。なぜだか判らなかったが、太田が盗んだ車は蒼井のものではなく、実は新和平連合の車で、さらにややこしいのは、乗っていたのが大星会会長だったらしい、というのだ。大星会は稼業違いのテキヤだが、これまた全国にその名を知られた大組織である。

つまり、根来は蒼井連合会ではなく、大星会と新和平連合を相手に出張ったことになる……。しかも、根来だけでは埒があかないと葦原が交渉の場に出ようとする直前に、問題の太田の身柄を蒼井連合会に押さえられてしまったというのだ。

これでは田中組の幹部が蒼白になるのも無理はない。福原市で総勢七十八名の組員を抱えている組織といっても、田中組はたかが田舎ヤクザである。先代の頃は近隣の組と抗争らしきものを体験していたというが、田中が物心ついてからの田中組は、いわゆる血で血を洗うような抗争を起こしたことはない。あったことは不良外人たちに組員を殺されるという、しまりのない体験くらいのものである。

「で、お前たち、どうするつもりだ。考えを、一人一人言ってみろ」

田中は自分で指針を出せず、幹部たちを眺めて、その意見を待った。返答はない。皆、しょぼくれた顔でテーブルを見詰めるばかりだ。やっと若頭の葦原が言った。

「……おやじさんに迷惑かけんようにと思っていましたが、太田を取られて黙ってはおられんでしょう。根来も下手を打ったもんだと思いますが、とにかく太田はうちがケツを持った男ですから、放ってはおけん。黙って見殺しにすれば、もううちはどこのケツも持てなくなるんでね。突っ張るだけ突っ張って、後はそれからまた考える……とにかくそこまでやってみるしかないと思いますがね……」

年老いた若頭だが、意見の出ない他の幹部よりずっとしっかりしている、と田中は頷いた。よれよれのじいさんだが、葦原は先代の頃から仕えていて、彼だけはドスを手にして暴れた時代もあったのだ。

だが、他の連中は自分の手を血で汚したことなど一度もない。代紋《だいもん》を背広の襟につけて、街をのし歩いてきただけだ。だから、イラン人やロシア人を中心にする不良外国人の監督も出来ず、舐められる。葦原の言う通りで、いざ事が面倒になって腰が引けたら、もうケツ持ちを頼んでくるところはなくなるだろう。いざという時に頼りにならないヤクザなど一文の価値もない。とはいえ……相手が新和平連合、大星会となると……やはり、対策は難題だ。

「……根来、お前は蒼井と直接話したのか？」

根来がやっと顔を上げた。

「いえ、蒼井とは話しとらんです。あそこの会長補佐やっとる吉原と話しただけです」

田中は吉原などという若い者など聴いたこともなかった。やっと蒼井の顔を思い出せるくらいのものである。

「で、葦原をやると伝えたら、相手から断られたんだな？」

「頭《かしら》に苦労願って向こうに乗り込むことにしていましたが、その矢先に太田が直接向こうと取引しようとしたらしいんですわ。まさに飛んで火に入る何とかで、そのまま太田は捕まっちまった……わしらに任せておけば良いものを、何で一人でのこのこ出て行ったのか……」

それはお前たちが頼りねぇからだ、と思ったが、田中はそれには何も言わず、代わりにため息が出た。

「で、それから？」

「蒼井から連絡が来たんです。そもそも、うちの縄張りで起こった不祥事で、責任はすべてうちにあると言うんですわ。それから、今後の交渉は、お前ら、大星会とやれ、と」

「そいつは、どういうことだ？」

「その車に乗っとったのは、大星会の会長だということで。蒼井がたまたま護りについていたんで、これまで対応してきたが、本来はうちの組が大星会に対してしでかした不始末だから、それなりの対応を考えろと。これは蒼井本人からの電話でした」

葦原ではないが、根来もまったく馬鹿なケツ持ちを買って出たものだと、またため息が出た。それにしても……と、田中は首を捻《ひね》った。関東の大星会の会長が、何で福原市なんかに来ていたのか……？　田中組以外に福原市に看板を出しているのは、きちんと仁義を切った立浪組系金井組と吉田連合会系の渡部組が駅前で小さな金融のフロントを出しているくらいのものだ。福原市には大星会関連の組もフロントもないはずである。

「……根来、お前、どうして大星会の会長がうちに来ていたのか、それを確かめたか?」

「いえ……ただ、車が太田の甥っ子に盗まれたのは、市民病院の駐車場だったってことで。大星会の会長は、病院に通っていたらしいと……」

「病院か……」

何かの用でT県か近くの県を訪れ、たまたま通過中に発病して福原市の市民病院に入ったということか?

「それで、いつ大星会と会う手筈《てはず》になっている?」

「具体的なことはまだ何も決まっとらんです。大星会と掛け合いといっても、相手が誰か判らんですし、場所もどこでやるのか……大星会の系列はこの辺りにないですし、あそこは、たしか東京が本部だから……」

と根来が、普段の顎の上手さとは打って変わったしどろもどろの口調で答えた。

蒼井が相手なら、貫禄で押すことも出来るかも知れない。だが、相手が大星会となると……。車を盗んだのは田中組の組員ではないが、今更そんな言い訳が通るはずもない。大星会がその気になれば、場所が縄張り内だけに、ありとあらゆるいちゃもんをつけてくるだろう。それに対してどんな抗弁があるか。

それにしても、と田中は頭を抱えた。田中には、蒼井はともかく大星会という組にも、その上の新和平連合に関しても、大した知識はないのだ。とにかく日本全国にその名を知られている大組織、と知っているのはその程度だった。

「……葦原……」

「なんでしょう？」

葦原なら、ひょっとしたらこの二つの大組織について、知識があるかも知れないと田中は思った。

「大星会は稼業違いだろうが。テキヤが何で新和平連合の系列なんだ？　お前、そこらへんのこと、知っているのか？」

「ええ、知ってますよ。新和平連合は関西と並ぶでかい組ですし、大星会はテキヤでは日本で二番目にでかい……でかいことより、この二つは、ドンパチで有名で」

さすがは歳の功で、葦原は田中よりもずっと業界の出来事に詳しかった。田中は葦原から、ここ数年間の新和平連合と大星会の動きをかなり詳しいところまで教えられた。だが、教えられれば教えられるほど、衝撃は大きくなった。とんでもないのを田中組は今、相手にしようとしている……！　田中が蒼ざめて行くのと同じように、幹部たちも今はぞっとした顔で葦原を見詰めていた。

「……解った……こりゃあ、まずいな……太田のケツを持ってうちは潰れる、か」

冗談めいた口調で呟いたが、笑い事ではない。

「……まだ、白旗揚げる段階じゃあねぇですよ、おやじさん。まだ話し合いも始まっちゃあいねぇんです。相手の出方まず見て……」

よれよれの年寄りが、いやに威勢がいいじゃねぇか、と田中は内心苦笑した。てめぇがとても勝ち目のない相手だと教えておいて、突っ張れと、このじじいは言ってのける。半分やけっぱちで田中は葦原に訊いてみた。

「葦原よ、仕方がねぇから、大星会と話す。そこまではいい。さて、それからだ。話がどんどんもつれて、とても金じゃあ片がつかなくなる。どうにもならなくなって、ドンパチになる。いいか、面子《メンツ》張った喧嘩だ。そこで、どうだ、俺たちに勝ち目はどのくらいある？　正直に言ってみろ」

葦原が、抜けた前歯を大きく見せて、笑って言った。

「まあ、ゼロでしょうな」

言われるまでもなく、解っている。勝ち目はまったくない。うちは総勢七十八名。相手は大星会だけで千人ほどもいる勢力だという。バックの新和平連合が動き出そうもんなら、その数は一万にもなる。これでは途中で休戦という手も無理だろう。それは、ある時期まで善戦して初めて有効な幕引きなのだ。さっきは冗談めかして言ったが、この相手だと、ドンパチになれば、あっという間に潰される。負け戦で有利な休戦など望むべくもない。

「……それでも、葦原、お前は突っ張って話し合いを始めろ、と言うんだな？」

意外なことに、一番頼りなさそうな老いた葦原が、さばさばした顔で言った。

「仕方ねぇでしょう、わしらヤクザですから。引いたら最後、どの道ヤクザなんかやってられんようになりますよ。それに、親分を前にこんなこと言うのは何だが、喧嘩は、体の大小じゃねぇですから。喧嘩は気合だ。肝《きも》っ玉揃ってりゃあ、勝てる時もあるんです」

田中は、雁首《がんくび》揃えて座っている幹部を見回した。どの顔も、葦原に同調しているようには見えない。ただ呆然と、宙を見詰めているガラス球のような目ばかり。ヤクザの根性などどこにもなく、下手な役者がヤクザの服装で風体《ふうてい》真似ているような面ばかりだ。どこにヤクザの肝っ玉があるのか。葦原だけが皺《しわ》だらけの頬を赤らめて、一人威勢の良いことを言っている……。

「おやじさんが行けと言ってくれりゃあ、明日、私一人でまず蒼井に乗り込んでみますがね……」

待て待て、と田中はいっそういきがる葦原を手で止めた。

「解った、お前に言われんでも、後には引かん。引かんが、喧嘩するにもそれなりの準備が要《い》る。小川よ、今、うちに動かせる金がどのくらいある?」

田中組の系列で二番目に古い小川組の小川は土建屋あがりで、田中組の金庫番である。小川が冴《さ》えない顔で答えた。

「二百万ですかねぇ……」

「二百万?」

「いや、三百あるかな……ほれ、先月も、夏にも義理がありましたでしょう。二つの葬式で、交通費なんか入れると、一千万がとこ消えてるんですよ」

それは田中も知っている。S県の岩井《いわい》組の組長とI県の松村《まつむら》一家の総長が死に、田中組もその葬儀に出向いたのだ。その出費が五百万ずつ。通常なら、むしろ安く上がったと、褒《ほ》めてもいい出費である。残りが少ないのは、要するにどいつもシノギが下手で、実入りが少な過ぎることに原因がある。これでは、大星会相手に金で話をまとめることは出来ないだろう。

「ですから、太田のおやじが二千万なら出そうと言っていたわけです。一千万で話をつけて、うちで一千万貰う。だから、ケツを持つことにしたんで、蒼井が相手ならこれで話がつくと……」

と根来が威勢良く口を出した。

「お前は黙ってろ!」

我慢ならずに田中は叫んだ。この馬鹿のお陰で、と思ったが、田中組の台所が苦しいから、こいつらもおかしなシノギに手を出す結果になる。

思案顔の葦原が言った。

「……どの道、金で話はつきませんな。話がつくとしたら、縄張りですよ」

「うちの、縄張り、欲しいってか？」

「これも、ちょっと意外ですがね。うちの縄張り取っても、それほど価値があるとも思えんが。あの不良毛唐どもを引き受けるなんざぁ、愚の骨頂だ。それでも、まあ、傍《はた》から眺めると、良い縄張りに見えるんだか、そいつは判らんが。言ってくるとしたら、そんなとこかと」

ヤクザにとって縄張りは命だ。死守《しも》りといって、縄張りは命張って守るものだ。だが、福原市は別だ。客観的に見て、それほど旨味のある土地柄ではない。集まって来るのは怪しげな不良外人ばかり。金は落とさず拾っていこうという輩《やから》だけだ。そんなけちな福原市のどこに魅力があるのか？　それとも田中組がまだ知らない公共事業のプロジェクトでもあるのだろうか……？

田中は、雁首そろえた幹部を眺め、まっとうなのはこの耄碌《もうろく》じじいの葦原だけだろうと思った。歳は行っても、ヤクザとして、昔、修羅場を体験したことは大きい。ただ、こいつを一人、蒼井に乗り込ませることは出来ない。

「葦原……」

「なんでしょう？」

「お前、明日一番で、I県へ走れ」

「おう、I県へ」

「そうだ」

「仙石さんですね」

「それしか方策はねぇだろうが」

Ｉ県の仙石組は、先々代の頃からの縁で、一応は後見ということになっている。田中組に何かあったら、その時はうちが出ますよ、という関係である。もっとも、それを覚えているのはうちだけかも知れないが、と田中は苦いものを飲み込んだ。ひょっとしたら先方が覚えていないかも知れないほど、近年は疎遠になっている。

「解りました、わしが行きましょう。仙石なら、力はともかく、大星会となら対等に話が出来ますよ。良いことを思いつかれた」

田中は小川と根来に向き直った。

「お前たちは、金を掻《か》き集めろ」

「金ですか」

と渋い顔の小川が唸る。

「道具だ。道具を集めるのには金が要るだろうが、馬鹿が。それから、新庄を呼び戻して、すぐ道具そろえろと言え。道具がなきゃあ、ドンパチも出来んだろうが」

組に道具がないことは、田中が一番よく知っている。あるのはせいぜい趣味で持っている合法の日本刀が少しと、木刀くらいだ。七つの組から掻き集めても、チャカが七つあるかどうか、それさえおぼつかない。多分、ないだろう。だが、金があれば、多分道具はそろう。そこが福原市の強みだ。なにせここは不良外人の溜まりだ。金さえ積めば、ロシア人は喜んでトカレフかなんか持ち込んでくるだろう。

「それから、根来、お前だ……」

「何か」

「この騒ぎ起こしたのは、てめぇだ。お前が窓口だぞ。蒼井のガキに言え。田中が会うから、大星会に日時と場所を決めるように伝えろと言え。いいか、貫目考えろ。うちは大正からの組だということを忘れるな。ケツ持った以上、太田のじじいに傷をつけられたら、うちの看板に傷貫ったと同じなんだからな。だから、太田を取られたことは、今度はこっちの武器になるんだ。頭が言ったことをよく腹に入れろ。喧嘩は、気合だ。そいつを忘れるんじゃあねぇ！」

田中組の幹部は、葦原を除き、ただ大きく吐息をついた。

六

「組長、あれです……！」

ハンドルを握る若中《わかなか》の新庄が叫ぶように言った。後部シートに座る田中は重い体を起こし、ヘッドライトの先を見た。霧雨の中にぼんやりとだが、確かに「割烹《かっぽう》旅館・貴福《きふく》」という看板が見える。三十分も迷って、やっと見つけた看板だった。

「よし。後ろ、ついて来とるな？」

「ついて来てます！」

助手席に座る根来がバックミラーを直しながら応えた。

「中に入るのは、わしと根来だけだ。新庄、解ってるな？」

「解ってます！」

と新庄が答える。こいつは何度も念を押しておかんとポカをやる。田中はもう一度、これまで打ち合わせをしてきたことを確かめた。

「……新庄、お前の携帯が鳴ったら、飛び込むんだぞ。他の野郎の携帯と間違えるな」

「はいっ、解ってます！」

さんざん田中に怒鳴られた後なので、新庄の声は裏返っている。肝心な時にこの男は女を連れてサイパンなどに行っていたのだ。どこに女につぎ込む金があるのかと田中は不思議だったが、訊いてみれば、旅行の金は女のほうが出したのだという。なるほど、新庄はのっぺりした色男だ。こいつはスケをこますシノギでここまで来た。これもまた一種の器量といえるか……と、うんざりしながら田中は思う。

場所は国道をY県に入った所だった。福原市を出てから、すでに小一時間が過ぎている。たかが車を返すだけの話がどうしてここまでこじれるのか。ついに、来たくもないこんな場所まで来てしまったと、憤怒《ふんぬ》の気持でいたが、目的の場所が立派な旅館だったことで、田中のささくれだった気持がいくらか和《やわ》らいだ。

太田を人質に取られているということもあり、下手をしたら蒼井連合会の組事務所辺りに呼び出されるのかと思っていた田中だった。だから、後続の車にはドスや木刀を持たせた組員を四人乗せている。大した数でもないが、それでも各組の中から屈強な者を選んで連れてきたのだ。

若頭の葦原はI県に行ったきりである。丸一日が無駄に過ぎたが、葦原からは状況報告の電話もない。まあ、七十を過ぎた葦原である。携帯を使う術《すべ》もないから、電話がかけにくいのかも知れない。

それにしても、仙石組は後見の役目を果たす気があるのか？　連絡がないということは、向こうも考えているのだろう。なにせ、相手が新和平連合と大星会だ、下手に口を出せばとんでもない騒動に巻き込まれると、悩んでいるのだろう。後見が出て来なくて、何の取り決めか、と思うが、長いこと疎遠でいたから、今になって怒っても仕方がないのかも知れないという諦めも、田中にはあった。

「……シキテンないようです……」

と新庄が緊張の声で言った。シキテンとは見張りのことである。根来が携帯で後続の車に、道路わきで待機しろ、と怒鳴った。自分が持ち込んだ話がこじれたので、田中に怒鳴られっぱなしの根来だったから、彼もぴりぴりしている。

「……お前、道具持ってきとるな？」

「持ってます……」

根来が答える。用心のために、根来には田中組に二つしかない後生大事なチャカの一つを持たせている。

「……新庄に渡せ。入るときに体を調べられるだろう。あいつらに取られたら何にもならん」

後続のバンを離れた路肩に待機させ、田中の車は豪勢な門を潜《くぐ》り、車寄せから玄関先へと入る。玄関先まで来て、田中は、あっ、となった。いつから待っていたのか、玄関先には女中ではなく、十人ほどの男たちが整列して待っている。全員が揃って黒のスーツ姿。しかもワイシャツにネクタイ。これではまるで葬式じゃねえか、と驚いた後でうんざりした。それにしても、大層な出迎えではあった。

車が停まった。たかが蒼井ごときに舐められてたまるか、と田中は巨体をゆすって車を降りた。後続の車はしけた国産のハイエースだが、田中の車はまだ景気の良かった頃に手に入れたベンツのＳ５００だ。だが、年式は古い。もう八年も乗っている。スーツ姿の男たちの目が気になった。頭らしい男が軽く会釈する。

「ご苦労さんです。どうぞ、中へ」

「……おう……」

と頷き、それでも一応はベンツだ、と田中は玄関に向かった。背を丸めた根来が後に続く。根来も田中と同じように、一応はジャケットを着ているが、ネクタイなど着けていない。寒いからジャケットの中はセーターだ。いかにも田舎のヤクザという根来の姿に、田中はため息をつきたい気分になった。これじゃあ最初から格の違いを見せつけられた形じゃあねぇか……。落ち目の組に、上り坂の組という図そのままだ……。

「失礼します」

スーツ姿の若い衆に体を調べられたのは予想通り。チャカを新庄に渡しておいたのは正解だった。十人ほどのスーツ姿に取り囲まれた根来は蒼白だ。もともと顎だけでのし上がった男だから、修羅場には弱い。

「……行くぞ……」

そんな根来を促《うなが》した。ここに葦原がいてくれたら、まだ少しは空元気《から》が出るものを、と田中は肩を怒らせて廊下を進んだ。

田中の心の中は複雑だった。怒り、焦《あせ》り、不安、そしていくらかの怯え、そんな感情が入り混じり、今日一日、わけもなく組員を怒鳴り飛ばした。

蒼井連合会が、

「大星会さんとの話し合いの場は、うちで用意させてもらいますわ。ただし、大星会からは会長さんが出られるかもわからんので、そちらも必ず田中はんに来てもらわんと困る」

と根来に伝えて来たので、すぐドンパチが始まるわけではないと、正直、田中はほっとした。一番怖れたのは、間をおかずに関東から大星会が大挙、福原市に乗り込んで来ることだったのだ。なにしろ根性なしの幹部ばかりの田中組では、喧嘩の仕度にも時間がかかる。

サイパンから急遽《きゆうきよ》、福原市に戻った新庄に道具を集めろと命じたものの、これも期待外れで、新庄が港町の不良ロシア人から買い上げたチャカは僅かに一丁、それも使い物になるかどうかも怪しい、今では誰も見向きもしない骨董品《こつとう》のようなトカレフだった。

蒼井連合会が指定してきた大星会との会談の場所は平川市だった。これは完全に蒼井連合会の縄張り内。相手が福原市に出てくるはずもないが、田中は根来に、一応中立の場所にしてもらいたいと相手に伝えさせた。

「なんや、その言いぐさは！　おたくの組長、何か勘違いしとるんと違うんか？　おい、根来よ、腰使うなや。これはただの掛け合いと違うで。これはあんたらの謝罪の場やないかい。それを、あそこにせい、ここにせいと言える立場か。なるべく事を荒立てんようにと、こっちも気遣ってるのんが、わからんかい、ボケ！」

と蒼井にかまされて、顎が立つはずの根来が何も言えずに電話を切られた。

結局は田中組としては何の条件もつけられず、蒼井に言われるままに、平川市まで出て来たのだった。蒼井は同じ博徒で、隣県だから、知らない仲ではない。大星会との仲立ちをこいつに頼む手もあるか、などと考えた田中は甘かった。考えてみれば当たり前のことで、蒼井連合会は中立でもなんでもなく、大星会とは一心同体、要するに敵なのだった。蒼井のガキが、と頭に血が上ったが、彼の後ろにある「新和平連合」の名は確かに堪《こた》えた。あまりにも格が違うのだ。あとは仙石組だけが頼りの田中だった。その肝心の仙石組が動いてくれる様子もない……。

前後を蒼井連合会のスーツ姿に囲まれて、田中と根来は長い廊下を離れに進んだ。貸切にでもしたのか、旅館の中に他の客の気配はしない。廊下のところどころに、やはりスーツ姿の蒼井連合会組員が立っている。

それにしても豪勢なことをする、と田中は魂消《たまげ》た。こんな高級な旅館を借りるには相当の金が要る。十万やそこらじゃ、とても賄《まかな》えまいと内心唸る田中だった。

「こちらです」

スーツ姿の一人に言われて、田中は開かれた座敷に入った。でかい部屋に蒼井が一人座っている。

「……やあ、田中はん、遠いところ、ご苦労さんでしたな……」

と蒼井が一応は田中を立てた口をきいた。だが、立ち上がる気配は見せない。空いている床の間を背にする上座に進もうとする田中に、笑って蒼井が言った。

「すんませんが、こっちに座ってもらいます。そこは大星会の会長が座られますんで」

むっ、としたが、大星会と言われれば、これも格が違い、

「これは、すまんことで」

と思わず呟き、仕方なく田中と根来は蒼井の前に座った。根来は緊張のあまりか口を開かず、据《す》わった目で蒼井を見つめている。田中はその表情に、頼りがいより不安を覚えた。この野郎、緊張しすぎて余計なことをしなければいいが。これが十年も前ならば、蒼井は根来にも最敬礼したような男なのだ。

スーツ姿の組員が消えると、仲居が現われた。蒼井がすぐ酒を運ぶようにと言うのを見ながら、

「……じゃあ、今夜の話し合いには、その、大星会の会長も来られるんだね」

田中は目顔で根来を制し、蒼井にそう訊いてみた。

「遅くなりますがね、来られますよ。そら、あんた、盗まれたのは会長が乗っておられた車やからね。そうでなかったら、こんな席用意したりせんわね」

と蒼井はまた癇《かん》に障《さわ》るようなことを言った。

「それにしても、田中はん、あんた、何でこんな厄介な話買って出られたんですか。こら、貧乏くじみたいなもんでしょうが」

こんなやつに言われることはないが、まさにその通りだ、と田中は奥歯を嚙みしめて答えた。

「まあ、うちの縄張りで起こった話だからね、仕方がないよ。太田という男は、うちとも知らん仲じゃないんでね」

「ケツを持つのも楽やないいうことですか」

と蒼井は笑って煙草に火を点けた。何年か前までは業界で頭を下げて回っていた男が、今は悠然と煙草をふかしている。このクソガキが、という思いがまた喉元まで込み上げた。

ビールと料理が運ばれて来た。

「さあ、まあ、一杯いきましょう」

勧められるまま、田中は仕方なく飲めない酒のグラスを取った。

「さあ、根来はんも」

隣りの根来はだらしないことに、グラスを持つ手が震えている。

「ところで、蒼井さん……今回のことですがね……」

長居をすればするだけ不利になると、田中はビールで唇を湿らすと、早速交渉に取り掛かった。

「あんた、うちの根来に聴いたところでは、わしらにいろいろ気遣いされておると言うことだが」

　ずばりと言われた。

「いやいや、気遣いしとうても、今回のことは、わしぐらいではどうにもならしまへんわ。なんせ、大星会の会長が乗っておられた車ですわ。今夜は、ただこの席につかせてもらっとるだけですねん。今回は、うちらが護りの当番いうだけのことです」

　要するに、お前らがどう詫びを入れるのか、高みの見物をさせてもらおうという腹である。

「それにしても、何ですなぁ」

　とグラスを空けて、蒼井が続けた。

「おたくがケツ持った太田いうんが盗んだ車は、そこらの安ベンツとは違うんでね。そもそもが七、八千万する新和平連合会長の特注車ですわ。それをそのまま返す言われても、そりゃぁ大星会も困るわね。新しくオーダーすりゃあいいというもんでもない。手間もかかるし、金もかかる。田中はんも、えらい面倒引き受けたもんですな」

　この野郎、おちょくりやがって。相手がそう出るなら、仕方がないと、田中は腹を括《くく》って切り出した。

「確かに、正直言って、えらい難物をしょいこんだと思ってますよ。ところで、その太田だが……あいつの身柄は、あんたのところで預かってもらっとるのかね？」

「確かに、じじいはうちで預かっていますわ」

蒼井がしらっと答えた。

「無事なんだろうね？」

「無事ってのは、息しとるってことですか？　それやったら、まだしてますわ。息止めるのはいつでも出来ますやろ」

思い切って田中は言った。

「解ってると思うが、蒼井さん、太田はうちがケツもっとる男ですよ。太田を痛めつけるのは、わしを痛めつけることだと思ってもらわんとね」

よう言えた、と自分で感心するほど、ドスを利《き》かせた台詞だった。だが、相手はいっこうに堪えたふうもない顔で言い返してきた。

「解ってますよ、田中はん。どうやらあのじいさんがおたくの金主《きんしゅ》やということも、知ってますわ。だから、大事にしとる。それにしても、さすがやわ。あの太田いうんは、堅気のくせに、ええ根性しとる。ちょっとやそっとではよう音《ね》あげん。今どきの極道も見習うたらええほどのもんですわ」

さすがに田中は顔色を変えた。太田は存分にしばかれている、と蒼井は言っているのだ。つまり、田中組など気にもしていない、ということだ。そんな田中を面白そうに見て、蒼井が膝を乗り出してきた。

「……ところで、田中はん……あんた、大星会さんと、どんな話するつもりです？　銭《ゼニ》で何とかと考えてまんのか？」

仕方なく、答えた。

「まあ、出来れば」

「まあ、誰かてそう考えますわな……だが、今回は、しけた銭では片はつかんのですわ。一億でも二億でもあかん……なんせ相手は大星会会長と新和平連合や。あそこでは、一億二億は端金《はしたがね》ですよ。そこんとこ、今から考えておかれたほうがよろしいわ」

二億という金額を聴き、田中は呆然となった。金は最終的に、太田に出させる気でいたが、いくら金回りの良い太田でも二億の金は用意出来まいと思った。

「……二億出しても、新和平連合はよしとは言わんのか……」

呻く根来に蒼井がたたみかけるように言った。

「考えてみて欲しい。あんたらが手ぇつけた車は、何度も言うようやが、新和平連合会長の車や。その大層な車に汚い手ぇつけたんや。こら、どないもならんでしょう。きちんとケジメつけんとね」

たまりかねて、田中が言った。

「だが、その車には……保険がついとるはずだ……その気になれば、新車が戻る」

「阿呆《あほ》なこと言いなさんな。新和平連合が保険金詐欺みたいなことするわけないでしょうが。そこらの田舎ヤクザと一緒にしたらあかんわ、田中はん。さっきも言うたが、新和平連合にとっちゃあ、一億や二億の金なんぞ端金ですよ。詫び入れて、納得してもらおう思うたら、命投げ出す気で行かんとね。こう言うたらなにやが、相手怒らしたら、うちやあんたんとこなんて組は、あっという間に踏み潰されるわね。

もう一つ、言うておきましょか。仙石組にケツを持ってもらおうなんて気起こしても駄目ですわ。仙石組なんぞ何の役にも立たん。だから、あんたも人がいいと言いましたやろ。何でこんな話にのこのこ出て来るんかわしにはわからん、貧乏くじもええとこでっせ。そもそも指くらいじゃ済まん話でね。命取られてもしょうがない相手ですがな」

気持良さそうにビールを飲み干す蒼井に、田中は毒気に当てられた顔になった。

「それなら、あんたに、何か良いアドバイスがあると言うんかね……？」

「いいですか、田中はん。あんたが出て来たなら、もう太田はどうでもええわけや。あんたが掛け合いの相手いうことになるわね。もう、今更抜けられんわ。そこで訊くが、田中はん、あんた、港町ではだいぶご苦労されとるんと違いますかね」

来たな、と田中は思った。こいつらが狙っているのは、葦原の言う通り、やっぱり俺の縄張りだったか……。

「港町は、確かにそうだがね。だが、不良外人どもの始末に苦労しとるのは、わしらばかりじゃない。あいつらがいるとこはどこでもそうだ」

「確かに、そうですな、連中にはどこも苦労しとる。だが、田中はん、そうでないところもありますがな」

「ほう、そんなとこがあるのかね。知らんかったね」

蒼井が田中のグラスにビールを注ぎ足しながら、笑って言った。

「なんや、田中はんも、腰使いますか」

むっとして応えた。

「腰を使うとはどういう意味だ」

「解ってるでしょうが、わしがなに話しとるのか。わしが話しとるのは新和平連合や。あんたかて、新和平連合がどんな組織か知っとるはずでしょう」

「新和平連合が、どうだと言うんだ」

蒼井から笑みが消えた。

「知らんかったら教えましょう。新和平連合が手ぇ広げとるのんは、日本だけやない。アメリカともロシアとも手ぇ組んでシノギしとる。日本全国、こんな組はどこにもない。そら、韓国とこんな商売しとる、中国と合弁事業起こした、と、そんな組はほかにもあるわね。だが、新和平連合がしとるのはそんなもんやない。ヨーロッパに銀行かて抱えとる。アメリカにもぎょうさん事業所を持っとる。向こうの組織ともツーカーや。新和平連合からみれば、港町の毛唐どもを扱うことなんぞ屁でもない。どうですかね、田中はん。港町、新和平連合に任せませんかね。まあ、新和平連合いうても、実際には大星会が仕切るいうことですがね」

もう田中は驚かなかった。こうなることは、もう解っていたし、返答も決まっている。

「あんたが言うとるのは、要するにうちの縄張りを大星会に渡したらどうか、と、そういうことかね」

「別に、熨斗《のし》つけて渡さんでもいいでしょう。あんたが大星会の盃《さかずき》貰えばええことや。五分の盃はいくらなんでも無理やが、七分三分くらいなら話はまとまるのと違いますか」

苦笑して、言ってやった。

「あんたも若い極道だな。大星会とうちは稼業違いだろうが」

「若いから、考えに融通《ゆうずう》も利くわけですわ。大星会が稼業違いなら、新和平連合から盃貰《もろ》たらどうです？　そうしはったら、もうつまらん苦労せんかて済む。新和平連合の看板は強いからねぇ」

馬鹿が。縄張りはシマといい、死守りだということを知らんか、このクソガキが。親の代から受け継いだものを、俺の代で人手に渡すか、この痴《し》れ者《もの》が。ふざけるな、青二才！と胸の内で叫んだ時に、襖《ふすま》が開いた。仲居に案内されて男がのっそり入って来る。この野郎が大星会の会長か、と身構えた。蒼井が胡坐《あぐら》から慌てて正座に座りなおす。

「こちらが、大星会の会長です」

蒼井が初めて緊張をみせた声で告げた。相手と目を合わせずに、田中も仕方なく両手をついた。ここは堪えて、ひとまず詫びだ。何とか金で話をつけたい……。

「……顔を上げろよ、田中……」

上座に座ったらしい大星会会長が言った。田中はいよいよ頭を低くした。二億出しても、端金という相手だ。それこそ、格が違う……。頭に来るが、ここは忍の一字……。

「いつまでそうしている、さあ、顔、上げろよ、田中」

田中という名を蒼井から聴かされているのか、よくこっちの名前まで覚えているもんだと思いながら、田中は顔を上げた。想像とは違って、細面《ほそおもて》の白い顔の男が床を背に座っていた。蒼井から注がれるビールを受け、その大星会会長が笑顔で言った。

「……お前も老けたな……」

お前も老けた……？　それでは、前に会ったことがあるのか……？　思い出せなかった。

「田中さん、八坂会長です」

蒼井が正座のままで言った。八坂という名も聴いたことがない。そうか、大星会の当代は八坂と言うのか……。

「俺だ、田中、鬼頭《きとう》秀樹だよ」

鬼頭……鬼頭……鬼頭秀樹……やっと思い出した。小学校時代の……鬼頭……！

「今は八坂だ。姓が変わったから判らなかったか。八坂は、稼業名だ」

「……鬼頭……！　それじゃあ、今は大星会の……！」

「久しぶりだな。そう硬くなるな」

あの鬼頭が、何と、今は大星会の会長だというのか。衝撃に、眩暈《めまい》がした。

「お前……大星会の会長になっていたのか……！」

聴かされていなかったのか、正座の蒼井までが呆然としていた。

「懐かしいと言いたいところだが……おかしな場で会ったな」

と蒼白い顔の鬼頭が言った。こいつ、変わった……昔はただ気の強いガキだったが、今、恐ろしいほどの何かが押し寄せて来る……重圧のような、迫力。これを、貫目の違いと言うのか……。それにしても……こいつが、大星会の会長……！

「まあ、飲め」

と大星会の会長が自らビールの瓶《びん》を手にした。飲めない田中はそれを黙って受けた。会って嬉しい相手ではなかった。ガキの頃の出来事が頭を過《よぎ》る……。懐かしさなどどこにもなかった。あるのは、不快の念。こいつに喧嘩で負けたことなどない。だが……悔しいことに勝ったこともない……。

　忘れられない出来事があった。あれは、中学の一年か、二年か。こいつは食うものも満足に食っていなかった。がりがりに痩せて……。母親が港町の女郎だということも知っていた。知っていたのは当然だった。親父の店で働いていたのだ。店の名は「天国」。天国とはよくつけた名前だ。やっていることは、地獄だろうに。店は港町のはずれにあり、韓国漁船の船員や時には地元の漁船員も客にしていた。そこで働く女たちはそいつらに酒を飲ませ、二階に連れ込み、座布団を腰に敷き、安い金で股を開いた。手に出来るのが安い金でも、女たちが逃げることは出来なかった。見つかれば酷い制裁を受けた。身を売った金の八割を店が取り、その半分を組が取った。こいつの母親はそこで働いていたのだ。

あれは冬だったか……。あの当時、こいつが学校に弁当を持って来ることはなかった。弁当など作る母親ではなかったし、またその金もなかったのだと思う。だから、皆が飯を食う時間、こいつは校庭に一人でいた。そんなこいつに、同情したからではなかったと思う。腹が減っていなかっただけだ。だから、折り詰めの弁当をくれてやった。母親の手作りの弁当ではなく、やはり組が面倒をみていた料理屋で作らせた仕出しの弁当だった。

「お前、食いたいだろう、これ食え」

と言って、焼き海老《えび》が入った上等の弁当をこいつにくれてやった。礼の代わりに、その弁当を投げつけられた。笑ってしまうような出来事だが、正直、なぜ投げ返されたのか判らなかった。弁当をやったことは悪意ではなく、ただ腹が減っているのだろうと、そう思ってやったことだった。頭に来て殴りつけた。野郎も殴り返してきた。こいつとの喧嘩は、その時から始まったのだと思う。

タイマンの喧嘩はほぼ互角。中学の卒業間近の喧嘩で決着がついた。この時はタイマンではなく、俺には手下がいたのだ。ぼこぼこにしてやった。立ち上がれないほどに、だ。一対一でなかったことを卑怯だという者がいるかも知れない。だが、そいつはヤクザの喧嘩を知らない者の台詞だ。当時、若かった葦原が教えてくれたのだ。

「若、ヤクザの喧嘩は、勝ってなんぼです。だから、勝たんとならん。どんな手使っても、勝たんことにはどうにもならん。喧嘩に負けるようなヤクザに、どこがみかじめ料払いますか。うちの組は、若、みかじめで食うとるんです。そいつを忘れたらいかん」

ヤクザを稼業とする家に生まれた俺は、たとえ子供であっても堅気の子に負けるわけにはいかなかった。ましてや、田中組は世襲だ。俺は組を継ぐことの決まっている子供だった。だから、子分の手を借りて、こいつを痛めつけた。二度と歯向かうことが出来ないくらいに痛めつけた。これもヤクザなら当然のことだった。やるなら手加減はしない。してはならないと、俺は教えられていたのだ。相手に報復の気持を起こさせないためには、とことん痛めつける……。二度と逆《さか》らえないほどの恐怖心を与えるまで痛めつける、これがヤクザの鉄則だった。

鬼頭は高校に進学せず、いつの間にか福原市から姿を消した。少年院に入ったと、誰かに聴いたが、あれは高校時代だったか。とにかくやつは俺の目の前から消えたのだ。そして俺は永遠に消えたと思っていたが……。今、やつはこういう形で、再び俺の前に姿を現わしやがった……。

田中は少しも減っていないグラスを卓に置いて、言った。

「……会長さん……」

と田中は鬼頭をそう呼んだ。

「はっきり言っておこうと思う……」

「なんだ?」

今にも倒れそうな蒼白い病的な顔だった。無表情、能面……そんな感じがした。

「太田という男は、うちがケツを持っている男です。だから、事の責任はうちがとる。詫びは金で済ませたい」

当然ながら、返事はなかった。

「五千万でけりをつけたい。ただ、その金を払うのに、時間がかかる。もう一つ……」

「もう一つ、何だ?」

「太田を無傷で返してもらいたい。車も無傷、太田も無傷。詫び賃は五千。これで事を丸く収めて欲しい」

蒼井が口を挟んできた。

「田中はん、言ったでしょう、五千やそこらの金なんぞ……」

鬼頭が手を挙げた。能面に笑みが浮かんだ。

「駄目だ、と言ったら？」

覚悟が決まった。

「あんたが何で港町が欲しいのか判らん。港の荷役も、昔と違って旨味はない。あそこはご存知の通り、不良外人どもの巣だ。みかじめも、大して金にならん。それでも欲しいんだろうが……縄張りはやれんよ。それだけは、今、はっきり断っておく」

「それなら、潰す、と言ってもか」

「侵《おか》さず、侵されずで、うちはここまで来た。しけた土地だが、それでも百人がとこの者を抱えてやっている」

百人と、さばを読んだが、このくらいのはったりも仕方がない。

「……盃くれると言われても、俺は生まれつき酒が飲めん。これは、あんたが相手だから言うんじゃない。相手がどこでも同じだ。関西が来て盃やろうと言われても断る。ケチな組かも知れんが、これで結構。独立自尊、うちはうちで、これまで通りにやって行く……」

声が震えた。ガキの頃の鬼頭を頭に置いた。こんな野郎にいいようにされて堪るか。なぜか力が湧いた。

「だから、縄張りも、組も、お前にはやれん。条件は一つ、太田を返す、詫び賃は五本。これがうちの条件だ。こいつを変えるつもりはない」

我ながらよく言った、と思った。これでいい。覚悟は決まった。

鬼頭はゆっくり、まるで日本酒を飲むようにビールを飲んでいる。やっと口を開いた。

「……俺のほうの条件を言う。うちの組に入れてやる。だから、考えろ。考える時間をやろう。十日やる。それまで待つ。俺は丸菱ホテルに泊まっている」

煙草を取り出す鬼頭に、まだ正座の蒼井が慌ててライターの火を差し出す。

田中は根来を促し席を立った。重い体が、眩暈のためグラリと揺れた。根来の肩に手を掛けて耐えた。背中に声がかかった。

「……田中よ、死に急ぐな……」

田中は、無視して座敷を出た。眩暈がいっそう酷くなった。ただの貧血か……それとも血糖値が下がったか……。

「……組長……！」

体を支える根来が心配そうに言った。

「大丈夫だ、心配ない」

歩き続けた。根来が、また言った。

「組長……」

「何だ？」

「……やりましょう……ひと泡吹かせてやりましょう……！」

見下ろすと、根来の瞳が潤《うる》んでいた。こいつも、やっとやる気になったか、と田中はおかしくなった。

「だがな、木刀とドスだけじゃあ戦争は出来んぞ」

と言い、田中は一人で歩き始めた。

第二章　潜行

一

神木の嫌な予感は当たって、二日経っても太田桂三からの連絡はなかった。太田の携帯に掛けても応答はなし。最初に考えたように、太田が韓国辺《あた》りに逃げたとは思えなかったが、おそらくヤクザとの話し合いがまとまらず、深刻な結果を招いたのだろうと思われた。

とりあえずの問題は、太田から預かる羽目《はめ》になった美希という娘だった。調布《ちょうふ》に住む神木のアパートは一部屋しかない。そんな自分のアパートに若い娘を置くわけにもいかなかった神木が、それでも美希という娘を預かる気になったのは、八王子にある「救済の会」の存在が頭にあったからである。

「救済の会」は有川涼子が主宰《しゅさい》している人身売買の被害者救済組織で、娘を預かってもらうには格好の場所だった。ただ、それは短期間という条件であり、長期となれば事情はまた変わる。

「いいわよ、いつまででも」

と、会長の涼子は詳しい事情を尋ねもせず難題を引き受けてくれたが、神木はおかしな事に彼女を巻き込みたくなかった。それは有川涼子もまた神木と同様、決して安全な身とは言えなかったからである。

　二年前、神木と有川涼子の組織は、関東一、二の暴力組織である新和平連合と大星会に非合法の戦いを挑み、彼らに壊滅的な打撃を与えた。だが、このヤクザたちがすべてこの世から消えたわけではなかった。残存しているヤクザたちが報復を考えている可能性は大きかったし、有川涼子も神木と同じように、考えようによっては以前よりいっそう危険な立場にあるのだとも言えた。そして太田は、

「地元のヤクザならどうということもないが、相手は新和平連合と大星会という全国組織のヤクザでしてね」

　と言っていたのだ。つまり、太田から神木は思い出したくもないヤクザ組織の名を聴いてしまっていたのである。

　むろん、美希という娘を預ける際に、神木はこの太田の話を涼子に伝えている。

「なるほどねぇ、新和平連合も大星会もまだ健在なのね……でも、それは驚くほどのことではないでしょう。私たちがいくら頑張っても、彼らの息の根を止めることは出来ませんから」

　と涼子はそれほど驚く様子は見せず、

「更生施設でも作ってね、もうヤクザはお止めなさい、その代わり、これからはこういう仕事で働きなさいって、そういう準備でも出来ていれば話は別ですけど。彼らだって他に

生きる道はないのだから、懸命に生きる道を探して活動を続ける……要するに、その力を半分にしたということで、私たちは良しとしなければならないのでしょうね。

現に新和平連合も以前の力はなくなっているはずですし、大星会だってそうだと思いますよ。とくに大星会は、あれ以来続いた抗争事件で、今ではマル暴にべったり張りつかれているんだから、もう派手な動きは出来ないでしょう。つまり、私たちがしてきたことって、そういうことなんだと思う。絶滅なんて出来ないけれど、少しずつでも彼らの活動を制していく。だから、これは終わりのない仕事だったんだって」

と、ため息をついて笑った。

もっとも、そう言う有川涼子もまた、もうこれまでのような活動は出来なくなってしまっていた。新和平連合や大星会がそうなったように、有川涼子の極道狩りチームも、非合法であるがゆえに、やはり警視庁にいる青山《あおやま》警視正の監視下にあったからである。二度と無謀な、そして非合法の活動は止めるように、強く念を押されている立場なのだ。

「私たちのことはあんまり心配しないで。神木さんが傍にいてくれるから心強いのは確かだけど、他にも用心棒がいるわけだしね。幸か不幸か、私たちには青山さんたちの目が光っているわけだもの。お蔭様でこっちももう動けないけど、新和平連合や大星会の生き残りだって動けない。ちょっとでも頭脳があれば、警察の監視下にある私たちに近づくことなんかしないでしょう」

と有川涼子は「救済の会」を心配する神木に笑顔を見せた。

青山とは、旧岡崎《おかざき》部隊の生き残りで、現在は警視庁公安部にいる。岡崎部隊とは、神木の義兄である伝説の男、元警視の岡崎竜一《りゅういち》がリーダーとなって暴力組織壊滅のために動いた非合法集団である。この青山を中心にする旧岡崎部隊のスタッフによって、神木たちはかろうじて二年前の新和平連合・大星会との非合法の戦いに生き残ることが出来た。

もし彼らの存在がなかったら、おそらく神木も有川涼子も今のような平穏な日々を送ってはいられなかっただろう。事件後、涼子たちのチームが官憲からの訴追を受けなかったのは、青山たち旧チームの力が作用したからで、彼らの助力がなければ、身の安全どころか、法的な拘束《こうそく》からも逃れることは出来なかったに違いない。

だが、神木は、有川涼子の言うように現在の状況がそれほど安全だとは思ってはいなかった。確かに新和平連合の会長新田雄輝は現在獄中にあり、大星会会長だった三島興三は大星会内部の抗争で射殺された。だが、新和平連合のバックにある組織にはなんらダメージを与えてはいないと、神木は思っている。新和平連合の持つ、海外にある資金源はまだ傷つかずに残っているからだ。

旧和平連合の創設者浦野光弘《うらのみつひろ》の遺児浦野孝一《こういち》は国外に逃げ、現在、その行方は判っていない。つまり資金源である浦野孝一を潰《つぶ》さなければ、新和平連合は壊滅したことにならないのだ。

神木がいま考えなければならないことは、太田の身に最悪の事態が起こった場合についてだった。

太田には当時の出来事を話していないから、太田自身は神木と「救済の会」との関係を知らない。太田が知っているのは、公安の警察官であったという神木の過去だけである。だから、太田がもし新和平連合系の下部組織に捕らわれても、そこで「救済の会」の名が出ることはないだろう。それに、太田は、並の男ではないから、ちょっとやそっとの追及に屈することはないとも思う。また、姪である美希という娘を神木に預けたことを簡単に吐くとも思えない。だが、百パーセント安心は出来ない。もし予測に反して太田が口を割ったとしても、それは自分どまりにしておかなくてはならないと、神木は考えていた。

その日、神木は調布にある古武道の道場で一汗かいた後、八王子を訪ねるつもりでいた。預けたままの美希という娘のことが気にかかっていたのだ。

二年前、銃撃で右肩に骨が砕ける重傷を負った神木は、不自由な左腕のリハビリを兼ねて週末の土曜日には聖林館《せいりんかん》という友人の道場で護身術を教えている。午後一時からの少年部が終わったところで、道場のインストラクターから携帯が鳴っていることを教えられた神木は、更衣室のロッカーから携帯を取り出した。だが、神木への電話は、待っていた太田からのものではなかった。

「今、調布でしょう？　稽古《けいこ》が終わったら時間があるかしら」

電話は「救済の会」の有川涼子からだった。

「今ね、稲垣《いながき》さんが来ているの。時間があったら神木さんにも来てもらえないかと思って」

稲垣は警視庁のマル暴の刑事だった男である。定年退職後、その退職金を手に有川涼子のチームに参加した。二年前の新和平連合と大星会との戦いを神木と共に戦った間柄である。

「稲垣さんですか、珍しいな」

稲垣もまた、涼子と同じように現在は警視庁の青山警視正の監視下にある。あらぬ疑念を青山たちに抱かせてはならないと、有川涼子の立場を気遣う稲垣が「救済の会」を訪れることは滅多にないのだ。

「神木さんにお電話したのはね、ちょっと彼女のことが気にかかったものだから」

有川涼子はそれ以上具体的なことは口にしない。美希という娘に何かあったのか……？

「何か、やりましたか？」

可愛い顔をしているが、車を盗むことを生業《なりわい》にしてきた娘である。「救済の会」は個人住宅ではなく施設だから、共同生活が出来なくてはならない。そこでトラブルを起こすことは十分に考えられた。

「いいえ、そういうことじゃないの。ただ、ちょっとね、元気がないから心配で」

有川涼子は、美希という娘がほとんど口も利《き》かず、食事も進まないのだ、と教えてくれた。

「……喜一《きいち》くんが彼女の話し相手になってくれているんだけど、福原市のことが気になってるのね。一人で出ていってしまうのではないかと思って、それがちょっと心配」

「これから、そちらに行きます。どのみち、そのつもりで、こちらから電話しようと思っていたところでした。一時間ほどかかりますが、それでもいいですかね？」

「ええ、わかったわ、大丈夫よ。それに稲垣さんも会いたがっているし、夜までいてくださるから。だから、いつでもいいのよ、来てくだされば」

「そちらに着いてから詳しく話しますが、来るはずの太田からの連絡がまだないのです。二日間ということでお願いしたわけですし、美希という子についても、何とかしないとならないですから」

「ここにいることは心配要らないのだけどね」

「解りました。とにかく、そちらに行きましょう」

と神木は通話を切った。

娘が兄や叔父の太田を案じる気持は解る。自分だけが安全な場所に匿《かくま》われていることに、耐えられない気持になったのかも知れない。有川涼子は、娘のことはいつまで預かってもかまわないと言うが、そのことも、やはり気が引けた。危険な種《たね》を持ち込んだ気がしていたのだ。

旧友である道場主の大川健三《おおかわけんぞう》に挨拶を済ませ、近くのスーパーでみかんを五キロほど買うと、神木は一年前に買った中古のランドクルーザーで八王子に向かった。

有川涼子の「救済の会」は八王子市の外れにある。周囲はまだ山林や農地が残っているエリアで、「救済の会」は雑木林に囲まれた一画にある。三百坪ほどの土地は鉄条網《てつじょうもう》を取り付けた柵《さく》で囲われている。見る者によっては不審に思われるほどの厳重な囲いである。建物にもし近づけば、さらに凄い防護態勢であることが分かる。二階建ての建物の軒下には、榊《さかき》喜一が取り付けたカメラが来訪者を常に監視しているのだ。

闇金の被害者や人身売買などで諸外国から連れて来られた女性たちを保護するのが「救済の会」の仕事であるから、時には物騒な来訪者もある。そんなこともあってこの鉄条網の柵が作られたという。だが、二年前の新和平連合との戦いでは、実はこの鉄条網付きの柵は大して役に立たなかった。この場所が実際に戦いの現場になったこともあり、現在はさらに厳重な警戒設備が施《ほどこ》されている。監視カメラだけでなく、柵には警報装置も取り付けられていたし、門扉《もんぴ》や玄関口なども、普通の人間では侵入できない強固なものになっているのだ。

神木はランドクルーザーを未舗装の砂利道に駐め、土産のみかんが入った袋を両手に、徒歩で門扉に向かった。建物の前庭にはすでに三台の車が駐車していて、ランクルを入れるスペースがないと思ったからである。

神木が門前に近づくと、待っていたかのように鉄製の門扉が開いた。門柱に取り付けられているスピーカーホーンから榊喜一の弾《はず》んだ声が聞こえてきた。

「チーフ、車、中に駐められますよ」

榊は今でも作戦時と同じように、神木のことをチーフと呼んでいる。

「いいんだ、外で。ここらなら駐車違反でやられることもないからな」

おそらく監視カメラで見ているはずの喜一に、神木は微笑んで応えた。

喜一が「救済の会」のスタッフというのは表の顔で、裏の顔は極道狩り・有川涼子のオペレーションチームの一員。年齢は二十二歳で、美希という娘と近い。

それにどちらも似たような特殊技能を持っている。美希という娘が外見からは想像出来ないコンピュータのプロなら、同じように榊喜一もコンピュータから盗聴器まで、電子機器のことなら何でもこなすプロの中のプロのような青年である。二年前のミッションでは、その能力を生かして存分な活躍をした。彼なしで、新和平連合と大星会をあそこまで追い詰めることは出来なかっただろう。

玄関先に有川涼子と榊千絵《ちえ》、そして稲垣が出迎えている。

「お久しぶりです」

稲垣が満面の笑みで頭を下げて神木を迎えた。この元警視庁マル暴の刑事もこの前の戦いでは肩に銃創を受けている。だが、日焼けしたつやのある肌は、そんなダメージを負ったとは思えない健康的なもので、その笑顔も年齢を感じさせない。

「こちらこそ、ご無沙汰しました。元気そうですね」

「神木さんこそ元気そうだ。また稽古を始められていると、会長から聴きましたよ」

「まだ、左腕は駄目ですがね」

と神木は応えた。神木は柔道三段だが、それよりも得意なのが旧会津《あいづ》藩の古武術御留《おとめ》流《りゅう》。調布の道場ではこの古武術を教えている。

「それ、貰います」

と榊千絵が神木からみかんの袋を受け取った。

千絵は榊喜一の姉である。彼女も涼子の非合法チームの一員で、銃創を負った神木の長い入院生活にずっと付き添ってくれた女性だった。暴力団によって風俗に売られ、有川涼子に保護された過去がある。そして、二年前の新和平連合との戦いでは、捕らわれて酷《ひど》い拷問を受ける体験をしていた。肉体だけでなく、精神にも大きな傷を受けたはずで、神木は精神的な障害が残ることを心配したが、千絵はなぜか以前より明るく働いていると、涼子から聴いた。涼子の言葉通り、今の千絵は元気そうだ。

「すみません、お願いします」

「重そうだ、私が一つ持ちましょう」

千絵の腕から袋を一つ受け取った稲垣に続いて、神木は「救済の会」の館内に入った。二階から女たちの喧騒が伝わってくる。聞こえてくる言葉は日本語だけではない。今日も何人か、この駆け込み寺を頼ってきた女たちがいるのだろう。コロンビア、タイ、東欧と人種は多彩だ。

玄関ロビーには笑顔の榊喜一が立って神木を待っていた。

「おう、元気そうだな」

「はい……どうも。チーフもお元気そうですね」

こいつ、社交辞令を口にするようになったか、と神木は頼もしくなった喜一を眺めた。

「残念だが、見かけだけだ。今も稽古に行った帰りだが、練習生相手にひどいめにあったよ。もう歳だということをたっぷり教えられた」

「またぁ、そんなこと言って。僕のような純真な若者の腕を捻《ねじ》ったりして苛《いじ》めてきたんでしょう。チーフはやんわりやってるつもりでも、相手は死にそうになっているんですよ」

と喜一は憎まれ口をきいた。

「これ、神木さんからの差し入れ。皆で食べましょう。上にも持っていって」

はい、と榊喜一が答えて姉から重いみかんの袋を受け取ると、

「あとで上に来てくださいよ、いい物見せますから。新製品」

「解ったよ」

喜一は神木がこの「救済の会」に来るたびに、新製品と言っては自分が作った電子機器を見せる。性能をアップさせた盗聴器や、ナビゲーション・システム、なかには物騒なペンシル型のスタンガンなんていうものもある。

「千絵さん、コーヒー頼むわ」

と言う涼子に、

「はい」

千絵も嬉しそうに、弟の後を追った。

神木は、千絵が同じチームの一員として戦った戦友という以上の個人的感情を自分に対して抱いていることに気づいている。だが、気づいていても、神木はそれに応えることが出来ない事情があった。神木には北朝鮮に拉致《らち》されたと信じられる婚約者がいるのだ。すでに死亡している確率は高いが、神木はまだこの決着をつけていない。公安警察官という職を辞して婚約者の行方を追ったが、生死の確認までは辿《たど》り着いていないのだ……。

涼子と稲垣に続いて神木は応接室に入った。この部屋は一年十一カ月前、侵入して来た新和平連合のヤクザたちと血を流す戦いを繰り広げた場所である。殺し屋にイングラムを乱射された壁の弾痕《だんこん》はもうないが、稲垣はこの部屋で肩に銃創を受けていた。

「会長に言われて、ちょっと調べてみましてね」

そんな過去など覚えてもいないような嬉しそうな顔で、稲垣が言った。警視庁の青山から、二度と勝手に行動を起こさないこと、と念を押されていても、この元警視庁のマル暴刑事は懲《こ》りることがないらしい。

「福原市のことですか」

と神木は稲垣の前に座った。この部屋に盗聴の惧《おそ》れはない。喜一が毎日、その点検をしているはずだ。

「そうそう。あの大星会の八坂が福原市に現われたようですね」

「ええ。T県の福原市です」

「会長から聴きましたが、これ、ちょっと面白い情報でしてね。知っているでしょうが、三島の下にいた八坂秀樹は現在、大星会の会長になっているんですよ。ところがですね、福原市にも、いやT県には大星会の下部組織も新和平連合の組織もないんです。隣のY県平川市には新和平連合の二次団体になっている蒼井連合会という組がありますがね」

「その蒼井の客が大星会の会長だったわけです。そして太田という男の仲間が八坂の使っていた車を盗んだ」

「そういう話だそうですね。私の興味は、何で自分の縄張りでもないところに八坂が出掛けたか、ですよ。自分のところの組員を連れずに、蒼井連合会が護りに付いている……これも、何か引っかかる」

稲垣がシステム手帳を取り出して頁《ページ》をめくった。稲垣のシステム手帳には日本全国の暴力組織の最新情報がぎっしり詰まっている。じっと話を聴いていた有川涼子が、テーブルの上のパソコンからプリントアウトした紙を取り上げて言った。

「はい、これ。福原市のことを知りたいんでしょう。地元の組織は田中組。他にテキヤグループの立浪組系金井組、吉田連合会系渡部組の二つがあるようですけど、これはテキヤとして店をだすのを田中組が許しているので、進出を許したのとは形が違うようですね。もう一つ……田中組の上部団体はＩ県の仙石組ということですけど、これは後見。べつに仙石組が進出しているということではないわ。だから、福原市は田中組だけと見ていいでしょうね。

平川市の蒼井連合会は何と嬉しいことに、新和平連合の二次団体。つまり、何で八坂が福原市に行ったのかは判らないけれど、八坂の護衛は新和平連合の下部組織の蒼井連合会が請《う》け負ったということでしょう。つまり、内部抗争でずたずたになったはずの大星会だけど、会長になった八坂と新和平連合は、まだちゃんと繋がっているということになる……」

有川涼子もまた日本の暴力組織に関して知らないことはない。それにしても、現在は謹慎の身のはずだ。それなのに、詳細に最新の情報を知っている。

神木は苦笑した。この人たちは懲りることがない。今の会話を警視庁の青山たちが聴いていたら、まさに九死に一生という体験をしたばかりなのに、まったく学習をしていないと嘆くことだろう。猟犬たちが自分たちより遥かに獰猛《どうもう》で力のある熊に立ち向かう姿に似ている。これは本能のなせる業《わざ》なのかも知れない。

「待ってください」

と神木は苦笑して言った。

「これは太田という私の知り合いと連絡が取れなくなったということで、また新和平連合や大星会を相手にしようという話ではない。黙って聞いていると、またお二人とも何かやりそうだ」

「いや、別に新しいプロジェクトを立ち上げようってことじゃないですよ」

と稲垣も苦笑いで続けた。

「ただね、神木さん、あなた、何かしようとしているんでしょう？　そうなんじゃないですか？　一人で福原市に乗り込む……どうも、そんな感じがするなぁ」

「このまま放ってはおけないでしょう。預かってもらっている女の子のこともあるし、明日にでも現地に行かなければ、と思っていますが」

涼子が言った。

「美希さんのことなら、最初に言ったように、預かるのはいつまでも構わないわ。ただ、さっきお話ししたけど、ちょっと心配なの。ここを出たいって、喜一くんに話したようなの」

「一人で福原市に戻りたいって、そう言っているんですか」

「福原市に戻りたいってはっきり言ってはいないようだけど、お兄さんのことが気になって仕方がないのね。そのお兄さんともう一人、健民という子が蒼井連合会に捕まっているらしいんだけど、その中国人の男の子が、美希ちゃんのボーイフレンドらしいの。それで、助けに行かなければ、って喜一くんに言ったらしい。喜一くんが心配して、傍についているけど、隙があったら逃げ出すかも知れない。それで、一応神木さんにも話しておいたほうがいいと思って」

馬鹿な、と思った。福原市に一人で戻っても、あの娘に出来ることは何一つない。やれるとしたら、警察に訴え出ることぐらいだろうが、娘の兄や太田も善意の第三者ではない。相手の車を盗んだ犯人なのだ。それに、彼らが蒼井連合会に拉致、監禁されているということも簡単には立証できまい。だとしたら、いったい何をやろうというのか？

涼子が言った。

「あの子が心配でいてもたってもいられない気持になるのは、解ります。確かに、太田さんという方のことは気にかかりますね」

「彼のことについて、あまり詳しく説明していなかったが、まあ、やつも普通の人間ではないんでね……」

「普通の男でないというのは、どういう意味ですか」

稲垣の問いに、

「太田は情報屋だった男です。現在は足を洗って、密貿易をやっているようですが、情報屋としてはかなりの腕だった……ヤクザを相手にするよりも、こちらのほうがずっと危険は多かったと思います。そんな男ですから、相手がヤクザでも、一人で上手くやれると思っていたのですがね」

神木は自分と太田について、これまでの関係を二人に簡単に説明した。

「なるほど、その人も相当の悪《ワル》だな」

と、説明を聞き終えた稲垣がため息をついた。

「中国、韓国、北朝鮮と、股にかけて商売をしてきた男ですよ。それも、情報屋だから、半端《はんぱ》な悪じゃない。だから、ヤクザくらいでびびる男ではないし、太田の口からここの話が出て来ることは、まずないでしょう。そもそも太田が知っているのは、公安にいた私ですから。ただ、美希という子を預かったままでいることは出来ないですからね。太田がどうなったか、そいつを調べなければならないとは思っています」

涼子が訊いた。

「それじゃあ、神木さん、一人で福原市に行くつもり?」

「行って何が判るか、自信があるわけじゃあないが、出来れば明日にでも向こうに行ってみようと思っていますよ」

「うちから誰かつけましょうか？」

と言う涼子に、

「いや、自分一人のほうが動き易《やす》いでしょう。一人なら荒っぽいことも出来る」

と神木は答えた。

「さて、それはどうかね」

稲垣はそう言って腕を組んだ。

「一人のほうが動き易いというのは、解らんではないけれど、相手はヤクザだ。ことヤクザに関しては、私らのほうがプロですよ。情報だって、今でも豊富だしね。一人より、誰か一緒のほうが良い。なんなら、私が一緒に行きましょう。足手まといにはならんですから」

確かに、稲垣なら役に立つ。ヤクザに関して知らないことはないのだ。

「あなたのほう、視察はどうなっています？」

と稲垣が訊いた。

「現在、視察はないと思っています。勘は鈍っていますがね、視察下にあれば気がつく」

二年前まで、神木は公安の視察から逃れるために相当苦労した。日本の公安は退職しても、退職者の動向までも気遣うのだ。だが、警視庁公安部の青山警視正が神木の存在を知ってからは、少なくとも警視庁公安部の視察はなくなったと思われた。

「ここはどうなんです？　青山たちがまだ煩《うるさ》いのではないですか？」

と、神木は涼子に尋ねた。

「青山さんたちには、そりゃあさんざん絞られました。二度と勝手に行動してはいけませんと、釘をさされましたし。今でもここの八王子には新宿署にいた内野《うちの》さんが署長でいるでしょう、だから、内野さんが月に一度は顔を出してくれます。視察されていると言えば、そうでしょうし、心配だから顔を出してくださっている、とも言えるし。それはこちらの解釈次第かしら。

でも、盗聴はされていませんね。それはうちの榊くんが毎日確認していますから確かよ。ただ、神木さんの携帯は危ないかも知れない。盗聴の相手は警察だけではないと、それは用心していますよ、いつも」

「ここの、人の出入りはどうです？」

「入居者に関しては内野さんに常に報告しています。でも、神木さんの訊きたいのは、このスタッフの出入りね？」

「そうです」

「それはないと思うわ。そういう意味での視察はされていないと思う」

「稲垣さんのほうはどうです？」

「私なんか、どうということもないですよ。たかがマル暴上がりを視察下に置くなんて予算は本庁にもないですから」

「それはどうかな。青山たちは稲垣さんがもう有川さんのスタッフだということを知っている。ただの退職者だなんて思ってはいないわけだから、見張られていて当然でしょう」

「いやいや、あれからもう二年です。この二年間は大人しいもんですよ。私の所に訪ねて来る者なんかいないですしね。外出も滅多にしない。見張っていたら、そいつは欠伸《あくび》が出るね。現に、ここに来る時も、視察はなかった。これは慎重に確かめましたからね。だから、私に関しては心配ない。やはり、視察があるとすれば、それは神木さんでしょう。もし、視察のことが気になるなら、どうですかね、神木さんの代わりに、私が現地に行って調べてみてもいい」

「そいつは、駄目ですよ。これは私の個人的な事件ですから。こっちは太田がヤクザ相手のトラブルに巻き込まれたと考えているが、実はそうでないということもある……」

「というと？」

「太田は、食えない男ですから、話したことが真実とはかぎらない。今頃、美希という子をこっちに預けて、自分は韓国辺りでのうのうとしていることも、ないとはいえない。だから、今回は状況の視察。太田が現在どんな状況下にあるのか、それを知っておこうというくらいの感じです。だいたい、稲垣さんは太田の顔も知らないでしょう。太田の行方を調べるにしても、それは太田を知っている人間でなければ無理だ」

と神木は笑って説明した。

「それはそうね」

と不満そうな稲垣を見て、涼子が言った。

「でも、やっぱり一人で行くのはよくないわね。あなたにもし何かが起こったときに、いったい誰が私たちに知らせてくれるの？　助力は要らないかも知れないけど、連絡要員はいたほうがいいでしょう。足手まといにならない人がね」

涼子のスタッフで、足手まといになるような者はいない。誰もが独自の能力を持ち、それなりの戦闘能力を備えている。

「神木さん、千絵ちゃんを連れて行きません？　一人で現地をうろつくのはかえって目立つでしょう。連れがいたほうが自然に映るわ」

「それなら、美希くんを連れて行きますよ。あの娘なら、太田の姪だし、やつのことをよく知っている。それに現地にも詳しい」

稲垣が言った。

「確かに、親子連れには見えるかも知れんが、でも、あの娘のことは、ヤクザ連中も知っているんじゃないんですか？」

この指摘も的《まと》を射ていた。太田の話では、蒼井連合会も、捕らえている甥よりも、美希という娘のほうに関心があるという。

「それは、稲垣さんの言う通りで、危険かも知れない……だが、それは何とか出来るでしょう。もし太田が捕まったのなら、もうそれほどあの娘には危険はないと思います」

「三人は目立つでしょうから、ついて行くのは一人ね。男の二人組では偽装にもならない。そうなると、私か千絵さん……」

「会長は駄目ですよ。あなたがここを離れたら、青山たちが動く。また始めたかと思われてしまう」

「確かに、そうね。藪《やぶ》を突ついて蛇かも知れない。そうなると、やっぱり千絵さんしかいないわね」

　神木は戸口を見た。コーヒーカップをトレイに載せた千絵が立っていた。目が合った。すがるような目で千絵は神木の返答を待っている。確かに千絵がついてきてくれたら何かと便利だろう。だが、別の気遣いがいる。間違いがあったら、お互いに禍根《かこん》を残す。そして、そんな間違いが起こる気がした。

「ご心配かけますが、これは個人的なことですから、やはり美希という娘と二人で行きます。その代わり、お願いしたいことがある……」

「何かしら？」

「稲垣さんが考えているように、こっちは福原市のヤクザについて何も知らない。だから情報が欲しい。後方支援を頼みます」

「それはいいわよ。でも、本当に一人でいいのかしら」

千絵が諦めたように俯《うつむ》き、コーヒーを配った。神木が何を案じているのか、千絵は理解している……。

「会長には解らんでしょうが、こうして千絵さんに会うのは、かなり度胸がいる……」

涼子が訊く。

「あら、どうして?」

「この人には、母親のようなことをしてもらった。下《しも》の世話までしてもらったもので」

この神木の言葉に涼子と稲垣は笑ったが、千絵は笑わず、

「……あまり、危ないことはしないでください。また下の世話をするのは辛いですから」

と言った。

二

「……おやじさん……!」

抱きかかえていた太田の体が、僅かだが動いたように思った。

「おやじさん、俺だよ、話せるか、おやじさん!」

ひどい寒気の中にいるのに、太田の体は火のように熱い。熱があるのだ。血で固まって

しまったハンカチに、僅かのウーロン茶をかけて太田の額《ひたい》に当てていたが、ハンカチはあっという間に乾いてしまい、亮介は太田の額を冷やすことは諦めた。そんな状態が一昼夜続き、その間、太田はほとんど意識がなかった。その体が、今、動いたように思えたのだったが……。

プレハブの事務所から車庫に連れ戻された時には、二人とも意識はあった。腕を金属バットで叩き折られていても、叔父の太田はまだ亮介よりも元気だった。

「亮介、諦めるな。大丈夫だ、まだまだいたぶられるだろうが、やつら、俺たちを殺しはしねぇ。俺たちを殺したらどうなるか、バカどもでもそれくらいは解っているからな」

骨折の激痛に耐えながら、心身ともに弱っている亮介を、太田は懸命に励ました。

「……あいつらはな、まだ俺たちを殺せんのよ。こんなこともあろうかと、俺は保険を掛けたからな。その保険がどんなものなのか、そいつを探り出すまでは、俺を殺したくても殺せねぇんだ。だから、諦めるなよ、亮介。日にちを稼げば、俺たちにもチャンスが生まれる。いろんな保険が利いてくるんだ」

「保険って、どんな保険なんですか」

体力もさることながら、気力をも失っている亮介は、いまだ強気な叔父に不審の目で訊いてみた。

「保険ってのは、一つじゃない、何通りも掛けてある。どれもが役に立つわけじゃないから、種類を分けて掛けるんだ。今度もな、だから俺はいざというときのことを考えていくつか掛けておいた……まず、その一つは、そう簡単に殺されたりしないように掛けた保険だ。俺に手をかけたら、あいつらの今やっていることが世間に公表される。

こいつはな、お前がドジった車に関係があることだ。大星会の会長が、どうして福原市に来ていたのか、っていう話だ。ここを突いてやったわけだ。いや、そんなに詳しいことを知っているわけじゃねぇがな、やつらが何をしていたかは想像がついた。ただ、下手に突いたもんだから、こんなめに遭っちまった。

それでも、あいつらとしては、丸菱ホテルの買収劇を今ばらされることだけは、何としてでも避けたいと思っている。だから、俺がそれにどんな保険を掛けたのか知りたくってな、こうして俺を何度もしばくわけだ。他に仲間がいるのか、どこか他に情報を売ってるんじゃねぇのか。やつらとしたら、そいつを知りてぇわけだ。だが、こっちもそう簡単には口を割らない。割った時がこっちの最期だって解っているからな。多分、その時、俺たちは殺される。保険が大したもんじゃないと解ったら、その時が最期だろう。

日にちを稼げれば、と言ったのは、もう一つの保険のほうだ。俺には、一人、信用のおける友だちがいてな。その友だちは、今回、俺がどんな苦境に立っているかを知っている。ほら、東京で美希を預けた男だよ、連絡がないと解れば、そいつが福原市にやって来る。ただやって来るだけじゃない。そいつは俺たちの行方を捜す……日数はかかるだろうが、必ず俺たちの居場所を突き止める。そういうことの出来る男なんだ」

そんな凄い男が本当にいるのだろうか、と亮介は思った。もし、本当にそんな男がいるのなら、俺たちは助かるかも知れない……。叔父は苦しげだったが、その目は輝いていた。

「……神木といってな、元警察官だった男だ。彼が、きっと俺たちを助けてくれる……だからな、諦めるんじゃないぞ、亮介。頑張れば頑張るだけ、助かるチャンスが生まれてくる。あんな野郎どもに、やられてたまるか。まあ、見ていろ、一泡吹かせてやる」

亮介と同じようにぼこぼこにされていても、まだおやじさんの意気は軒昂《けんこう》だった。だが……今、そのおやじさんは死にかけている……！

一番辛いのは寒気だった。ガレージには暖房はなく、亮介は薄いセーター、太田はワイシャツだけの格好で放り込まれていたのだ。結束バンドのケーブルタイははずされていたから、手足は動かすことが出来たが、何カ所も骨折していて、そう体は動かない。日に二回、菓子パンとウーロン茶を運んでくる年寄りに、毛布か何か寒気を防ぐものを、と頼んだが、これはあっさり無視された。

亮介は今、その見張りの年寄りを待っている……。このままでは死んでしまう、医者を呼んで欲しい、と何とか頼むつもりだが、そんな要求が受け入れられるはずのないことも、実は判っていた。どうせ殺そうと思っている者を医者に診《み》せるわけがないからだ。あの健民もあっさり殺されて、遺体はゴミ捨て場に埋められたのだ。

夕刻、見張りの年寄りが鼻歌を歌いながら現われた。例によって手にある袋の中にはウーロン茶のボトル二本と菓子パンが二つ。これを亮介の前に放り投げ、携帯便器を持って出て行った。中の糞尿をゴミ捨て場に空《あ》けに行くのだ。この間だけは、面倒くさいのか、ガレージのドアは開けたままだった。逃げるならこの時しかないと思うが、脛《すね》を折られた足ではそれも無理だった。ケーブルタイの縛《いまし》めを解かれたのも、どうせ動けはしないと、そうヤクザたちが判断したからなのだ。

「……おい、見てくれ。凄い熱なんだ……このままにしていたら死んでしまう……そう上の人に言ってくれ……頼む」

と空になった便器を戻しに来た年寄りに叫んだ。

「病気なんだ、医者を呼んでくれ、頼む！」

耳が遠いらしい年寄りも、悲痛な叫びに、やっとおやじさんの様子がただごとでないことに気づいたようだった。年寄りが便器を投げ出すように床に置くと、慌ててガレージを出て行った。

助かるかも知れないと思った。ガレージのシャッターを開けたまま出て行ったので、小雪混じりの寒風が吹き込んで寒さはさらに増した。おやじさんを強く抱きしめて年寄りが戻るのを待った。三十分、一時間……。年寄りは戻って来ない。

「……亮介……」

腕の中のおやじさんが囁いた。

「亮介……」

おやじさんの顔を見た。紅《あか》かった顔が今は白っぽい色に変わっている。だが、おやじさんはしっかり目を開けていた。

「おやじさん！」

「……起こしてくれ……」

「大丈夫だよ、今、医者が来る、だから、だから……」

おやじさんは薄《う》っすら笑って言った。

「いいや、医者は来ない」

「俺が年寄りに頼んだ。だから、もう少し我慢して……」

「頼む、起こしてくれんか」

もがくおやじさんを抱き起こした。壁に背をもたせ、おやじさんが言った。

「悪いことをしたな、亮介。本当に、悪いことをした……」

とおやじさんは呟いた。

「悪いことをしたって……？」

「父さん母さんに済まないことをした……お前をこんなめに遭わせちまった……」

「何を言ってるんだよ、頑張れば助かるって言ったじゃねぇかよ、おやじさん！」

首を振った。

「……これまでだな……もう、だめだ」

おやじさんがひとさし指を咥《くわ》えた。

「何とか、お前だけでも助けようと思ったが……ツキが落ちた」

おやじさんの指から鮮血が滴《したた》って、汚れたワイシャツを濡らした。

「何をしているんだよ、血が、血が……！」

真っ赤になった指先がガレージの壁に伸びた。おやじさんは、血で濡れた指で壁に何かを書いた。何を書いているのか、解らなかった。それがハングル文字だったからだ。

車の停まる音が聞こえた。おやじさんを引き寄せ、耳元で叫んだ。

「ほら、医者が来た！　年寄りが、医者を呼んでくれたんだよ！」

入って来たのは医者ではなかった。老人が連れて来たのはヤクザたちだった。五人のヤクザ……あの関西弁を喋るヤクザもいた。

年寄りが丸めたシートを床に広げた。やっぱりおやじさんを医者の所に運んでくれるのか……！

二人の若いヤクザが咥え煙草で、ぐったりしたおやじさんを広げたシートの上に横たえた。いつもは大柄だと思っていたおやじさんは、シートの上ではひどく小さく見えた。

「早く、医者の所に連れて行って！　死にそうなんだ！」

ヤクザたちが、マグロでも包むように、おやじさんの体を転がしながらシートを巻きつけていく。何をしているのか、やっとわかった。

「なにしやがる！」

簀《す》巻《ま》きにされたおやじさんの頭の上と足の先を、やつらはガムテープで留めた。

「止めろ！」

精一杯の声で叫んだ。関西弁を喋るヤクザが初めて口を開いた。

「うるせぇガキだな」

もう二人のヤクザが近づいて来た。一人の手に握られているものに気づいた。米を入れるような分厚いビニール袋……。何をする気なのか判った。

「くそっ！　くそっ！」

片足で懸命に這《は》った。壁まで逃げたところで捕まった。手足を押さえられ、頭から袋を被《かぶ》せられた。手首にテープが巻きつけられ、首のところを別のテープで絞められた。もがいた。手首のテープは外れない。首を振った。何度も振った。歯でビニールを食い破ろうと、懸命に首を振った。袋の中から壁の血文字が見えた。息をすると、ビニールが鼻腔《びこう》と口に張りついた。

「……おやじ……さん……！」

体を捻《ひね》った。二人のヤクザが蓑《みの》に入ったようなおやじさんの体を運んで行くのがビニール越しに見えた。空気が……もうなくなった。ビニールが鼻腔に張りついたままになった。目を見開いた。関西弁のヤクザの笑う顔がぼんやり見えた。

「くそっ！　てめぇら……てめぇら……」

声にならない……おやじさんの言ったとおりだとやっと解った。これまでだ。俺は死んでいく……。かっと目を見開いた。笑っている関西弁のヤクザを思いっきり睨みつけた。そしてそいつの顔が溢れる涙で見えなくなった……。

三

パソコンを抱えて洗面所に立つ美希に、

「……パソコンを見るのはいいが、友だちなんかにメールの送信はしないように。向こうに君みたいなパソコンのプロがいるとは思えないが、俺たちの居場所を誰にも知られたくないからね。用心のためだ」

と神木は念を押すように言った。

「はい……」

頷きはしたが、パソコンは放さず、美希はそのまま洗面所に向かった。今どきの娘は携帯でメールをするが、美希はラップトップをわが子のように、いつも抱えて、手放すことがなかった。神木は、出発前の千絵の言葉を思い出した。

「あの子、お兄さんからきっと連絡が入ると、だからいつも携帯とパソコンを見ているんです」

と、これまで美希の面倒をみていた千絵が教えてくれたのだ。あの娘にとってパソコンは自分の体の一部なのだろう。だが、可哀想だが、その連絡はないだろう、と神木は思っている。相手もバカじゃない、携帯やパソコンを持っていれば、真っ先に取り上げているはずだからだ。

だが、この理屈も完全なものではないと思わないでもない。神木が間違っていることもある。神木が考えても理解できない通信手段があるのかも知れないからだ。美希の兄も、彼女と同じようにパソコンを使いこなす若者なら、何をやるかは判らない。今や諜報《ちょうほう》の世界も、電子脳の世界に変わっている。美希のような若者と一緒にいると、いやでもそう感じるのだ。

俺の知識や戦術も、もう一昔前のものになっているのか、と神木は美希との旅で、そう思わざるを得ない気持になっている。

神木はテーブルにある美希の皿を見た。彼女が頼んだスパゲッティーの皿は、ほとんど手がつけられていない。千絵の話では、「救済の会」でもほとんど何も食べなかったらしい。

だから、ひどく痩せている。娘から大人の女性に変わる、まさに娘盛りの年頃だが、神木の目にはまるで欠食児童のように映る美希だった。

早朝に八王子を出てすでに四時間、神木たちは関越《かんえつ》自動車道を出て、福原市まであと一時間という地点にいた。休憩を兼ね、早めの昼食をと国道沿いにあるファミリーレストランに入った。

神木はこれまで、福原市で何をするかを美希には話さないできた。様子を見ていたが、福原市が近づくにつれ、緊張がかなり高まっているように見えたからである。何か、思いつめたような表情が気にかかった。気にかかっていても、それをどう扱っていいのか、若い娘に縁のなかった神木には判らない。男の仲間にならば、

「余計なことなんか考えるな。どうせ、お前に出来ることなんかありゃしねぇ、黙って見ていろ」

と言って済むことも、子供のような娘が相手ではそうもいかない。だから今、神木は千絵がいてくれたら良かったと後悔していた。今にも泣き出しそうな顔の若い娘を連れての二人旅は、余計な神経を遣うことを神木に要求する。もし、千絵が傍にいてくれたら欠食児童の電脳娘に気を遣わずに済む。福原市に着いてからの行動も制約されずに済むだろう。

だが、今の神木はいちいち美希を案じながら行動しなければならない。案内役は必要だったが、時と場合によっては足手まといにもなるだろうと思う。

出発前に千絵が言った。

「……話してあげてくれませんか……」

「何をだ？」

「心配するな、必ず見つけて、助けるからって、あの子にそう言ってあげてください」

言うのは易しい。だが、そう簡単にいかないだろうと、神木は予測していた。太田から連絡がない、ということは、そういうことなのだ。俺が助けることが出来る程度のことなら、太田は自分の力で対処しているだろう、と神木は思っていた。だから、こう答えた。

「気休めを言っても効果はないだろう。あの娘も、それは解っている」

「気休めではありません。チーフなら、出来るわ」

生真面目な顔だった。二年前のオペレーションで神木に助けられた千絵は、神木なら何でも出来ると信じていた。

「買いかぶるな。俺は、あの岡崎さんとは違う」

とそんな千絵に神木は答えた。義兄の岡崎には出来ないことはなかったという。口にしたことは、何でもやってのけたのだろう。有川涼子をはじめ、岡崎を知っている者は、誰もが岡崎が本当のスーパースターだったことを今でも信じている。だが、残念ながら、俺は違う……そうであったらと、何度思ったことか。その証拠に、俺はあいつを救い出すことが出来なかった……。

美希が洗面所から戻って来た。

神木はテーブルの上にT県の地図を広げた。喜一やこの娘なら、地図もパソコンの画面で見るのだろうと思いながら、美希に言った。

「福原市に宿を取ることは避けたい。だから隣りの小作《おざく》市にホテルでも探して、そこから動こうと思っているが、美希くんは小作市のことを知っているか?」

「はい、知っています」

と消え入りそうな声で美希が答える。

「小作市から福原市まで、車でどのくらいだ?」

「三十分くらいだと思います」

「地図ではここは標高があるが、相当の山道なのかな?」

「はい。二車線の舗装してある道です。だけど結構、カーブは多いです」

「今の時期、雪はあるのか?」

「今はまだないと思います」

「雪が降ったら、閉鎖されて福原市へは通行禁止になるなんてこともあるかな?」

「凄い大雪ならありますけど、そんなことは滅多にありません。豪雪地域ではないですから」

「ここにＪＲの駅があるが、どんな市なんだ？」

「普通の……町です。ちょっと外れには、塩国《しおくに》温泉があります。ひなびた温泉ですけど」

「人口は福原市と同じくらいかな？」

「ずっと小さいです」

「ホテルはあるのか？　ビジネスホテルみたいなものだが」

「そういうのは、ないと思います。ファッションホテルならあるけれど」

ラブホテルと言わないところが、今の子らしいと神木は苦笑した。

「……ファッションホテルか……困ったな……」

「何が、困るんですか？」

「君とファッションホテルには泊まれないだろう。部屋を二つ取れば、受付が何だと思う」

美希の顔に初めて笑みが浮かんだ。

「部屋、一つでも、私は平気です」

「……それは、君がおっさんと寝たことがないからそんなことが言えるんだ。俺は凄い鼾《いびき》をかくそうだ。千絵くんが知っているよ。俺の看護をずっとしてくれたんで、そいつを知っているんだ。以来、頭が上がらない」

笑みが大きくなった。神木は周囲に客がいなくなったことを知り、話し始めた。

「それでは、これから俺が向こうで何をやるか簡単に話す」

また美希の顔が引きつったようになった。

「君は俺が何をやろうとしているか不安だろう。だからこれから説明するが、その前に今から君に守ってもらいたい条件を言っておく。

一つ、俺に無断で勝手な行動をしてはいけない。要するに、君の判断だけで動くな、ということだ。君が危険に陥《おちい》るということは、そのまま俺の危険に繋がる。君を助けなければならなくなることで、肝心の捜索が出来なくなる。だから、君の判断だけで絶対に行動するな。俺の許可を得たことだけしかしてはいけない」

頷く代わりに反抗的な目の光が返ってきた。

「二番目。今回、俺は官憲の協力は頼まん。官憲というのは、警察なんかのことだ。頼まんのは、君たちが何をやってきたか、ということもあるがな。警察は、今、車の盗難にすごくうるさい。事情を知られれば、君たちも捕まる。まあ、そんなことより、本当はな、俺が非合法の行動を取るかも知れないからだ。

太田と君の兄貴たちを助けようと思ったら、多分、それは時間との戦いになる気がする。だから悠長にやってはいられない。荒っぽいことをするかもしれない。今も言ったが、だから俺の足手まといになるな。ただし、君の助けが要る。俺は君の兄貴のことを知らんし、叔父さんの私生活も知らん。そいつは君が俺に教えてくれなければならない」

　やっと娘が頷いた。

「三つ目。これから福原市に入るが、見てのとおり俺の車の窓ガラスはスモークではない。だから、外から君の顔も見える。君には福原市に知り合いも多いだろう。友だちなんかだ。相手がヤクザでなくても、顔を見られないようにしてもらいたい。仲の良い友人を見つけても、手を振ったりするなよ。これは念のために言っておく。何かの関連で、君が福原市にいることが伝播《でんぱ》する可能性もあるからだ。伝播とは、情報が思わぬ形で伝わっていってしまうという意味だ。面倒なので、そういう危険は招きたくない。だから、市内に入ったら、座席に横たわって、俺の訊くことに答えてくれ。いいな？」

「……解りました……でも、福原市には友だちはいません」

「どうしてだ？」

「福原市に来たのは、最近です。それまでずっと新潟にいましたから……」

　両親が事故で死んだと太田が言っていたが、それまでは新潟にいたのか……。

「そうか。太田のところに来たのは、最近なんだな。新潟の、どこだ？」

「市内です」

「そうだったのか。俺はてっきり福原市だと思っていたよ」

「でも、福原市も知ってます。友だちがあんまりいないだけで……」

「よし、それではいくつか質問するぞ。まず第一に、港町の太田の店には何人従業員がいる？　それは知っているか？」

「お店にセールスが二人、裏の工場に二人……」

「勤務時間は？」

「お店も工場も十時から。終わるのは、お店は六時。工場は日によっていろいろ。七時になったり、もっと遅かったり」

「よし、次だ。叔父さんには家族はいなかったな？」

美希が頷く。

「特定の女性もいないのか？　一緒に暮らしている女性だ」

「前はいたらしいけど、今はいません。逃げたみたい」

と言って、ちょっといたずらっぽい目になった。

「何で、そう思うんだ？」

「逃げたっていうこと？　それは、ケチだから」

思わず苦笑いになった。なるほど、たしかに太田はしまり屋だ。あの男なら、釣り上げた魚に餌《えさ》はやらん、と思っていたかも知れない。

「住んでいるのは、どんなところなんだ？」

美希はＪＲ駅から徒歩で二十分くらい離れた住宅地のマンションだと答えた。

「君と兄さんが住んでいたところは？」

「叔父さんのマンションのすぐ近くのアパート」

「その辺りは、車を駐めておくと目立つか？」

「それほどでもないけど……道に長く車が駐まっていることは、そんなにないです……」

「その辺では、ヤクザが歩いていれば目立つわけだな」

「はい、目立ちます」

「人通りは多いのか？」

「あんまり人は歩いていません。通るのは、車のほうが多いです。でも、叔父さんのマンションの前は通るけど、私のアパートの前は通らない。道が狭いし……」

「そのアパートにお兄さんと一緒にいたんだな」

「隣りの部屋に健民さんがいました……」

「健民？　それがお兄さんの友だちか……」

「そうです」

「その子も捕まったんだな……？」

「はい」

「君たち三人で車を盗んでいた……そういうことだな？」

「……そうです……」

「その盗んだ車は、今どこにある?」

「イラン人のお店、裏に隠せる工場があって……。でも、今もそこにあるかは判りません。叔父さんが返したと思うけど……」

盗んだというマイバッハは、すでに大星会に戻っていると考えていいだろう、と神木は判断した。テーブルの上のパソコンを見て尋ねた。

「君は、コンピュータが得意だそうだが、喜一くんとどっちが腕が上なんだ? 彼とは話をしたのだろう?」

喜一の名前が出たことで、僅かだが美希の顔が明るくなった。

「榊くんとはやってることが違うから。コンピュータのことだけなら、私のほうがよく知ってます」

自信ありげな顔になっていた。それが本当なら大したものだ。なぜなら喜一の技術は電子機器だけでなく、コンピュータもプロ級なのだ。

「どこで勉強したんだ?」

「学校です。あとは、家電の会社でアルバイトしていたし」

「学校というのは、コンピュータ専門の学校か?」

「そうです」

「家電の会社で働いていたんだね」

「はい」

「どうしてその仕事を辞めてしまったんだ？」

返事はない。兄貴に誘われて泥棒稼業に加わったのか、あるいは健民とかいうボーイフレンドに引きずられてか。それだけの技術があれば、まともな仕事だってあるはずなのに、今の若者はそうは考えないのか。まあ、叔父がまともな仕事を選ばなかったのだから、その姪がヤクザな仕事を選ぶのも、仕方がないのかも知れない。

「車のセキュリティーを外す技術があるのは解っているが、普通の鍵も外せるのか？　車のドアや、一般家屋の錠なんかだ」

「ええ、出来ます。電子ロックも、道具があれば」

と今度は自慢げな顔で答えた。

「よし、こんなところだな。これから真っ直ぐ福原市に入るが、今のうちに俺に訊いておきたいことが他にあるか？」

怯《おび》えた目で見つめてきた。

「……あの……」

「なんだ？」

「生きていると、思いますか？」

「兄さんたちのことか」

「はい」

返答に窮した。いい加減なことを言っても、この娘はその嘘をすぐに見破るだろう。そんな目をしている。

「多分、大丈夫だろう。どうしてかと言うとな、この日本で、人を殺すことは一般の人が考えているよりも難しいからだ。殺すのは簡単だが、死体の処理が結構面倒だからな。それに、今回は、相手はほんもののヤクザだ。相手も、後のことを考えている。素人ではないから、殺人を犯せば、それだけ罪は重くなることをよく知っている。つまり、あまり馬鹿なことはしない、ということだな。抗争なら相手の組長の命を取ってもメリットがあるかも知れないが、堅気を殺してしまったら刑は重い。だから、よほどのことがなければ、君のお兄さんや太田を殺したりはしないはずだ。

まだある。蒼井連合会との話し合いに、叔父さんは田中組というヤクザに仲介を頼んだ。そうなると、ヤクザとヤクザの話し合いになる。蒼井連合会も田中組とのこともあるだろうから、簡単にお兄さんや太田を殺しはしないと思う。殺して良いことは何一つないんだ」

ほっとしたように美希が頷いた。

「……だが、安心は出来ない。今言ったことは、ごく常識的な観点からだ。現実が同じだという保証はない。論理的に物事を考えられないヤクザもいるし、こっちが考えもしなかったことがあるかも知れない。ただ、二日あればほとんどのことが判る。何が起こって、君のお兄さんと叔父さんがどこにいるのか、そいつを探り出すくらいのことは出来るだろう」

美希が神木を見詰めて、頷いた。

「……それでは、出発だ。福原市に入ったら、顔を人に見られないようにするんだぞ、いいな」

伝票を手にして、ため息が出た。論理的に事が運ばないのが現実なのだ。神木は、太田たちが生きている可能性は五割もないだろうと思っていた。

四

「あそこが叔父さんのマンション……あっちが私と兄さんが住んでいたアパート……」

座席から僅かに身を起こした美希が、指差して言った。

農地から宅地に変わって日が浅いのか、太田のマンションは田圃《たんぼ》の外れにあって、かなり目立った。地上四階の鉄筋コンクリート造り、近くにある共同住宅はみな二階建てだから、ひときわ豪華に見える。一方、美希が兄たちと住んでいたアパートは畑を挟んで二百メートルほどのところにあり、こちらは明るい黄色をした木造の二階建てだ。美希が話したとおり、人の行き来はない。

「私が行っていいですか?」

美希の言葉に、神木は首を振った。

「いや、だめだ。ヤクザが出て来たらどうする? 俺が中に入っている間におかしな車が来たら、目立たんようにここから離脱」

「はい、解りました……あの、これを持って行ってください」

美希が差し出したものは、マイルドセブンの箱を模した発信機と、それに連動するフラッシュライト型のカメラだった。

「榊くんが用意してくれたものです。必ず使うようにって、榊くん言ってました」

そのフラッシュライトはカメラのレンズと集音マイクの働きをする。つまり、フラッシュライトを目的物に向けさえすれば、神木の行動は、その発信機とカメラレンズで、美希のパソコン画面に音声とともに映し出される。補聴器に似たイヤホーンをつければ、音声の送受信も可能になる。ランクルに残った美希は、だから神木の行動のすべてをこの通信機器で知ることが出来るのだ。

「そうだな、こいつがあることを忘れていたよ」

と神木は発信装置を受け取った。発信装置を革ジャンのポケットに入れ、美希に手伝ってもらってカメラとマイクの役目をするフラッシュライトを左腕にテープで取り付けた。

腕を差し出せば、広角の映像がそのまま受信側のパソコン画面に映る。腕時計型のマイクや送信機は警察でも使うが、こちらはカメラの役目も果たす優《すぐ》れものだ。しかも位置だけの送信なら、衛星を使うから距離は問わない。

今回も喜一は自分で開発したいろんな装備を美希に託していた。ペンシル型スタンガン、アラーム、催涙スプレー、各種盗聴器などだが、喜一にとって、その中で一番の自慢がこの発信機とフラッシュライト型カメラだった。なるほど自慢するだけのことはあり、この発信機はカーナビを改造した優れものの追跡システムで、煙草の箱ほどの小型の送信装置を持たせておけば、パソコンの受信画面でその動きと位置がわかるシステムである。

「ビルの地下室でも分かりますからね。受信距離は何キロでもばっちり。だから、追跡が遅れて離れ離れになっても、どこのビルのどの部屋と、そこまで分かりますから、いざという時の救出も可能になります」

と、喜一が自信満々で言ってのけた代物《しろもの》だった。

「パソコン画面に気を取られて周囲への注意を忘れるなよ。おかしな車が近づいたら、離脱だ。パソコンの操作は、シートに寝てやれ」

「はい」

神木は革ジャンのポケットに開錠の工具が入っていることを確かめ、ランクルを降りた。

神木たちは福原市に入ると、まず港町にある太田の店と工場を訪ねた。すでに知識として聞いてはいたが、福原市の港町はたしかに他の日本の港町とは景観を異にしていた。大通りには中古車店が十軒ほども軒を連ね、遠くからでもそこで働いている店員たちの多くが東洋人でないことがよく見えた。美希の言葉では、ほとんどがイラン人やパキスタン人の店なのだという。すべてがそうではないだろうが、中古車置き場に盗難車が混じっていてもこれならおかしくはないと思った。

港も、神木が考えていたものとは違っていた。昔は漁港だったというが、現在はかなり大きな港で、クレーンが並び、大型船舶も何隻か停泊していた。タンカーなどが入れる規模の港ではないが、車を積荷に出来るほどの大型船もここなら入れるだろうと、港湾には素人の神木でも想像できるものだった。

閉まっているか、と思っていた太田の中古車店は意外にも店を開けていた。神木は太田の店を直接訪ねることは避け、店が見える位置から店に携帯で電話を入れ、太田の在否を店員に尋ねた。

「社長は出張でいません」

という返事が返ってきて、いつ戻るかも判らないとその店員は言った。裏手にある解体工場にも念のために電話を入れたが、ここでも返答は同じだった。

美希はここでは顔を知られていることもあり、神木は次に太田のマンションに向かったのだった。

周辺に監視の車両がないことを確認して、神木は徒歩でそのマンションに近づいた。勤め人が住んでいるのか、周辺に住民の姿も見えない。建物の前に駐車場……広い駐車場に駐まっている車は僅かに一台。それも、可愛い軽自動車で、ヤクザが乗るような車ではない。

神木は人の眼に触れることもなく、二階にある太田の部屋まで歩を進めた。周囲と同じように建物の共用部分でも人に会うことはなかった。部屋の前に立ち、ドアホーンを押した。予測していたが、応答はない。

美希が太田の住居の鍵を預かっていてくれたらと思ったが、太田は姪に鍵を預けておらず、開錠は神木のピッキング技術にかかっている。開錠に関しては公安時代と八王子でその訓練をしたが、電子ロックなど、神木の手に負えないものもある。不安だったが、幸いに、太田のマンションのドア錠は神木が知る種類のものだった。それでも開錠に時間がかかれば、居住者に発見され、警察に通報される惧れがあった。

喜一など、八王子のチームならば簡単にやってのけるこの開錠に、神木は実際に三分ほどもかかった。それでも、なんとか居住者に発見されることもなく、神木は太田の部屋に入った。

もし、太田が部屋で死んでいても、暖房がついていなければ、このシーズン、腐敗はないだろう。ドアを開けた段階では、屋内は冷え込んでいて、人の気配も死臭もなかった。ほっとした。美希にはそれほど心配することはないと話したが、神木はそんな最悪の事態も頭にはあったのだ。

だが、二LDKの部屋に一歩足を踏み入れて、うんざりした。こっちは予想通りの状態だった。フローリングの床は足の踏み場もないほど、生活用品が散乱していた。ベッドやソファは刃物で引き裂かれている。行儀の悪いヤクザどもが部屋を荒らしていったのだ。

気になるのは、それがいつ、なぜやったのかだった。やつらは太田が盗んだ車のキーでも探したのだろうか。そんなことはない、と思った。太田が車のキーを隠すはずもなく、たかがそれくらいのことで家捜しするはずもない。それなのにここまで荒らすということは、太田が隠している何かが欲しかったのだ。

太田は何を隠していたのか？　太田が一番大事にしていたものは、それは情報だろう。彼はそれで食ってきた男なのだ。その情報を、ヤクザも欲しかった、ということか……。ひょっとしたら、ヤクザたちに関係のある情報を、太田が摑んだということかも知れない。もう一つは、いつ荒らしたのか、だ。太田の留守中にやったのか、あるいは拉致した後にやったものなのか。拉致後ならば、今の太田は相当ダメージを受けているだろう。やつらは太田を目一杯しばき上げたに違いない。それでも吐かなかったから、家捜しにやって来た……。そうなると、生きている可能性もそれだけ低くなる。

居間にある電話機は不思議に無事だった。留守番電話のボタンが押されたままになっていたが、着信の点滅はない。無事だったのは、メッセージが入っていなかったためかも知れなかった。電話機の周辺、寝室などを手早く調べたが、気になるものは何もない。

居間に戻り、もう一度周囲を眺めた。あの太田のことだ、俺がこうしてここに来ることを予測していたはずだ、と思った。だったら、どこかにメッセージを残していった可能性が高い。それはどこにある？　太田が東京からこの部屋に戻った可能性は低い。太田はここにヤクザが張り込んでいると考えたに違いない。だが、いずれ俺がここに来ることも考えただろう……だったら、ここを発つ前に、何かを残したのではないか。

神木は一階に戻り、マンション住人用の郵便受けに近づいた。二十三のボックスが並んでいた。太田のものは下から二段目。だが、ここにも錠がある。もっとも、こちらは部屋のドアと違って開錠は楽だ。神木は十秒でそれを開けた。中に封書が三通とチラシが数枚。それらしいものを見つけた。その封書を手に、ランクルに戻った。美希が食い入るように神木の表情を見詰める。

「何かわかったんですか？」

「画面で見ていただろう」

「はい、見てました……でも、見えないところもあったから」

それは美希の言うとおりだった。左腕に固定したフラッシュライト型カメラは、おそらく床を映し出すことのほうが多かったに違いない。意識して腕を差し出さなければ、目的物は美希のパソコン画面には映らないのだ。

美希の顔は蒼白だ。考えていることが神木には判った。

「安心しろ、部屋には誰もいない」

美希はほっとしたように頷いた。やっぱりこの娘は、太田がマンションで死体で発見されることを一番心配していたのだ。だが、最悪の事態は一応避けられたことになる。

座席に座ると、太田が自分宛に出した手紙を読んだ。手紙の内容は簡潔だった。神木の手にある手紙を覗き込んだ美希が呟いた。

「……何ですか、それ。何が何だか解らない……」

当然だった。太田は、神木には懐かしい文面でメッセージを残していた。ただし、日本語で書かれたものではない、ハングル文字だ。しかも、暗号文だから、仮に韓国系の者が見ても判読は出来ない。

暗号とも言えないような分置式の簡単な暗号だったが、それでもヤクザのような素人に内容はわからないはずだった。二つずつ、行を飛ばして頭の文字を拾っていけば文になる。それにしても、旧《ふる》い。太田もまた、俺と同じ旧い世代の人間なのだと神木は思う。

「……太田は、自分の住所に俺に宛てた手紙を出していたんだ。連絡が取れなくなったら、ここへ訪ねて来るだろうと、それを考えて出した手紙だ」

「ハングルが読めるんですね」

「ああ、読める」

と神木は答えた。公安時代の担当はロシアから北朝鮮。だからロシア語も朝鮮語もある程度は解る。

「君はどうだ？　朝鮮語はわかるのか？」

この娘も太田と同じで、在日である。美希が首を振った。

「全然」

「……太田は、予想通り俺に保険を掛けていたんだ。ところで、君はアリという名の男を知っているか？」

「はい、知っています。叔父さんのお店の向かい側にあるパキスタン人の中古車店のオーナー……」

「叔父さんは、そのアリ・ババールという男にも保険を掛けているよ」

「保険って……何ですか？」

「いざという時のために、自分が蒼井連合会と会うことをその男に教えているんだ。自分の店のスタッフでは危ないと考えて、その男に事情を話したんだろうな。だから、アリという男を捕まえれば、何があったかが判るはずだが」

思いがけない進展に、神木を見詰める美希の顔に新しい緊張が浮かんだ。

「さて、今度は君のアパートのほうだ」

「私も、一緒に行っていいですか?」

勢い込んで訊いてきた。太田の居所よりも、この娘のアパートに監視がある可能性は高いだろうか。すでに太田を捕らえているのだから、一人逃げた娘を追う確率はそれほど高くはない気がした。

「どうしても部屋を自分で見たいのか?」

美希が頷く。

「だったら、後で来い。安全だと判ったら、これで連絡する」

と神木は革ジャンの襟のマイクを示した。

「どうしてですか。私が行ったほうがいいです。だって、私でなかったら、ケンスケが出て来ないです」

「ケンスケっていうのは、なんだ? ボーイフレンドがもう一人いるのか?」

「ボーイフレンドじゃありません、猫」

美希が笑って言った。

「なんだと、猫がいるのか?」

「はい」

「判った。仕方がない、それでは、一緒に来い」

苦笑いで神木は言った。

ランクルを移動させた。

太田のマンションと違って、美希が住んでいたアパートの前の道は車がすれ違うことも難しい路地だった。駐車の車もなければ、人通りもない静かな路地だ。そんな狭い道での駐車は、かえって危険だった。ランクルを広い道まで戻した。

神木は美希と共に車を降り、アパートに向かった。子供を乳母《うば》車に乗せた若い女性とすれ違ったが、美希は知らない相手なのか、会釈はしない。若い女性に不審に思われることもなく、神木と美希はアパートの前に立った。

二階建てで、都合八世帯。車が四台置ける駐車場が前にある。屋外から直接玄関に入る構造は、かえって接近しにくかった。確かに美希が一緒のほうが人目につかない。それに、並んで歩けば、父と娘に見えないこともない。美希たちの部屋は一階の二部屋だという。

「これ、鍵……」

美希が鍵を二つ取り出して神木の掌《てのひら》に握らせた。

「扉の前に立つな。壁際にいるんだ。中に誰かいたら危険だからな」

「分かりました」

「まず君の部屋からだ」

右手の部屋の前に立った。開錠した。扉を開ける。人の気配はない。神木だけが中に入った。太田の部屋と違って、こちらはきれいなものだった。一部屋だけだから、玄関口から見るだけで異常のあるなしが判る。

「入っていい」

と神木は壁に張り付いたようになっている美希に声をかけた。

「ケンスケっていう猫の姿は見えんな。自分で捜してみろ」

美希が部屋に入ると、神木は隣りの部屋に向かった。こちらの部屋は汚かった。ただ、これはヤクザたちが荒らしたものではない、住人に整頓の意識が足りないだけだった。キッチンにはカップラーメンなどの容器が溢れ、フローリングの床には衣服が脱ぎ捨てられたままだ。まあ、今どきの若者の部屋というのはこんなものか、と神木はそのまま扉を閉めた。

美希の姿はない。もう一度、美希の部屋に戻った。フローリングの床に座り込んでいる美希の姿が見えた。

「……どうした、大丈夫か?」

「はい」

何をしているのかと思ったら、美希の前に巨大な猫がいた。丼《どんぶり》の中に頭を突っ込みミルクを飲んでいた。

「大きな猫だな。まるで犬だ」

「猫は嫌いですか?」

と訊いてきた。

「ああ、犬のほうがいい」

「だったら、犬だと思えばいいわ。鎖《くさり》つけたりしてると、よく犬に間違えられたりしてるから」

「行くぞ、早く犬を連れて来い」

うんざりして、美希に言った。

神木は外に出ると、ランクルに向かって歩き始めた。

五

夜八時。場所は福原市の外れにあるビューポイントの駐車場。晴れていれば日本海を一望に出来る場所だが、今は漆黒《しっこく》の闇の中、福原港の明かりだけが眩《まぶ》しい。

ただ、夜の八時の駐車場に駐まっている車は、神木のランクルとアリが乗って来たスカ

Gだけ。アリ・ババールとの会見にはうってつけの場所だった。

昼に港町の中古車店を、太田の弟だと神木が訪ねた時には、

「知らないねぇ、何も。太田さんはこの何日か見たことないね。商売上手くいってないんじゃないの？　私の店、上手くいってるけどね」

と、この男は大口を開けて笑うだけだった。だが、良い情報ならばそれなりの金を払うということを知ると、こうしてのこのこビューポイントの駐車場までやって来た。

ランクルの助手席に乗り込み、神木が用意した缶ビールをあっという間に飲み干して、アリが話し始めた。

「……太田さん、ヤクザの車に手出したこと、みんな知ってるね。もちろんね、田中組が動いたことも知っている。でも、あそこじゃあ誰もそんなこと口にしない。何を見ても、話さない。それがみんなのルールね。だけど、太田さん、話、上手くいかなかったんじゃないの。相手は蒼井連合会でしょ？　蒼井連合会は小さいけど、バックがいるね。で、田中組、手が出せない」

「お前が知っているという情報はたったそれだけか？」

太田はこの男に保険を掛けた。保険だとすれば、もっと役に立つ役柄をアリに託したはずである。

「……大丈夫、これ、情報と違うよ。こんなこと、港町の人なら、誰でも知ってる。話は

これからよ、社長さん、だから、心配しない」

　太田の弟だとこの男に教えてあるが、おそらく信じてはいないのだろう。肩書きは、韓国にある貿易会社の社長だ。それを信じてアリが社長さん、と言ったわけではない。この男は商売になると判ると、誰でも社長さんと呼ぶのだろう、と神木は先を促《うなが》した。

「……太田さん、蒼井連合会との話し合い、失敗した。そして、太田さん、消えた。それ、本当。だからいったん引っ込んだ田中組、また出て来たね。それは当たり前よね、田中組、私たちからみかじめ料取ってる。みかじめ料取っていて守れないと、誰もお金払わなくなるよ。だから相手強くても、田中組出て来たのよね。それで戦争になる。

　今、田中組、大変よ。蒼井連合会攻めて来るから、武器要るよね。それで、拳銃欲しいって、探してる。知り合いが一人、古いやつ売ったらしいけど、田中組の男、ボロだって怒ってた。

　戦争、明日か明後日には始まるね、きっと。でも、それ、私らには関係ない。いくら戦争しても、こっちは関係ないね。私ら、みんなお金払って商売してる。お金、どこに払っても同じよ。田中組に払うのも蒼井連合会に払うのも、どっちも同じね。だから、こちらは、どっちが勝ったって関係ないのよ」

　旨《うま》そうにまたアリが新しいビールを飲み干した。

「同じじゃあないかも知れんぞ。蒼井連合会のみかじめのほうが高かったらどうする？」

アリがしゃあしゃあと言い返した。

「高いみかじめ料、パキスタン人払わないね。私ら、守ってもらわなくてもいいからね。大変になった時、国の組織が来て守る。今、払ってるお金、これは日本に対するサービス。暮らさせてもらってるお礼。でも、うんと高いお金、払わない。蒼井連合会でも払わない」

神木が苦笑して尋ねた。

「偉そうな口を利くが、お前は蒼井連合会がどんな組織か知っているのか？　田中組と同じような組だと考えていたら、それは間違いだがな」

アリの顔が油断のないものに変わった。

「知ってる知ってる。蒼井連合会は新和平連合という暴力団の子分よ。新和平連合は日本で一、二の組でしょう？　でも、私の国の組織、日本のヤクザなんか怖くないのよ」

「知っているのはその程度か。そんな情報くらいでは金は払えんな」

バカにしたように神木が言うと、すぐ食いついてきた。

「これではお金くれないでしょう？　私、もっと知ってる。何でも知ってる。蒼井連合会のことも、いろいろね」

「太田がどこに連れて行かれたかも知っているはずだな。太田が俺にそう言っていたからな」

濃い顎鬚《あごひげ》を撫《な》でてアリは笑った。

「知ってるよ、知ってる」

「蒼井連合会は福原市の暴力団じゃないぞ。隣県のヤクザも、お前、詳しいのか？」

「詳しい詳しい。嘘じゃないね。そうでなかったら、ここに来ない」

「それでは、今、太田がどこにいるか教えてもらおうか。太田は、お前がそれを知っていると、そう俺に伝えてきたんだ。良い情報ならそれだけの金を出す。ガセネタだったら、一文も払わん」

「ああ、解ってるよ、今、居場所教える。それでいくら払う？」

「百万だ。ただし、前金は五十。お前の言ったことが本当だと判ったら、残りの五十をその時に払う」

抜けた前歯を髭の間から見せて笑った。

「ダメ、ダメ、それ安すぎる。太田さん、放っておいたら死ぬよ。殺されてしまうからね。急いで助けないとね。だから、前金で百万円。後でまた百万円。合計で二百万。これ、日本に対するお礼、サービス。あんた、太田さんの弟だって言うけど、それ嘘ね。太田さん日本人でない。あの人、韓国人。でも、あなた日本人。あなた韓国人でない。それ、判る。ま、それはどうでもいいけど。前金百万、後でまた百万。これ、譲れない」

「強欲だな。お前は太田からも金を取っているだろうが」

神木の言葉にアリが首を傾《かし》げた。

「ゴウヨク?」

「欲張りという意味だ」

アリが笑って言った。

「取ってないよ、貰ってない。太田さん、絶対に前払いしない人。あの人、あんたが来て払ってくれると言ったね」

「嘘が下手だな」

「あなたたち偏見があるね。日本にいるパキスタン人みな悪いと思ってる。それ、間違い。私は税金ちゃんと払って商売してるよ。悪いこと、何もしてない。正直、正直」

「ドバイに車を送っているのも、ちゃんと日本の法律を守ってやっているのか?」

神木の問いに、アリの笑いがいっそう大きくなった。

「車送るところよく知っているね。びっくりするよ。太田さんから聞いたね? でも、平気。私ら、法律守ってるよ。警察怖いからね、変なことしていない。太田さんよ、悪いことしてるの。あの人のほうがずっと悪いよね。だから、ヤクザさんともめる」

「太田の悪口はそのへんにしておけ。とにかく前金は五十だ。考えてみろ、もしでたらめで、お前が言った所に太田がいなかったらどうする。お前に払った前金をちゃんと返すか?」

「もちろん、前金返す。間違っていたらちゃんとお金返す。これは嘘でない」

神木は封筒に入れた現金の五十万をアリの膝の上に置いた。

「駄目だな。やっぱり今払うのは五十だ。その代わり、残金を値上げしてやる。残りは百万。これで話は打ち切る。いやならとっとと帰れ」

アリはわざとらしくため息をついて見せ、封筒に手を伸ばした。

「判った、前金それでいい。でも、残りの百万、明後日までに払って欲しい」

「明後日とは、どういうことだ?」

「助けるのなら早くしないと駄目ね。多分、明後日頃には田中組、蒼井連合会と戦争になるからね。面倒になって、蒼井連合会のヤクザ、太田さん殺してしまうかも知れない。そんな時に店空けてあんたたちと会うこと出来ない。あんたたち、店に来ても駄目。蒼井連合会に私たちのこと知られるの、良くない。私の店、巻き込まれるの良くない」

「それなら、太田の現在拘束されている場所を早く教えてくれ」

「いいよ、教える。ただ、私、そこにいるの見たわけじゃない。太田さん、車、つけろと言ったけど、蒼井連合会の車、危なくて尾行、途中で止めた。これ、私の考え。でも、この考え間違っていないね。捕まるの、一番悪い。私捕まったら、太田さん助からないでしょう? だから、追うの途中で止めた。でも、太田さん、いる所判る。必ずそこにいる。なぜそう考えるのか、それ、説明する。

蒼井連合会は、Y県平川市にいるのよ。あいつら何やっているか、私、知っている。いろんなことやっているからね。闇金、クラブ、パチンコ、不動産、そんなこと一杯やっている。でも、もっと大きいこともやっている。田中組とは違うね。蒼井連合会は、いくつも会社経営してる。いろんな会社ね。その中に、ゴミの会社があるよ。ゴミをね、最後に燃やしたりする会社。これ、Y県とT県の間にある。山の中の工場。太田さん、多分そこにいる」

「どうして、そこだと思うんだ？」

「他の場所にいることはないよ。あんた忘れているけど、蒼井連合会に捕まったのは太田さんだけじゃない。その前に、太田さんのところの子供たちが捕まったよ。太田さん、その子たちを助けに行ったの。そして、そのままいなくなった。

その子たちもう死んだって、私、思ってる。死んだ子をどうすると思うか？　どこかに捨てる。海に捨てるか、山に捨てるか？　一番良いのは、ゴミと一緒に捨てること。燃やしてしまうともっと安全。蒼井連合会は、そのゴミの工場持ってる。太田さん、だから、そのゴミの会社に行ったのよ」

アリが卑《いや》しい笑みを見せて続けた。

「あんた、太田さんのこと、よく知ってるか？　あの人、普通の人でない。商売上手いのよ。それから、気持も強い。太田さん見失ったから、私心配ね。それで翌日、また行ったよ。尾行、途中で止めたけど、次の日、もう一度そこまで行ってみた。そしたら、ゴミの会社の名前、書いた看板あった。その道ずっと行くと、ゴミの工場あるのよ……だから、太田さん乗せた車、きっとそのゴミの工場に行ったのよ。そこの道、ほかのところに行かない、ゴミの工場にしか行かない道」

それにしても、太田らしくもないのは、保険を掛けた相手だ。ひどい男を雇ったものだと思った。こいつは約束の尾行も真面目にやらなかったのだ。もっとも、こんな男だから、蒼井連合会の追及範囲からは漏れたのだろう。

「……なるほどな、お前は太田に言われたとおりのことをやらなかったわけだ」

「違う、違う、ちゃんとやった。でもね、ヤクザの車、途中で停まったのよ。それで危ないからつけるの止めた。でも、判ったのよ。他にあの道行ってもしょうがないの。他に何にもないところだからね」

「まあ、いい。それで、何というゴミの会社だったか、覚えているか？」

「もちろん覚えているよ。会社は『ドリーム興産』。ゴミ捨て場は、確か鳩山《はとやま》処理場ね。多分、間違ってないよ。もちろん、そこが蒼井連合会のものだなんて、誰も知らない。でも、私、知ってる。そして、あそこなら、人をいなくさせることも簡単に出来る、監禁しておくことも出来る。どうしてか。『ドリーム興産』、もう仕事してない。ゴミ捨てる穴がいっぱいになって、もう捨てられないから、仕事終わり。だから、もう人働いてないね。

ただゴミがあるだけ。あそこにあるのは臭いゴミだけだね、人、監禁するのに一番の場所。あんな所、誰も行かない。これで判ったね、私の言葉正しい」

アリはそう言って、封筒から万札を取り出し、一枚一枚数え始めた。

「……どうやったらそこに行けるんだ？　地図を書いてくれ」

「多分、そのナビで解るでしょう？」

とアリは神木の脇にあるカーナビを示した。

「でも、新しいナビ、工場のってないかも知れないね……解った、書く。今、地図、書く。行くの簡単」

アリは神木の差し出す手帳に簡単な地図を書いた。

「暗いと看板見えないからね。気をつけて看板探すのよ」

「解ったよ。太田がそこにいると分かったら、また連絡するからな」

「お金、百万、忘れないで。でも、生きているかどうかは、判らないね。だから、急ぐほうがいいよ。もし死んでいても、お金払う、これ約束、いいね」

アリが車を降りて、自分の車に戻った。アリの車が駐車場を出て行くのを目で追いながら、神木は襟のマイクに囁いた。

「……聞こえたか……今、アリが出て行く……」

「はい、聞こえてます」

神木は美希を三百メートル離れたラーメン店の駐車場に配置していた。美希に監視役をさせたのには理由があった。まず第一は、アリが本当に一人で来たのか、それを知っておきたかったことにある。アリもまた自分に保険を掛けている可能性もあるからだ。それに、アリが今度は神木の情報を誰かに売る可能性も高い。

「あんたたちを探しているおかしなのがいる」と、あの男なら蒼井連合会にそんな電話もしかねない。

だが、神木には用心しなければならないさらに大きな理由があった。それはヤクザではなく公安である。港町の不良外国人に対して警察もお手上げだというのは、間違っているのだ。それは県警と所轄の警察の刑事部のことであって、警備部は違う。

イラン人、パキスタン人、ロシア人、朝鮮系などの人種が集まる港に一番関心があるのは刑事部ではなく、県警でいえば警備部なのだ。公安を兼ねる県警の警備部は、密かにこれらの外国人に目を配る。マル暴などと違って派手な動きはしないから、一般の目に警備部の動きは映らない。だが、監視の目はまちがいなくある。

入国管理局とこの警備部が一緒になって取り締まるのが、不法滞在者なのだ。だから、アリの身辺にも警備部の目が光っている可能性は高い。その点では太田も同じだろう。太田は日本国籍だが、かつては北朝鮮のルートまで手にしていた男である。この太田に警備部が無関心でいるわけがない。引退したと太田は言うが、それですんなり視察対象から外しているかどうか、これは太田でも判らないだろう。

要するに、神木が港町で一番警戒しなければならないのは、ヤクザたちではなく、むしろ県警警備部の目なのだった。

五分後、美希から連絡が入った。

「……真っ直ぐ港町に戻るようです。車に乗っているのはアリ一人ですよ……アリを尾行している車もないと思います」

「そうか、仲間は現われなかったんだな」

「でも、まだ解りませんよ。店に戻ってから何かやるかも。あの人たちは悪いから」

「よし、解った、すぐ君を拾いに行く」

監視の車がないことを確かめ、ランクルを駐車場から出した。

閉店しているラーメン店の前に、犬のような猫を抱いた美希が待っていた。車をその横に着けた。

「ご苦労だったな、寒かっただろう」

「ううん。ケンスケがいるから温かかったです」

猫が保温の役目をするのか、と神木は犬のような猫を眺めた。ランクルの助手席に乗り込んできた美希が訊いた。

「これから行く所って、どこなんですか?」

「塵芥処理場だ」

「それって、ゴミ捨て場ですか」

「拉致した人間を隠しておくのには格好の場所だろう」

「確かにうってつけですね」

「それにしても……」

膝の猫を脇に置き、パソコンを取り出した美希に言った。

「役に立たないやつだと思ったが、抱いていると温かいわけか」

「ケンスケのこと？」

「ああ、その犬だ」

美希が怒った顔で言った。

「犬ではありません、これはアメリカのメインクーンという猫」

「俺には、犬にしか思えん」

神木はもう一度追尾の車がいないか、闇の国道に目をやった。

六

うっすらと雪の積もった「ドリーム興産・鳩山塵芥処理場」への進入路は広いが未舗装

で、ダンプの轍《わだち》のためにひどく荒れていた。四駆のランクルだから走行に不安はなかったが、普通のセダンなら走るのは辛いだろう。

ナビは駄目だったが、アリが走り書きした地図は意外にも正確で、神木は迷わずに現地に着いた。雪明かりの中にゲートが見える。付近に車は見えない。アリが話したように、「鳩山塵芥処理場」はもう作業はしていないのだ。だから、番人も今は置いていない理屈だが、もしここに太田が監禁されているなら、見張りは置いておくはずである。だが、駐車の車はどこにも見えず、人の気配もない……。

最初のゲートの門扉《もんぴ》は開けられたままだったが、二つ目のゲートの鉄製のほうは鎖に南京錠が掛けられてあった。神木はランクルを停めた。うずたかい廃材の山にもうっすら雪が覆《おお》っている。右手前にプレハブの建物が二棟……。手前の一棟は二階建てで、奥のほうは小さい平屋だった。どちらにも灯りはない。

「ちょっと降りるからな。門を開けなくてはならない。カメラのほうはどうだ?」

と神木はランクルから降りることを後部シートでパソコンを抱えている美希に告げた。

美希はパソコン画面で神木の動きを見詰めている。腕に巻きつけたカメラが神木の前方の映像を美希のパソコン画面に送っている。これはテストだ。

「ちゃんと映っています……」

神木は装備を手にランクルを降りた。寒気が頬を刺す。門扉に巻きつけられてある鎖を調べた。鎖を焼き切る必要はない。神木は装備の中から開錠の小道具を取り出し、南京錠を素早く外した。門扉を開き、再びランクルに乗り込むと、そのまま処理場に進んだ。

凍りついた雪は硬いが、それでもランクルで走ればタイヤ痕は残る。もし後続の車が現われれば、神木が処理場に侵入したことは判ってしまう。今は、そんな車が現われないことを祈るしかなかった。

プレハブの小屋の前までランクルを進めた。二階建てのプレハブともう一つの小屋の間に傾いた小型のブルドーザーが一台駐まっている。さらにその前方に焼却炉が見える。

「じゃあ行くぞ。状況はなるべくカメラで送るようにする。それから、頭を上げるな。誰かがいたら、まずこの車を調べようとする。だから、そこにあるシートを頭から被って床に伏せていろ。そうすれば、覗かれても大丈夫だから」

「……はい……」

神木は装備を車に置き、大型のフラッシュライトと八王子から用意して来たステッキを手に取った。もし蒼井連合会のヤクザが現われた場合、手に出来るものはこのステッキだけである。ただ、このステッキは普通の杖ではない。中に鉛を入れた特注の物だ。銃を持たない相手なら、これで十分立ち向かえる。

「どうだ、見えるか？」

神木はマイクで腕に巻きつけたカメラが作動しているかをもう一度、美希に尋ねた。美希が答えた。

「はっきり見えます」

月明かりが雪に反射して、ライトを点けなくても周囲は明るい。

「最初に、手前の建物に入る」

「解りました、気をつけて」

手前の二階建てのプレハブに進んだ。

一階の入り口は、鍵すら掛けられていなかった。引き戸を開けた。何事も起こらない。フラッシュライトを点けた。内は典型的な事務所だった。部屋にはまだスチールデスクなどが置かれたままだ。もし、ここに太田とその甥がいるのなら、その気配が残っているはずだが、室内に人の温もりは感じられない。

奥に進んだ。広間と、その奥に簡単な炊事場があった。広い部屋は作業員たちの食堂にでも使っていたのだろう。カップ麵《めん》の容器や、漫画雑誌、週刊誌などが床に散乱している。

一階にはどこにも太田が監禁されていたらしい痕跡はない。外に出た。冷えたのか、肩に重い痛みが走った。手袋を用意していないためにステッキを握る掌の感覚がなくなってきた。吐く息が白い。

二階に上がった。廊下はなく、ほぼ一階と同じ造りだ。広い部屋と八畳ほどの部屋が二つ。奥の部屋の隅にまだ使えそうな夜具が積まれている。ここにも漫画雑誌が何冊か残されている。丁寧に調べた。微かに腐敗臭が漂っているが、ここにも太田の痕跡はなかった。

「……ここにはいないな。向こうを見てみる」

とマイクに告げ、奥にあるプレハブに向かった。雪を被ったブルドーザーの脇にこんもりと盛り上がった雪山がある。神木はその雪山を手にしたステッキで探ってみた。破れかけたビニール袋が出てきた。ライトで照らして中を確かめた。古いパン状のものと、空になったペットボトルが二本入っていた。

神木はさらに先に進んだ。平屋のプレハブは倉庫かガレージだと判った。表にはシャッターが下りている。ステッキをシャッターの下にこじ入れた。シャッターには錠は掛けられておらず、それは簡単に開いた。ここにも人の気配はない。

中に入った。かなり広いガレージで、車はない。ただ、そこにはガレージにはない臭気が充満していた。糞便の臭いである。ライトを点け、点検を始めた。それは、最初は猫の糞のように見えた。だが、糞ではなかった。人間の指だった。干からびたような指は三つあった。カメラに映っていたのだろう、美希がマイクを通して訊いてきた。

「なんですか?」

「……判らん……多分、犬か猫の糞だろう」

神木はそう答えた。フラッシュライトが壁を示す。その壁の下に小さな文字が見えた。茶褐色の文字はハングル……。

「……何と書いてあるんですか……?」

「……さよなら……だ」

今は茶褐色だが、書かれた時は赤かった文字だ。太田が、おそらく自分の血で書き残した最後のメッセージ……。太田は、神木がここに辿り着くことを知っていたのだ。神木はハンカチを取り出し、かじかんだ手でその三つの指を拾い上げた。

外に出た。そのまま廃材の山まで歩いた。かつて深かったはずの峡谷が、今は逆にプレハブの小屋よりも高い雪の山だ。産廃会社はこのような土地を買ってはゴミで埋めつくし、そのままた他の土地へと移って行くのだろう。

懐中にしまった三本の指は誰のものか……太田の指か、美希の兄のものか……。

雪の山に上った。見渡すかぎりの雪の山……その下はゴミだ。広く深かった峡谷を埋め尽くすゴミ。

「……そこに、埋められているんですか……?」

カメラをオンにしたままでいたので、雪の山が見えたのだろう、美希が訊いてきた。

「いや……そうと決まったわけじゃあない」

と神木は答えた。

「……遅かったんですね」

「言っただろう、殺されたかどうかはまだ判らない」

解っていた。太田たちが生きていることは万に一つもないだろう。神木はゴミの山を見詰めた。その小山はいくつも連なって、峡谷すべてを埋めつくしている。山は廃材だけが埋められているのではないだろう。焼却されずに捨てられた生ゴミも混じっているはずだ。そうでなければ、このような腐敗臭は生まれない。

法を守らずに、造られたゴミの山だ。警察犬を使っても、この臭気の中から人間の死体を見つけ出せるものか、神木は知らない。犬の嗅覚《きゅうかく》は人間の五千倍とも何万倍とも言われるが、それだけに悪臭もまた何万倍の強さで犬の鼻腔を刺す。ブルドーザーでゴミの奥底に埋めてしまえば、警察犬でも探せるかどうか。

たとえ警察に届け出ても、遺体なしでは勝負になるまい。それに、焼却炉もあり、焼却後に埋めた可能性もある。たしかにアリが言ったとおりだ。死体を処理するのに、これ以上格好の場はないだろう。ただ、指があれば、その指紋、あるいはＤＮＡから人物を特定することは出来る……。

では、警察に捜査を託すか。神木は壁に残された血文字を思い浮かべた。太田は、それを喜ぶか。喜びはしないと思った。落とし前は、自分でつけなければならないだろう……。

人の気配がした。神木はステッキを引き寄せ、振り返った。犬のようなケンスケを抱いた美希が雪の山の下に立っていた。

「……勝手に出て来ては駄目だと言っただろう……」

神木は塵芥の雪山から下りた。それ以上の叱責《しっせき》は止めた。美希の頬は涙で濡れている。この娘もまた太田たちが生きているとは思っていないのだ。

「帰ろう。誰も来ないうちに」

美希の肩を抱いて歩き始めた。細い、骨ばかりの肩だった。

第三章　陥穽《かんせい》

一

大星会幹事長の船木《ふなき》元《はじめ》は、まだ血の気のない八坂の顔を見詰めた。すぐに答えなかったのは、八坂が何を考えているのかが解らなかったからである。それは、福原市侵攻の理屈ではない。それは解った。解らなかったのは、八坂の人選である。人選を誤れば、命取りになる。それほど犠牲なしの侵攻は難しい、と船木は考えている。

まず、侵攻そのものの成否。新和平連合を背景にして、大星会が総力を挙げてかかれば、これは可能だろう。ただし、福原市の田中組にはI県の仙石組が控えている。仙石組の勢力はたかだか二百の構成員だが、由緒あるこの組には全国の組との長い交友関係がある。それは大星会に勝《まさ》る。僅かのボタンの掛け違いで、全国の組織を敵に回す危険も起こりうる。

それだけではない。問題は別のところにある。二年前から分裂と抗争を繰り広げてきた大星会は、現在厳しい警察の監視下にある。仙石組と事を構えるということは、大星会からまた相当数の懲役を出すことにも繫がるのだ。自分も危ないが、会長の八坂の身も危ぶまれる。それほどの大事に、なぜ八坂はこんな人選をするのか。

また、侵攻そのもののテクニックの問題もある。敵地へ送る鉄砲玉は、ただ暴れてくればいい、というものではない。戦端を、身を賭して開かなくてはならない役目なのだ。大星会を背負って立ち、戦いの理は大星会にあり、と行動で天下に示さなければならない。それが出来なければ、法や警察組織だけでなく、日本全国のヤクザを敵に回さなければならなくなる。

「反対のようだな」

と会長席の八坂が言った。腹を立てたようには見えず、船木はひとまずほっとした。

「……もっと他に、適任がおるような気がしますがね」

「そうかな」

八坂の表情が歪《ゆが》んだ。胃がまた痛んでいるのだろう、と船木は思った。福原市で血を吐いたことは付き添っていた相川から聞いている。自宅に医者を呼んでいることも知っているが、そこらの開業医に任せていいような病気には思えない。入院を勧めたが、八坂はうんと言わず、持病だ、と応えただけだ。

「……例えば、誰だ？　他に誰がいる」

「仕事は信用のおける『六三会《ろくさんかい》』の人間のほうがいいんじゃないですか。これは大事な役目です」

六三会はいわゆる直参《じきさん》。先代の三島や、現在会長の八坂の出身母体である。

「相川はどうです。あれなら、良いように思いますが」

福原市での、あろうことか車を盗まれるという失態を恥じて指を落とそうとする相川を、そんな馬鹿なことをするな、会長が一番嫌うことだぞ、と止めたのは船木である。船木は八坂が大星会をまったく新しい組織にしようと腐心しているのを目の当《ま》たりにしている。指を落としたり、刺青を入れたりするこれまでの大星会の慣習を、八坂は何より嫌う。

傍《そば》にいる機会が多い相川が、どうしてそれに気づかないのか、と船木はため息をつく思いでいたのだ。組員を四十人も預かる二次団体の組長にまでなったくせに、相川の愚直さは若い頃と少しも変わっていない。その代わり、そんな相川なら、この役目をきっちりこなすだろう。鉄砲玉は、むしろ切れ者では務まるまい、と船木は思う。

「……お前、相川を殺したいのか……?」

と痛みを堪《こら》えた顔で八坂が笑みを見せた。八坂はそのことを言っている。

「殺したくはありませんよ。あれは、私が育てた男です。だが、役目を考えれば、相川が一番と、思うだけです」

「どうして山内ではいかんのだ?」

その言葉に、船木は会長室の扉に目をやった。例会が終わってすでに三十分、廊下に誰もいないのは解っているが、それでも船木は立ち聞きが気になった。怪文書が出回るような新しい火種《ひだね》は作りたくない……。

船木は黙って立ち上がり、扉を開け、廊下に誰もいないことを確かめた。八坂は、そんな船木の動きを、笑みを浮かべたまま見ている。

「それでは理由を言いましょう……」

ソファに戻り、言った。

「理由は言わんでもいい。お前が山内を信用しておらんことは解っているさ」

と八坂はめずらしく軽い口調で言った。

「だったら、どうして山内なんです」

山内龍雄、四十二歳。この男、元は片桐会の二次団体山内組の組長だったが、先月、片桐会の会長の座を手に入れた切れ者である。片桐会にありながら、二年前の騒動によって分裂と抗争を続け、ほとんどの者が八坂に反旗を翻《ひるがえ》したなかで、新しく会長になった八坂について功績をあげた。現在は異例の昇進をし、大星会執行部の役員まで上り詰めている。

「……山内は、元は片桐を裏切った男ですよ……」

船木は初めて本心を口にした。すると、意外な言葉が返ってきた。

「それが、選抜の理由だと言ったら、おかしいか」

船木はもう一度、八坂を見詰めた。会長は……自分と同じ思いなのか？　山内を心底買っていたのではなかったのか？

複雑な思いが船木の胸に甦《よみがえ》った。

先代三島会長に反旗を翻した片桐会は、新会長の八坂によって解散の危機に陥った。片桐会系の組は分裂し、六三会や他の三島派の組によって攻められるなか、片桐会系の中にいた山内組だけは生き残った。その理由は、山内組だけが片桐派から転身して亡き三島会長派につき、叛乱《はんらん》分子粛清の先頭に立ったからである。

山内の活躍がなければ、八坂が新生・大星会を短期間にまとめるのは難しかったかも知れない。これを八坂は功績とした。これで同時に名門片桐会は生き残り、山内がその跡を継いだ。だが、本来、ヤクザはこの山内のような動きをもっとも嫌う。縦割りのヤクザ組織では、親分は実の親よりも大切にしなければならない存在であり、山内の場合は片桐が親だったからだ。だが、山内は、

「わしの親は最初から三島六代目だ。むろん片桐会長もわしの親よ。だが、筋から言えば、わしの親は最初から三島会長だった。貴様《きさま》ら、なぜ片桐のおやじさんが死んでいかれたか解ってるのか。三島六代目が親だから、片桐のおやじさんは綺麗に死んでいかれた。その気持、よく考えてみろ！　六代目に楯突《たてつ》くことは、おやじさんの遺志にそむくことになるんだ。片桐のおやじさんはな、自分が死んで身を引くことで、親を立てた。だったら、わしが三島派に立つのも、筋が通るだろう」

と言った。理屈は通っているようだが、片桐会系の者は誰一人、山内の論理に耳を貸さなかった。当然である。なぜなら、かつては五代目星野の腹心として副会長の座にあった片桐の自殺が、憤死であったことを、誰もが知っていたからである。

だが、八坂の弔《とむら》い合戦のような反主流派粛清が始まると、山内は率先してかつての仲間の粛清に走った。そして八坂は、新生・大星会で、山内を片桐会の会長にすると同時に、功労者として執行部役員に抜擢したのだ。その八坂が、福原市侵攻を山内に任せると言い、山内に不信感を抱く船木に、それが理由だと言った……。

「誤解すると大事《おおごと》ですから、あえて訊きますが、それが選抜の理由ということは……私と同じ思いだったということですか？」

八坂が笑って言った。

「新しい執行部制には、仕事の出来る者を抜擢する。だから山内が必要だった。お前、身の軽いヤクザが嫌いか？　そうだろうな、その顔に書いてある。だがな、毒も使いようだ。毒だと解っていればいいんだ。そうでなければ、改革なんぞ出来はせん。その毒を、もう一度使う」

誤解ではないと、船木は頷いた。だが……毒が薬とならない場合もある……。

「会長の考え、解らんではないですが……危ないな。私は、そんな賭けはしたくないですね。考えなおされたほうがいい」

今の山内は、かつての山内とは違う。八坂に忠誠を誓ってはいるが、名門片桐会の名を継いだ立場だ。八坂が気づいているかどうか、知らない間にかなりの力をつけている。船木は、だから現在の八坂を信長《のぶなが》に、山内を明智光秀《あけちみつひで》と眺めている。山内を、そう簡単に手足のように使えるのか？

そんな不安をよそに、八坂が言った。

「山内には、他にもう逃げる道はないだろう。違うか？　あれが、もう一度何かやることはない。それが命取りだということは、あいつが一番よく知っている。あいつのキャリアでは、もう拾ってくれる組は日本国中どこにもない。それに、あいつは、仕事は出来るからな。おそらく相川より上手くやる。それが証拠に、これまでもよくやってきただろう。あいつでなければ、あの綱渡りは出来なかったはずだ」

言われてみれば、八坂の言うとおりだ。窮地にいた山内は、確かに離れ業で生き延びた。だが、それも二年のことだ。二年延命した山内は、もう一度窮地に立たされる。だが、あいつが大人しくそんな立場を引き受けるか……？

「……あいつがこいつを大人しく引き受けるかどうか、それが心配なのだろう。だがな、あいつの立場に立ってみろ。断るのもまた難しいぞ。断るってことは、新体制にまた反旗を翻すってことだろう。それをやるには、まだ早い。山内もそれくらいは解っている。今、うちの中で山内に付いていく者はいないからな」

確かに会長の読みは当たっている。執行部の役員にまでのし上がった山内に対して、嫉妬や羨望《せんぼう》はあっても、信をおく者はいないだろう。そんな状況を、会長の八坂はよく読み取っている。船木は初めて山内という男に微かな憐憫《れんびん》を感じた。

「……わかりました、それなら山内でいきますか」

と船木は答えた。ただし、山内に事を託すなら、事前に片桐会を系列から外しておかねばならない。抗争になれば、当然、警察が動く。怖いのは共謀共同正犯だ。民事では大阪地裁で使用者責任を問われる判決も出ている。ボディガードの組員がチャカを持っていれば、これはボディガードをさせていた者に罪が及ぶというものだ。これまでの常識で考えたら、とんでもない判決だが、この判決は刑事事件にも波及する。顔も知らない末端組員がしでかしたことの責任を会長にまで取らせる、という初めに有罪ありきという判決である。

もし福原市侵攻で死者が出たら、当事者だけでなく、司法の追及は大星会会長にまで伸びる。これを防止する措置を事前に講じておかなければならない。それには、山内に因果を含め、片桐会を破門か絶縁処分にしておかなければならないだろう……。名門片桐会をいったんは残したが、後に禍根になることを、八坂はすでに読み取っている。さすがだ、と船木は思った。

「仙石のほうはどうなっている?」

「そっちは、もう結論が出たようなもんです。別当会から、今朝連絡が入りました。明日、最終調整で向こうと会います」

こと福原市侵攻は、ごり押し覚悟である。鍵は田中組の後ろの仙石組。ここの交渉で、侵攻の成否のほとんどが決まる。この仙石組との交渉は船木の役目。大星会の中にあって、比較的気性の穏《おだ》やかな船木の人望は厚い。交渉事は会長の八坂より数段上といわれ、八坂もそれをよく承知している。

「向こうの誰と会うんだ?」

「あそこは直参制度ですが、若頭《わかがしら》の三宅《みやけ》というのと会うことになると思います。別当さんの話では、ものの解る男だそうですよ」

大星会と問題の仙石組とはまったく縁がないが、博徒系の別当会と仙石組とが縁戚であることが判ったのが一昨日。この別当会は大星会とほぼ同じ時期に新和平連合の傘下に入っている。別当会の会長大江慎三《おおえしんぞう》と八坂は現在五分の盃。大江が八坂の意を汲《く》んで仙石組との間に入ったのだ。

大星会の後ろに新和平連合がいるとなれば、仙石組は独立系だけに話をまとめようとするはずだ、というのが別当会会長大江の連絡であった。

「ところで、山内には、いつ言いますかね。これは私から言ったほうが良いと思いますが」

仙石組との交渉だけでなく、福原市侵攻のプロジェクトはすべて自分がやろうと、船木は心に決めている。お前の柄《がら》ではないと言われても、八坂を表に立たせてはならないと、船木は最初から全責任を負う決心をしていた。

「それは、お前に任せるよ……」

「新和平連合のほうはどうします？」

この船木の問いに、八坂は答えに間を置いた。新和平連合の問題も別にある。それは現在獄中にある新田雄輝の代行をしている品田才一の存在だ。当然ながら、品田は新田と八坂の関係を面白く思っていない。何かあれば、それを問題にしようという腹であることは間違いない。だから、八坂は今回の福原市での出来事を品田には知らせていない。

この件については、平川市の蒼井連合会の蒼井にも釘をさしてある。蒼井が八坂の注文を忘れ、この件について品田に報告することはまずないだろう。自分が大星会会長のガードでミスを犯したと知られれば、蒼井自身が責任を取らされる。新和平連合だから指詰めはなかろうが、厳罰は避けられない。だから、八坂の注文を忠実に守る。

「そっちはまだいい。品田が何か言ってきたら、俺が出て行く。だから、今度のことでは、うち単独で動く。蒼井連合会にも、うちが出張るが、お前のところは動くな、と言ってある。ただ、福原市に入ったうちの部隊に何かあった時は、俺から指示を出すことにしてあるがな」

「具体的には、どういうことです？」

「道具がもっと要るようになったとか、そんな時だ。まあ、流行言葉《はやり》で言えば、後方支援。表に、新和平連合系列の者は出さんようにする。これは、お前から山内にもよく言っておいてくれ。蒼井連合会の連中の参加はなしだとな」

「解りました。そのほうがいいですね。なまじ新和平連合に出て来られると後が面倒です」

船木も、今、品田が八坂をどんな目で見ているかは知っている。品田の身に立てば、その感情は容易に想像出来る。新田会長の八坂への肩入れは、他の組織の動きより気になるはずだ。今後、品田の神経に障るような動きを悟られないように注意しなければならない。

「……勝ちが決まったところで、新潟に行く……」

「新潟ですか……」

これは新和平連合会長の新田に会いに行く、ということか。

「何日かかるかな」

「予想外の事が起こらなければ、せいぜい二、三日でしょう。田中組は百人いない組ですし、抗争の経験もない。まあ、何が起こったか解らんうちに片がつくでしょう。長引きそうなら、田中の命《タマ》取るだけです。それだけでがたがたになる、あそこには代わりがいませんから。組長の田中だけでもっている組です」

　これが現在、船木が手に入れている情報である。跡目を世襲でのんびりやってきた組だから、組にはトップに代われる者がいない。首を落とせば、体も簡単に死ぬ。だから、山内組が出張るだけで、それ以上動員する必要もないだろう、と船木は計算している。心配なのは侵攻そのものではなく、警察の動きだ。事後をどう収めるか、これが船木の最大の仕事だ。

「……新潟行きですがね……」

「何だ、まずいのか？」

「ええ。出来れば、少し後にしてもらえませんか。弁護士通じて新和平連合の会長には連絡は取らんとならんでしょうが、実際に会うのはもう少々後にして欲しいですね」

「やっぱり警察が、気になるか」

「なにせ現在、今や関西を抜いて、うちが監視対象のナンバーワンだそうですよ。こっちがへまやるのを待ってるんです」

　分裂で抗争を頻発《ひんぱつ》してきたから、警視庁が大星会に神経を尖らせるのは当然である。新しい会長が決まるまで手が出せなかっただけで、今は新会長の八坂がターゲットになっていることは容易に想像がつく。

「そうですね、これで安心ということもないですが、しばらくグアムかサイパンでのんびりされるのはどうですか。ハワイでもいいが、あそこはイミグレが煩《うるさ》いか……」

「そんなことをしても無駄だよ。刑務所に入っていても、あいつらがその気になれば余罪がつく時代だ」

「まあ、そうですな。仕方がない、あっちの県警が気づかん速さで決着をつけますかね。そうなると、スピードが勝負だな、山内に、そいつをしっかり叩き込んでおかんとならん」

そんな良い手段があるか。山内は、その点、絵図を描《か》くのが上手い。やはり、八坂の人選は当たっていたかと、船木は山内を呼ぶため携帯をスーツのポケットから取り出した。

二

イケイケ、イケメンの新庄鉄哉、身長百七十五、体重六十七キロ、血液型はＡＢ型……。現役の田中組幹部の中でとびきり若い三十五歳。手首から足首まできっちりと、今どき珍しい不動明王《ふどうみようおう》の墨が入り、昔懐かしい東映《とうえい》のヤクザ映画にでも出れば役者としても通用しそうな姿かたち。今、その自慢のモンモンは汗にまみれていた。

モンモンの下では女がよがり声をあげ、新庄も声に合わせて腰を使う。狂態を演じているのは、県庁に勤める男の若い妻で、その旦那は出張で上役について東京に行っている。

この女とは、県庁のある大湊《おおみなと》市の新幹線の駅構内で知り合った。夏休みに広島の実家に子供連れで帰郷した帰り、大きな土産に幼子の手を引いていた女が乱暴な乗客に突き飛ばされて階段で転倒。それをがっちり新庄が支えて……むろんこれは出来レース。突き飛ばしたのは新庄組の若い衆。三歳の娘を抱いてやり、

「怪我がなくて良かった。なに、タクシーになんか乗らんでもいいですよ。私が送るから」

と自慢のキャデラック・セビールに乗せれば、女は簡単に落ちた。シャブをあそこにくれてやると女は新庄にのめりこみ、前科二犯で勤めた新潟刑務所で埋めた球入りの逸物《いちもつ》を、よだれ流して咥え込む。

県庁に勤める夫が土木建設部門と知って絵図を描いてみたが、よくよく訊いてみればその亭主はまだぺーぺーで、ネタが取れるほどの役職でもなく、シノギの役には立たなかった。それでも若いマブだったからそれなりに時間つぶしにはなり、少ないなりに小遣い銭も貢《みつ》がせることが出来た。亭主には金はなくても女の広島の実家は素封家《そほうか》で、そこからいくらかは金が出たのだ。

ヤクザの新庄はこれまでほとんど女絡みのシノギで食ってきた。稼業では、女で食うヤクザは昔から軽く見られた。だが、それも一昔前の話で、今は金さえ稼げればでかい顔が

出来た。この不景気なご時勢、しけた福原市でも女は間違いなく金になったのだ。

落とした女を何人、名古屋や新潟の風呂に沈めたか知れない。女絡みで上手い話も手に入れたし、美人局《つつもたせ》でとびきりのネタを捻《ひね》り出したこともある。だから、じいさんばかしの田中組で意外な出世も出来た。組員は自分の他に五人しかいないが、これでもれっきとした一家名乗りで、田中組では最年少の幹部になったのだ。

なぜヤクザになったかといえば、それはヤクザ志願者がみんなそうであるように、良い車に乗り、良い女を抱き、旨いものを食いたかったからだが、まがりなりにもその夢は達成できたと新庄は思っている。いつも台所は火の車というじいさんだらけの田中組系列の中で、新庄の組だけはそれほど金に困ることがなかったのだ。

大きなシノギはなかったが、やってきたのは売春を中心に、人身売買、美人局に恐喝、債権取り立て、田中組ではご法度《はつと》の覚醒剤、盗難車の売買まで、金になることなら何でもやってきた。使い物にならないといわれる、いわゆる族上がりの組員を上手く使って、本来ヤクザがやらない窃盗も平気でやったし、それこそ何でもありの新庄だった。

今度も、本当に抗争が始まれば、それは俺たちの出番だと思っている。なにせ、他の組は高齢化が進んでじいさんばかし。二十代の組員を揃えているのは新庄の組だけだ。じじいどもは、族上がりの組員揃えて何が出来る、と思っているだろうが、舐めたらいかん、戦争になれば俺たちが特攻部隊よと、新庄の鼻息は荒かった。だが、この夜、新庄はヤクザになって初めてこっぴどい体験をする……。

女が最後の一声を上げ、よし俺も、と思った途端、枕の横に置いた携帯が鳴った。

「……新庄だ！」

頭に来て携帯に怒鳴った。

「新ちゃん、どこよ、早く来て！」

その声は早苗《さなえ》だった。村木《むらき》早苗は港町にあるスナック「さなえ」のオーナーである。昔、まだ新庄が駆け出しだった時代に食わせてもらっていた女で、今でもその縁で新庄は「さなえ」からみかじめ料を取っている。

「なんだよ、どうした？」

舌を打って訊き返した。早苗からの携帯はこれで二度目だ。二十分ほど前に携帯が鳴り、客にとんでもないのがいるから誰か来てほしいと連絡を受けた。女と一戦が始まったところで、

「ようし、解った」

と、その時点で新庄は組事務所にいた組員二人を「さなえ」に送り込んでいる。

「どうしたもこうしたも、あんた、早く来て！」

早苗の声は裏返っていた。

「二人、そっちに行かせただろう、まだ着かねぇのか？」

「バカ、あんなの役に立つわけないでしょう！」

と怒鳴った後で、ギャーという早苗の絶叫が聞こえて、携帯が切れた。さすがに女といちゃついてはいられなかった。白目を剝いている女を放り出すようにして、新庄は服を着た。

寝室を出ると、騒ぎに目を覚ましたのか、廊下に三歳の女の娘が眠そうな顔で立っていた。睡眠薬をミルクにまぜて飲ませて寝かせたと女が言ったが、ばかでかい母親のよがり声で可哀想に目を覚ましたのだろう。まったく、ひでぇ母親もいたもんだ。

「……悪かったな、起こしちまったか。良い子だ、おとなしく寝てな」

娘の頭をひと撫でするると、千円札を小さい手に握らせて、新庄は女のマンションを飛び出した。寒いのもどうりで、粉雪がひらひらと降り始めている。アイドリングしているキャデラックの傍で、若い衆の松谷《まつたに》が革ジャンの襟を両手で合わせるようにして震えている。

「港町、車出せ！」

怒鳴りつけて、松谷がドアを開けた後部シートに滑《すべ》り込んだ。

「港町の、どこっすか？」

ハンドルを握り、アクセルを踏み込んだ松谷が訊き返す。

「『さなえ』だ！　急げ！」

「あそこには、組長に言われて、早野《はやの》たちを行かせましたよ?」

「ああ、だがな、役に立たねぇとママが電話してきたんだよ、バカ!　ところで、お前、道具あるか?」

いつも車には金属バットを積んでいる。今訊いたのは、他の道具があるかという意味だ。

「バットと……ヤッパならありますが……」

「ああ、それでいいわ、ヤッパ寄越せ」

松谷のヤッパは彼が暴走族時代に作った手製のドスだ。柄《え》には包帯が巻かれている。鞘《さや》も手製で、ボール紙を巻き、ガムテープで固定。今でも族の気分が抜けきらない松谷らしい道具である。切れるかどうかさだかでないのは、新庄はむろん、松谷もそれを実際に使ったことがないからだ。だが、見た目には刃渡りが長いだけに恐ろしげに見える。

「……まったく、早くきちんとした道具揃えんとまずいな……」

と新庄はヤッパの刃を指で調べ、ため息をついた。組員挙げて、不良外人どもに、言い値でチャカを買うぞ、と言って回っているが、手に入ったのは骨董品といっていいトカレフ一丁。これまでにあった話は三週間後なら中国から仕入れられると言った韓国人のものだけで、明日にも関東から大星会が大挙やって来るというのに、のんびりそれを待っていられる話ではなかった。

「もう一度、早野に携帯入れてみろ！」

松谷が片手ハンドルで携帯を耳に当てる。

「……応答ないっす……」

新庄は舌を打ち、ジャケットのポケットからラークを取り出そうとして、それを女の部屋に忘れて来たことに気がついた。

「さなえ」は港町ではめずらしく、日本人客しか入れない店である。パキスタン人やイラン人の客は皆パキスタン人やイラン人経営の店に行く。それでもたまに、間違ってロシア人あたりが「さなえ」に来たりはする。早苗が断れば大抵《たいてい》の客はおとなしく帰って行くが、たまに揉めることもある。その時に出張るのが新庄組の役目だ。

イランやパキスタンの連中と大事になることはないが、たまにロシア人とやりあうことは過去にもあった。やつらは日本のヤクザの知識がないのか、組の若い衆が出て行っても、それだけで効果のないことがたまにある。酔いすぎていて、何が起こっているのか、解らないのかも知れない。一発決めてやって、やっとヤバイと解るらしい。

とにかくガタイの良いやつらを大人しくさせるのは骨がおれる。一発二発ぶん殴っても、平気な顔をしているのが多い。とにかく素手で大人しくさせられる連中ではないのだ。だからバットでぶん殴ってやるのだが、早野たちはそれでもやつらを押さえられなかったらしい。だが、いくら酔っていても、刃物を見ればちっとは大人しくなるだろう……。

バカでかいキャデラックがやっと港町に着いた。大きくスリップして、キャデラックが「さなえ」の前に停まる。店は静かだった。「さなえ」は外国船の船員たちがたむろする横丁から一軒だけ離れた場所にあり、バーや食い物屋が軒を連ねているわけではない。だから騒ぎが起こってもそこで人だかりが出来ることもないが、それでも今のように静まりかえっているのが奇妙だった。

「バットを持て……行くぞ……」

松谷から借りた刃渡り二十センチほどのヤッパをベルトに差し、新庄はキャデラックから降りた。粉雪で足が滑った。女に一発ぶち込んだわけでもないのに、おかしなことに脱力感が残っているのか、腰がふらつく。松谷が金属バットをトランクから取り出して、後につづく。

松谷を従え、「さなえ」のドアを開けた。内を覗いて唖然とした。左手のカウンターにでかいロシア人が三人座っていて、テーブルと椅子が散乱するフロアーに男が三人のびていた。先に走らせた若い衆の早野と小杉《こすぎ》、それにバーテンの柳《やなぎ》というオヤジだった。どいつも手足が奇妙に曲がり、完全に気を失っている。

カウンターの奥に腰を落としている早苗の姿も見える。早苗はセーターを着ているが、下半身には何も着けていない……！　股を開かれた姿は無残だ。羆《ひぐま》のようなやつらに強姦でもされちまったのか……ひでぇ、と思った。

「てめぇら……！」

と新庄はあまりの酷さに、怒鳴ったはずの声が裏返った。やっと新庄たちに気づいたのか、ロシア人の一人がカウンターからこっちを見た。そいつがゆっくり椅子から腰を上げる。嫌になるほどでかい。背丈は百八十をはるかに超えている。

「てめぇ、ここをどこだと思っているっ！」

新庄はまず着ていたジャケットを脱ぎ、シャツをはだけた。酔ったやつにはモンモンを見せるに限る。墨は世界共通、これでやつらにもこっちが堅気でないことが解る道理だ。だが、ロシア人の表情は変わらない。連れの二人もスツールから下りてきた。そいつらも前にいる男に劣らぬガタイをしていた。一人が軽々と片手で椅子を取り上げた。これで早野たちが手足をへし折られたのか……！

新庄は慌ててヤッパを鞘から抜き、松谷に叫んだ。

「……本部に通報！　応援頼め！」

ヤッパ一つでは危ないと、喧嘩下手の新庄はすぐに悟った。傍についている松谷も及び腰だ。

「こらぁっ、てめぇら、組にたてつくとただじゃあすまんぞ！」

叫んでみたが、むなしかった。どのみち満足に日本語など解る相手ではないのだ。思った通り、刃物を見ても顔色も変えず、男たちは平然として近づいて来る。しかも三人は顔を見合わせて笑っていた。本能的に新庄と松谷は後ずさる……。

　松谷が携帯で田中組の組事務所に応援を頼んでいる。新庄の事務所にはもう詰めている組員はいないから、田中組の本部にかけるしかないのだ。いらついた。本部に誰が詰めているのか判らなかったが、状況が解っていないらしい。松谷の説明もまだるっこしい。そのうちに、目の前にロシア人が迫って来た。

「叩っ斬るぞ！」

　叫んで、新庄は刃物を振るった。軽くかわされた。携帯を投げ出し、松谷が目の前の巨体にバットで殴りかかる。あっという間に、そのバットが奪い取られた。逆にそのバットで腹を突かれて松谷が体をくの字に折って呻く。もう一人がうずくまる松谷の頭に椅子を叩きつける。松谷の絶叫……。勝負にならなかった。

　こうなったら殺してもしょうがない、と思った。懲役が怖くて喧嘩が出来るか、と覚悟を決めてヤッパで突っかかったが、伸ばした腕は簡単に椅子で払われた。こいつら、人間じゃねえ、まるで熊だ……！　逃げようと背を向けたのが悪かった。襟首を摑まれた。シャツが破れる。次の瞬間、体が宙を飛んだ。したたかに壁に叩きつけられた。

「……野郎……！」

　何とか立ち上がろうともがいた。バットが飛んできた。肋骨が折れたのが解った。そこまでだった。新庄は堪えられずに腰を落とした。折れた肋骨を蹴られた。激痛に、頭の中で火花が散った。これじゃあ、死んじまう……！　プライドも忘れて叫んだ。

「……止めろ……止めてくれ……！」

日本語の哀願など解らぬ、といった顔で、最初の男が椅子を振りかぶる。

「止めてくれ、頼む！」

ついに、悲鳴になった。目を閉じて、打撃が来るのを待った。戸口のほうからロシア語が聞こえた。誰かがロシア人たちと話している。目を開けて見た。戸口に日本人の男が立っていた。コート姿の背の高い年寄りだった。白い髪、眼鏡を掛け、手にステッキを持っている。

男が三人のロシア人に命令口調で何か言っている。不思議なことに、あれほど凶暴だったロシア人が男の言うことを大人しく聴いている。一人が何か言い返した。ステッキがそのロシア人の胸を突いた。大男が胸を押さえてうずくまる。だが、他の男たちの反撃はない。大人しく年寄りの叱責を受けている。何だ、あれは……。熊たちが年寄りに説教されてうなだれている……ほっとした途端に、意識が薄れた。

意識が戻った。夢だったのか、と思ったが、そんなことはなかった。相変わらず「さなえ」のフロアーに腰を落としていた。再び激痛が襲ってきた。こんなことなら、ずっと気を失ったままでいたほうがいい。目を開けると、背の高い白髪の男が、呻く連中の傷を一人一人調べているのが見えた。派手なコートを体に巻きつけた早苗が椅子の一つに座り、マスカラをたれ流して泣いていた。まるでパンダだ。

男がステッキをつき、足を引き摺《ず》るようにしてやって来た。

「どうだ、気がついたか」

日本語だった。

「ああ……」

と新庄は激痛に顔をしかめて答えた。

「お前、どこの組だ……」

お前と言われても怒る気になれなかった。それよりも、肋骨が肺にでも刺さったのか、呼吸が苦しい……。それにしても、こいつ、いったい何者だ……？

「しっかりしろ。そのくらいで死にゃあせん。聞こえないのか？　どこの組かと訊いている」

「……田中組だ……」

何とか答えた。

「なんてザマだ……頼りないヤクザだな……」

男が笑った。確かに……笑われても仕方ないザマだった。

「救急車呼ぶか？　ただし、呼べば警察沙汰になるがな」

と、男が訊いてきた。どうやら刑事でないことが解った。だが、ただの堅気じゃあない。ひょろ長い年寄りだが、妙に貫禄《かんろく》があった。どこかの組の幹部か？　それにさっきのロシア語は何だ？　ロシア語ぺらぺらのヤクザがいるのか……？

「……何もせんでくれ……じきに、組の者が来る……」

男が頷き、背を向けた。

「……待ってくれ……」

男が振り返った。

「あんた、同じ稼業の人か？」

男が笑って言った。

「どうかな」

「このままじゃあ……すまねぇ……」

「こっちは構わんよ。それより、お前はいいが、あっちを早く医者に診せんと死ぬぞ」

と男は唸っている松谷たちを顎で示した。

「解った。あんたにまた会うには、どうしたらいい？」

「……会いたいのか？」

「世話になった……それに……」

「丸菱ホテル。あと二日は、そこにいる。岡本《おかもと》といえば解る」

男はそれだけ言うと足を引き摺りながら店から出て行った。早苗がカウンターの電話を抱えているのが見えた。

「港署？　港町の『さなえ』！　大変なのよ、大変……」

這って行って電話機を叩き落とした。

「馬鹿、止めろ！」

早苗が新庄を睨みつけて叫んだ。

「この役立たず！」

ちげぇねぇ、と新庄はわき腹の激痛に顔をしかめた。

三

車が田中組の組事務所の前を通り過ぎた。

「……よく見ておけ、ここが組事務所だ。やつは律儀《りちぎ》に、毎朝九時にはここに来る。ガードは一人しかいない。やり方はお前が決めろ。電話で話したとおり、必要なものは何でも揃えてやるから、言え」

と山内は後部シートから助手席に座る李達玄《リタツゲン》に言った。

李は山内が韓国から呼び寄せた殺し屋である。李はターゲットがヤクザの組長だということは知っているが、他の事については何も知らない。さらに付け加えれば、自分を雇った山内がどこの組のどんな男かも知らない。ただ、人を殺して大金を稼ぎ出す、これだけ解っていればそれでいいと思っている男だ。ターゲットの姿かたちが判れば、それで十分、他の事は知る必要がない。知っていることが少なければ少ないほど後に面倒が起きないからだ。

「ガードは拳銃を持っているかね」

と李が訊いてきた。

「チャカくらいは持っているだろう」

「それなら、道具は、拳銃とライフル……ライフルは、二百ヤードくらいのスコープ付きのやつ……用意出来るかね?」

「大丈夫だ。何とかする」

こんな要求が出るだろうと、山内はすでにスコープ付きのライフルを一丁用意していた。拳銃も、あまるほど東京から運んである。ただし、ライフルについているスコープの倍率までは覚えていなかった。

「よし、田中の家のほうに回れ」

山内は運転の若い衆にそう命じた。

田中組の組事務所はＪＲの駅前にあるが、田中の自宅は港町のはずれにある。これは、昨日調べた。抗争を予測していないのか、田中の家には特別な防備は施されていない。

車が港町に入った。昔はただの漁師町だったが、今は港も大きくなり、生意気にクレーンがいくつか見える。

会長の八坂がここを欲しくなるのも解る。停泊している船は、見た目には結構でかい。それもそのはず、ここは車の密輸が多いらしい。聞いていたとおり、イラン人やパキスタン人がやっているという中古車店が軒を並べている。

だが、この繁華街は長くは続かず、倉庫群を通り越すと、突然昔懐かしい漁師町に戻る。昔は港はこのエリアだけだったのだろう。しけた漁船が舫《もや》っている。

漁港を過ぎると、軒を連ねる小さな家並みが続く。潮《しお》の匂いの強いこの古い家並みの真ん中に田中の家がある。田中の家は代々この漁師町の網元だったのかも知れないと、山内は思っている。

ヤクザの組長といっても、田中の家は他の家と大して違わない造りで、玄関口は細い二車線道路に接している。入り口はガラスの嵌《は》め込みの、ただの引き戸だ。シャッターもつけていない。銃弾を撃ち込めば、家の裏まで貫通してしまうだろう。今どきヤクザの住居で、これぐらい無用心な家も珍しい。

「……ここは駄目だね。車で待機すると目立つ」

と、観察していた李が言った。李の言う通りで、時たま軽自動車が通るくらいの二車線道路に長時間車を駐めておけば、いくら無防備の田中でも不審に思うだろう。それに、何かやれば、住民がすぐに警察を呼ぶ。接近も襲撃も、これでは易しそうで実は難しい。無用心の中の用心か、と山内は苦笑した。李が言った。

「殺《や》るのは、向こう。駅前の事務所だな。ここでは出来ない。逃げるのに苦労する」

「どっちでもいい。ただし、殺るのは明後日の朝九時までだ」

午前九時までに李はこの土地を出る。そのまま大阪に車を飛ばし、関西空港から韓国へ帰る。日本にいるのは、短ければ短いほどいい。これで警察はもう実行犯を追うことが事実上出来なくなる。そもそも李は今度の福原市侵攻には何の縁もない男なのだから、彼の存在が捜査の線上に浮かぶはずもない。

「よし、宿舎に戻れ」

ハンドルを握る若い衆に命じ、

「向こうで道具を渡そう。仕事の段取りは、解っているな？」

と山内は無表情の李に尋ねた。

「大丈夫、解っている」

李に依頼した仕事は二つ。二つの命《タマ》を取る契約だ。一つは田中組長の命、もう一つは春日恒夫《かすがつねお》という男の命……春日は敵ではない、片桐会系春日組組長である……つまりは、山内が選んだ鉄砲玉……。ただ、普通の鉄砲玉ではない。どこが違うか。それは確実に死ぬ、ということだ。本人は知らないが、春日には生き延びるチャンスがまったくない。そこが普通の鉄砲玉と違う。

山内龍雄は系列三次と四次団体の六十二名いる組員の中から精鋭十名を選んで福原市に近い沢倉《さわくら》市に乗り込んだ。沢倉市はT県では内陸の山間部にある人口十万の小さな温泉町で、福原市まで車なら三、四十分で行ける。社員旅行の名目で小さな宿を借り切りにして、そこを本部とした。日程は三泊四日。もっとも、この温泉宿に泊まるのは、山内以下約五名の幹部。残りの組員は、近くのスキー場の貸しロッジを借り、そこを侵攻の本部にしている。

山内は、この侵攻作戦を三日間で終わらせるつもりでいた。絵図は簡単だった。鉄砲玉を一人送り込み、その後、一挙に乗り込む。

大星会の口実は、盗まれたマイバッハだが、片桐会としては、もうその口実は使えない。幹事長の船木から、山内は名目上、大星会破門という形にされている。会長を使用者責任から守るためにお前が犠牲になれ、と幹事長に言われ、山内は逃げようもなく、その命令を受けた。だから、田中組攻略には片桐会独自に侵攻する名目を別に作らねばならない。それがヤクザ常道の鉄砲玉だった。

鉄砲玉が殺られたらすぐ侵攻する。組員を福原市に送り込んで、相手の組事務所に発砲するガラス破りなど、最初からやるつもりはなかった。今回は示威《じい》行動を行なわず、あっさり相手である田中の命を取る、と山内は決めている。

名目さえ出来れば、相手が田中組の場合、これがもっとも効果的だろうと幹事長の船木から教えられたが、山内もその点は同じ考えだった。ただ、頭にあるやり方は船木のものとは違った。山内は自分自身で田中の命を取ることは考えていなかった。それでは船木の罠に嵌まる。

山内は船木がなぜ自分の組を福原市攻略部隊と決めたのか、その理由を考えた。六三会出の船木が自分をどういう目で見ているかに山内は気づいていた。やつは片桐会出身の俺を信じていない……。だから、今回の福原市攻略に俺を使おうとしているのだ、と山内は思った。

だが、山内は、これを正面から拒否することは出来なかった。拒否すれば、それを理由に、どのみち粛清される……。まったく汚い手を使うものだ、と山内は一度は観念した。俺の強運もこれで尽きるか、と自嘲したが、生き延びる手がまだあることに気づいた。指示通り福原市の田中組を叩き、そして福原市を自分の縄張りにしてしまうのだ。要するに、警察に捕まりさえしなければ、そんな離れ業も出来ないことではない。

侵攻を指示した船木は怒るだろうが、福原市攻略をやってのけたのが片桐会だということは、大星会の人間なら誰もが知ることになる。功績を上げたのだから、福原市を片桐会が新たな縄張りにすることに文句を言うやつはいないだろう。要は役目をきちんと果たし、同時に自分が責めを負わずに事態を収拾させてしまえばいいのだ。

幸い、田中組を叩くのは容易《たやす》い。照準を田中に合わせれば良いのだ。田中の命を取れば、それだけで田中組は戦意を喪失するだろう。問題は、どうやって田中の命を取るかだ。その命の取り方で、船木の罠から逃れることが出来る。鉄砲玉は片桐会の組員でなければまずいが、実際の報復を片桐会でしなければいいのだ、と山内は気がついた。

田中組への報復がまちがいなく山内の手で行なわれたことを大星会の組員すべてに知らせながら、警察の捜査の上で片桐会の人間が上がらなければいいのだ。だから、田中のヒットマンは片桐会からでなく、組とはまったく関係のない人間を使えばいいのだと考えた。

山内は配下の組員から、格好のヒットマンが韓国にいることを教えられた。この男は李達玄といい、関西の組がよく使うヒットマンだということだった。伝《つて》をさがし、何とか韓国の李達玄と連絡を取った。法外な金を要求されたが、決行は急がねばならず、言い値で李を雇った。李は要求通り、すぐ韓国からやって来た。これが、今日までの経過である。

一方、鉄砲玉は枝の組、春日組の組長春日恒夫に決めた。春日はまだ三十ちょっとの若手だが、失って惜しい男ではない。どこから見ても古いテキヤで、シノギは下手。上納金も満足に納められない口で、使いようもない男と、山内は以前から思っていた。ただ、組のためだ、と言えば疑うことなく懲役も辞さない性格ではあった。可哀想だが、今回は片桐会のために勤めを果たしてもらう。

「片桐会が生き残れるかどうかという役目だ。その代わり、結果が出たら、それなりのことはする」

「自分で良ければ、やらせてもらいます」

思った通りの返答が春日から返ってきた。

春日の役目は福原市で暴れまくることだ。とにかく田中組と悶着《もんちゃく》を起こすことが目的である。田中組は、よそ者のこの行為を見逃しはしないだろう。そんなことをすれば、組の名がすたる。当然、田中組は春日に手を出す。このトラブルは大きければ大きいほどいい。春日は田中組に狙われ、ここで犠牲になる。袋叩きに遭うか、もっときついしばきに遭うか。山内側から見れば、ここで春日が死んでくれれば一番良い。

つまり、春日が引き受けた鉄砲玉という役は、命を投げ出すことを前提にしたものだ。まさに特攻隊と言っていい役目である。この落とし前に片桐会は、大挙して福原市に乗り込む。これがヤクザが侵攻するときの常道である。

だが……今回はそれをしない。もうちょっと考えた手を使う。その前に田中組の組長の命を取ってしまうのだ。それも、プロの手を借りて、だ。

頭を失った田中組は、もう死に体だろう。その後に片桐会が福原市に侵攻する。小さな抵抗はあるかも知れないが、あの組には片桐会と正面から対決するような、そんな骨のある者がいるとは思えない。頭数こそ百名近いが、戦争などやったこともない田舎ヤクザだ、そんな相手を潰すことなどわけはない。

鍵は、田中組が鉄砲玉の春日に侵攻の名目となるほどの手を出してくれるかどうかだが、ここでも山内は策を練った。李に、田中だけでなく、春日も殺させる……。これなら、田中組の動向を案じる必要もない。同じ仲間の手で殺される春日は哀れだが、組が生き延びるにはこの策しかないと、山内は思っている。

非情と呼びたければ呼べばいい。今のヤクザが生き残るには、それくらいの非情さが必要なのだ。義理や人情で生きられる時代は良かっただろうが、今どきそんな甘い考えで生きては行けない……。

車は宿に戻った。東京から乗ってきた車は四台。人目につかない宿の駐車場で李に道具を渡した。拳銃が一丁に実包二十五発、それにライフルが一丁。ライフルは分解されてスーツケースに入っているから、目立たない。こちらの実包は七発。狙撃に使うなら十分の数だ。七発撃って当たらないようでは、そもそもライフルを使う必要もない。

若い衆を運転手として一人だけ李につける。きちんと仕事を済ませたかの確認役だ。この若い衆がそのまま李を関西空港まで車で運ぶ。その運転手役の男と春日以外の者は、この時点から宿を出ない。社員旅行らしく宿で酒盛りだ。これが今後、大事なアリバイにもなる。「ええ、社員旅行でずっと騒いでいましたよ」と宿の者に証言させるのだ。酒を飲みながら、李の仕事の報告を待てばいい。福原市に乗り込むのはそれからだ。

「しくじるなよ、高い金を払うんだからな」

駐車場で別れる前に、李にはバッグに入れた半額の一千万だけを渡した。残りの一千万は別の組員が関西空港で渡すことになっている。大した金額である。イラン人に頼めばおそらくこの十分の一で済むだろう。

「大丈夫だ、失敗はしない」

李が一千万の現金が入ったバッグを受け取って笑った。

「あんた、心配しているな？　安心しなさい、失敗はしないから」

こうして李を乗せた車は迫る宵闇の中に走り去った。

次は春日の働きぶりだ。先に福原市に送り込んだ春日はどうしているか。春日の動きを報告させるために、監視の若い衆を一人、すでに福原市に送り込んでいる。その報告はまだ来ない……。

宿に戻って服をどてらに着替え、広間に向かった。宿でも用心のために山内はガードを二人連れている。どちらにもチャカを持たせているのは無論だ。

大広間にはすでに幹部が集まっていた。だが、忘年会を兼ねた社員旅行の雰囲気ではない。監視役の組員から連絡が入ったら、一斉に出動だから、酒を飲んでも酔うわけにはいかない。通夜のような子分たちの顔に、山内は苦笑した。

席に腰を落として緊張に引きつったような顔をしている男たちを順に眺めて言った。仲居も、これじゃあおかしな社員旅行だと思うだろう。

「橋本《はしもと》、なんだこれは。もっと賑《にぎ》やかにやれ。芸者は呼んだのか、芸者は」

幹事役の橋本が、

「解りました！」

と叫び、仲居に芸者を何人か呼んで欲しいと頼むのを見て、山内は言った。

「酒も飯もたっぷり食っておけよ。ひょっとすると鍛錬会をやるかも知れんからな」

上座に座る山内に寄り添っている仲居が、鍛錬会って何ですか、と訊いてきた。

「うちの会社ではな、予期せん時に召集をかけて、トレーニングをやるのさ。日頃、何が起こっても慌てんようにやるから、うちの会社はここまで来たのよ」

どんなトレーニングをされるのですか、と重ねて訊く仲居に、山内は笑った。

「消防署と同じだ。誰が一番速いか、衣服を整えて外出の態勢を整える」

「お客さんの会社って、それじゃあ警察関係？」

と驚いたように訊く女に、

「まあ、似たようなものだ」

と山内は答えた。

四

田中組はただ座して大星会の攻撃を甘んじて受ける気はなかった。五分で戦える自信など最初からなかったが、それなりに戦う決意で、時が来るのを待っていた。大星会がどんな形で乗り込んで来るのか……これまで抗争らしい抗争をやったことのない田中には、それがよく判らない。

だが、抗争の形は、一応知識としては持っている。通常、大組織が敵地に乗り込んで地元の組織を食う場合、大組織はまず侵攻のお題目を作らねばならない。日本各地の他組織にいちゃもんをつけさせないための名目づくりだ。

一番手っ取り早いのが、自分の組織の組員が被害に遭ったという事実を作り出す、これがいわゆる鉄砲玉である。被害に対する報復が侵攻の理由となるわけだ。過去にもこんな例は多数ある。そもそも抗争は些細《ささい》なことから起こることが多いものだ。

田中は、まずこの口実づくりを警戒した。だから組幹部に、一人歩きはしない、必ず二人以上で外出する、喧嘩を売られても買わないで様子をみて本部に連絡、などを下部組織に通達した。安易に敵の挑発に乗らない、という戦法である。

だが、そんな用心だけでドンパチが防げるものではないことも判っていた。田中は懸命にない知恵を絞った。田舎ヤクザが大組織と戦う方策はないのか。ないことはない。もっとも有効な手段が、相手に匹敵するほどの大組織に援軍を頼むことである。地方の小組織がほとんど系列化されてしまったのは、シノギの辛さもあるが、寄らば大樹の陰、という危機管理の考え方にある。うちには大組織がついているぞ、という抑止力を作るわけだ。

のんびりしていた田中の組でも、もちろんそんな危機感がなかったわけではなく、だから先代から仲の良い仙石組と縁組をしていた。田中組にとって仙石組は後見の立場である。いざという時には仙石組にケツを持ってもらうという関係だ。

だが、この後見という形も、田中組の場合、かなり曖昧《あいまい》で、先代は舎弟の盃ごとをしていたわけではなかった。しかも、それは一方的に田中組のほうがその関係を信じていたといっていい。その証拠に、そのいざという時がやってきたら、肝心のこの取り決めが機能しないことが判ってきたのだ。

大星会会長との会談が決まると同時に、田中は若頭の葦原をＩ県の仙石組へと走らせたが、二日後、憔悴《しょうすい》しきって戻ってきた葦原の報告は、田中をはじめ組幹部を絶望に追い込むのに十分なものだった。

「……『仙石組』は動かんです。仙石は関東の『別当会』と縁組しとって、その『別当会』の大江会長と『大星会』の会長の八坂が兄弟分ということなんで……仙石さんも、うちについて乗り出すことがなかなか出来んのですわ」

これが葦原の報告だった。仙石組が動いてくれなければ田中組単独で大星会と戦わねばならない。呆然となる幹部の前で葦原が続けた。

「それで、わし、その足でH県、K県と回ってきたんです。別に縁組しとるわけじゃあないですが、H県の『神納会《しんのうかい》』、K県『瀬島《せじま》一家』は先代と懇意にしてましたから……」

どちらの組もそれぞれ名のある組である。葦原の説明では、話によってはこの二つの組織が事態の収拾に乗り出してくれる可能性がないではない、というものだった。

「ただ、乗り出してもらうには、それなりのことを後でせんとなりませんが」

と、ここで葦原は、いやなことを付け足している。喜色を見せる幹部に、だが田中は喜ぶことが出来なかった。かつてそれぞれの地方で名門といわれた神納会も瀬島一家も、今ではどちらも関西の系列下に入っているはずだった。要するに、大星会を追い払うために、もっと恐ろしい関西勢力を呼び寄せてしまう結果を招くことに繋がるのだ。

これでは何の援軍かわからない。何のことはない、大星会に屈することは避けられても、神納会か瀬島一家に軒を貸し、関西に母屋《おもや》を取られる結果になるだけのことである。大星会の八坂に屈するより、まだそのほうが良いか、と田中は煩悶《はんもん》した。

「……まあ、おやじさんが考えているのも解りますわ。そんなことすりゃあどっちにせよ、うちの縄張りはどこかに取られる。これまで独立独歩でやってきたのに、これじゃあ先代に顔向け出来んものね。ま、何度も言うようですが、喧嘩はやってみんことには判らんともある。日露《にちろ》戦争でも、当時日本がロシアに勝つなんて、どこも思っておらんかったわけで。一寸の虫にも五分の魂って言うでしょう。ま、ぶち当たってみますかねぇ」

と葦原は古くさい歴史を持ち出して、厭戦《えんせん》気分丸出しの幹部を鼓舞する目で一同を見回した。

「……やるといっても道具がなけりゃあなぁ……うちの事務所は、仕方ねぇから窓や扉の裏に鉄板入れたが……」

と真っ先に泣きを入れたのは渉外担当の根来だった。金融担当の小川に金を掻《か》き集めさせて、新庄にすぐさま道具を手に入れろ、と指示したが、新庄が手に入れたのは古い拳銃がたったの一丁。その上、新庄はケツを持つ店の見回りで客のロシア人と乱闘をやり、結果、肋骨の骨折で病院入り。守りのヤクザがこれでは笑い話のオチにもならない。

田中は、あの八坂がガラス割りのようなただの示威行動をするはずがない、と思っている。あいつなら、やるとなれば生ぬるい手は使わないだろう、真っ直ぐこの俺の命を取りにくるか……。

だが、その夜、病院から出て来た新庄が、思いもしなかった話を田中のもとに持ってきた。待ちに待っていた道具がどうやら手に入りそうだ、という報告であった。

「……昨夜の騒ぎで世話になった男なんですが、その男が、道具を揃えてくれると、そう言っているんですが」

新庄の報告は、こういうことだった。先夜、みかじめ料を取っているスナック「さなえ」から困った客がいるという連絡があり、組員を送ったが、客だったロシアの船員三人に逆に反撃を食らって新庄はじめ組員が四人負傷した。そこに現われた男がロシア人たちを説得して、窮地にあった新庄たちを助けてくれたというのだ。

その男は日本人だが、ロシアに住んでいるらしく、新庄の言によれば、「只者《ただもの》ではない」という。なぜなら、凶暴なロシア人を一喝して大人しくさせられる人物であり、ロシアでそれだけの顔が利く男なのに違いない。そしてその男が田中組を助けよう、と言ってくれている、これが新庄の説明だった。

「助けるというのは、どういうことだ？　そいつは、ロシアのマフィアかなんかだと、そうお前は思っているのか？」

田中の問いに、新庄は、「多分、そうじゃないか」と言い、

「とにかく、そいつは本当にロシア人たちに顔なんですよ。助けるってのは、本気で、何なら数日以内に道具を揃えてやると言ってくれとるんですわ」

と新庄は言った。

「数日以内にか……？　そいつは、一体、何ていう男なんだ？」

「日本では岡本義一《ぎいち》という名だそうです」

と新庄は包帯の胸をさすりながら答えた。

もし新庄の言うことが本当だとしても、そいつはロシアからどうして数日以内に道具を持ち込めるのだろうか？　仮に、向こうから取り寄せられるにしても、今からなら何日も、いや、何週間もかかるだろう。いくら密輸業者でも、武器の密輸は右から左へと、そんなに簡単に集めて運べる商売ではない。

「そいつは、こういうことだと思いますよ。今日か明日に向こうをたまたま出航して日本に来る船に道具を積み込ませるって腹でしょう。欲しいなら、いくらでも揃えてやろうと、そう言ってくれてるんです。ただ、福原港で検査に引っかかったら終わりですが」

港で引っかかる可能性はそれほど高くはない。おそらくコンテナは抜き打ちの検査だ。だが、そいつは、今の田中組がどんな苦境にあるかを知っているのだろうか……？

「よう知ってますよ。そのおっさんは、仕事のことで、こっちの港を調べて回ってるんです。だから、その土地それぞれの状況を調べ上げてるんですわ。ここが、今どうなっとるのかも、よく知っとるわけです」

なるほど、だからロシアのマフィアだというわけか。もしそうだとしたら、どちらかと言えば近づきたくない組織である。

田中組は、とにかく警察に目をつけられないように、不良外国人の存在にも大人しく目をつぶってきたのだ。そんな歴史があるから、県警のマル暴も田中組には寛大だし、これまで一度もマークされたことがない。

「……道具揃えるって……どんな道具が手に入るんだ……？」

「そいつは交渉してみないと判らんですが……とにかく、今はどこを探しても道具はないんですよ、おやじさん。こいつを逃したら、短期間で道具を集めるのは無理だ。金で何とかなるんなら、俺はそいつと話をつけたほうがいいと思ってるんです。

で、なんなら、一度おやじさんにその男と会ってもらいたいんですよ。今後のこと考えたら、知っておいて損する相手じゃないでしょう。とにかく大した貫禄で、あいつを味方に出来たら『大星会』なんか、目じゃないです。上手くいけば、ロシアとのシノギも出来るようになるかも知れんし、顔を繋いでおいて損はない」

大した惚れ込み方だな、と田中は呆《あき》れたが、新庄の言うことはもっともだった。今の田中組には、偉そうなことを言えるほどの選択肢はないのだ。頭数の少ない田中組が大星会と戦うには、相手を驚かすだけの道具が必要なのだと思う。敵があっと驚く銃器が手に入れば言うことはないが、最低でも人数分だけの拳銃くらいは何とかしたい。丸腰では戦争にならないと、根来が泣くのも無理はないのだ。

この新庄の持ってきた話に、葦原をはじめ幹部全員が飛びついた。

「おう、ツキが回ってきたじゃないですか、おやじさん。道具さえ揃えば何とかなる。『大星会』に一泡吹かせることもできる」

と葦原が言えば、根来たち幹部も、

「そうですよ、頭《かしら》の言う通りだ。道具さえあれば、地の利を生かして戦うことも出来るからな。向こうだって遠い所にやって来て、思った通りのことが出来るわけじゃないですからね。こっちの警察だって目ぇ光らせとるわけだし、好き勝手出来るわけじゃねぇ。ま、わしらが警察頼っちゃあどうにもならんですが、やつらを警察の臨検にかけて、道具持ち込ませない手だってないわけじゃないですから」

と鼻息が荒くなったが、一番舞い上がっていいはずの田中が、簡単にこの話に飛びつかなかったのは、本能的に何かを感じたからかも知れなかった。すぐに良い返事をしない田中に気がついたのは、やはり長いこと若頭として仕えてきた葦原だった。

「おやじさん、いったい何が気にいらねぇんです？　なんか、やばい感じでもしますかね」

「ああ、なんかな、出来すぎの話だって気がしねぇでもない」

と田中は葦原に答えた。

「その男、警察ですかね？」

葦原がまず口にしたのが、突然登場してきた男は、警察の人間ではないか、という疑念だった。手の込んだマル暴の芝居かも知れない、と葦原は考えたのだ。

「いや、警察だとは思えねぇな……第一、ここの警察に、そんなロシア語が喋れるやつなんかいねぇだろう。公安は知らんが、少なくとも、マル暴にはいねぇ。

それに、気の荒いロシアの船乗りが震え上がる貫禄だというんだろう。県警はな、ヤクザには威張ってても、見てみろ、ここのイランやパキたちだって取り締まれんやつらだ。外国人となったら、あわてて見て見ぬふりするんだぞ。そんな警察が、ロシア人相手に出来るか考えてみろ。まず、そんな芝居は打てねぇ。警察だって言って、手帳見せたくらいで大人しくなるような連中じゃあねぇからな。かえって袋叩きにされるのがオチだろう」

と田中は答えた。

だが、結局、田中はこの新庄の進言を受け入れた。結果がどうなるかは判らなかったが、会ってみるだけならマイナスはなかったし、仮にも身内の新庄が助けられたのだから、礼の一つも言わねばならない田中の立場でもあった。

だが、その男が泊まっている丸菱ホテルに出向くことは避けたかった。丸菱ホテルはあの八坂が泊まっていたホテルだったし、どこか引っかかるところがあったのだ。大星会はともかく、その後ろにいる新和平連合はあらゆる事業に手を出している組織だという。大星会の八坂がそこに泊まっていたというのだから、何らかの繋がりがあるはずだと思う。

そんな所にのこのこ出て行けば、何が起こるかわからない。だから丸菱ホテルは避けたいが、といって、組事務所に来てもらうわけにもいかない。そいつは儀礼的にもまずいし、この時期、警察の目も警戒しなければならない。大星会とのトラブルの噂が警察まで伝わっている可能性は、排除出来ないからだ。

それにしても、おかしな人間が現われたものだと思う。不良ロシア人を顎で使えるような男が、日本人の中にいるのか？　どんなことがあったのか、この目で見たわけじゃないが、新庄たちが助けられたというのは間違いなく、やはり田中としては挨拶の一つくらいしておかなければならないだろう。だが、どこで会うか……。

この会談の場所を思いついたのは新庄だった。新庄がここならと言い出した場所は、高岩《たかいわ》市のはずれにあるラブホテルだった。そこの経営者は友だちで、どうせ流行っていないから借り切ることも出来る、と新庄は言った。

「まあ、招待するって場所じゃあないですが、あそこなら、警察に目をつけられることもないでしょう。それに、蒼井のやつらの目もごまかすことが出来ます。あんなところで大事な客と会うとは、誰も思わんでしょう」

さすがに女で食う新庄らしい場所で、敵の目を欺《あざむ》くには格好の場だが、一献差し上げたいと、客を接待出来る場所ではない。良い返事をしない田中を見て、それなら、と新庄があげてきたのがなんとスナック「さなえ」だった。

「あそこならうちの縄張りですし、勝手が利きます。それに、先方も今、うちの組がどんな状況にあるか、知ってるわけです。失礼だが、時期が時期なんで、と断って、『さなえ』まで出向いてもらいます。ホテルは人目につくし、組事務所も警察の目がある。だから、申し訳ないが『さなえ』までご足労いただきたい、って、そう言えば、多分、いやとは言わんと思いますよ。そこは俺が何とか口説きますから」

新庄がそう意気込んで言ったとおり、岡本という男は、すんなりこの田中の要望を受け入れた。

その夜、田中は「さなえ」を貸切にさせて、接待の会場にした。時期が時期だけに警護にも気を遣い、周囲を十名の組員で固め、根来と葦原に貴重なチャカを持たせて守りにつかせた。

ママの村木早苗はロシア人にもてあそばれたショックで寝込んでおり、接待の代役には漁師町から素人の娘二人を駆り集めてその役につけた。どのみち女を侍《はべ》らせて大事な話は出来ないのだから、ただ仕出しの料理と酒を運ばせるだけで良かったのだ。

「さなえ」にやって来た謎の男は、店の内外にヤクザが集まっていても、驚いたふうもなく、面白そうな顔つきで店の中へ新庄の案内で入って来た。

むろん、田中も丁重《ていちょう》に迎えた。なにしろ大事な客である。新庄から聴いていたにもかかわらず、姿を初めて見て、田中は相手が相当の年寄りなのに驚いた。おそらく六十代なのだろう、髪はあるが、真っ白なのだ。背が高く、痩せている。体重は自分よりずっと軽いだろうが、身長は大して自分と変わらないだろうと田中は思った。手にアタッシェケースとステッキを持ち、足が悪いのだろう、引き摺って歩く。田中なら、一撃で殺せそうな年寄りだった。

これがロシア人を震え上がらせた男か、と田中は正直、信じられない気がした。新庄は、大した貫禄と言ったが、貫禄の種類が違うようだ、とも思った。見た目は大学教授。黒板の前に立って、わけの解らない数式かなんかをステッキで指していればサマになる、そんなじいさんだったからだ。腰の軽い新庄の報告を鵜呑《うの》みにしたのが間違いだったか、と思ったが、ここまで来てもう後には退《ひ》けない。

「先日は、うちの若い者がたいそうお世話になりまして……どうしても一度わたしからお礼をと思いまして、今日はご足労いただきました……こんな場所でご無礼だと思いますが……」

それでも、用意していた言葉で田中は丁重に頭を下げた。

「構いませんよ、こちらは」

男の返答は、何ともあっさりしたものだった。もともと寡黙《かもく》なのか、あとは何も言わない。といって、緊張している素振りはなく、勧めれば素直に酒を受けた。

「わしは、見てくれと違って、生まれつき酒が飲めんのですわ、申し訳ないんですが、ご勘弁ください」

と田中自身はウーロン茶をグラスに満たした。

「ところで、岡本さんは、こちらには、ロシアから視察に見えられたそうで。ロシアには、お強いそうですね」

おそるおそる切り出した。男が答えた。

「今、わたしはロシアに住んでいるんです。エカテリンブルク、知っていますか？」

聴いたこともない土地の名前だった。

「ほう、モスクワかナホトカなら知っておりますが……その、エカなんとかいうところは知らんです。それで、ロシアに暮らしておられるんですか。ご商売は、貿易ですか？」

男が屈託のない顔で笑った。

「貿易もしていますが。本業は、そう、あなたと同業ですよ」

唖然とした。笑顔で、自分はロシアのヤクザだと言ったのだ。

「……それは、どうも……でも、まったくの日本人にお見受けしますが……」

「ええ、日本人ですよ。国籍も日本です。ただ、あなたが仕事のことを訊かれたのでね、正直にお答えした」

「日本人で、それで向こうでわたしらと同じ稼業だと……だが……たったお一人で日本に来られたんですか？　いや、秘書の方は別にして」

「いや、一人ではないですよ。あなたが気がつかないだけで、ガードはいます」

「ガードが、いるんですか……」

と田中は首を捻った。この男は新庄の迎えに、単身でやって来たのではなかったか。

「傍にはいませんが、弾丸が届く距離にはいる。だから、わたしに何か起これば銃弾が飛んで来る……照準は、あなたですよ、田中さん……」

驚く田中に、男の笑顔がさらに広がった。

「冗談ですよ」

だが、田中には、これが冗談には聞こえなかった。田中が驚いたから男は冗談にしただけで、こいつには本当にそんなガードがいるのだ、と確信した。だが、そのガードは一体どこにいるのか？

「だが、ガードをつけているのは本当です。ただ、連れて歩かないだけでね。傍に置いているから、安全というわけでもないでしょう」

と男が真面目な口調で言った。

変わっている……変わっているが、新庄の言った意味が判った。こいつは貫目《かんめ》だ……。学者のような姿に騙《だま》されるところだった……。田中は岡本と名乗る男に形容しがたい圧力を感じた。

「いやぁ……驚きました……岡本さんが、わたしと同じ稼業の方だとは、どうも信じられませんな……」

相手は何も答えず、ただ微笑しているだけだった。

「今回は、福原市を視察するということで来られた？」

「あなたのところに挨拶に行かないで悪いことをしましたね。ただ、今回はビジネスではないのです。福原港を見たかったこともありますが……」

「港を……」

「ご存知でしょうが、このところロシア船の入港がどこも面倒になった。ロシア船だけではないですが、北朝鮮の問題でどこの港も官憲のチェックが以前と比べて厳しくなっています。それで、今、日本各地の港の再チェックをしている。それで福原港の様子を見に来た……そして、もう一つ……」

「もう一つは、何ですか?」

「こっちに来ているロシア人です」

笑みが消え、目が据わった。大学教授のように見えた顔が、一瞬にして田中がよく知っている顔になった。こいつは……たしかに只者じゃあない、ヤクザ者の顔だ……。

「……グループ……どこのグループが日本に入って何をしているのか、それを調べている……グループというのは、日本の組織ではなく、われわれロシアのグループ……これは、直接あなたたちとは関係がない。われわれの中の問題ですね」

言っていることは解る。この福原市にいるのはただの不良ロシア人だけではない。田中の組でも、ロシアのマフィアらしい人間が入り込んでいることは摑んでいる。ただおおっぴらに動いているわけではないので、ややこしいことには干渉せずにおく、と手を出さずにいる。その活動が目に余れば、いずれそれなりの対処をしなければならないだろうと思ってきたが、ずるずるとここまで来てしまった。

県警でも手をつけない面倒くさい事柄に、ことさら目くじら立てることもなかろうと、なるべくトラブルを避けて通ってきたのだ。だが、面倒なことはいつも後回し、というこれまでの田中組のやり方が、組を弱体にしてきたのだろうと、今、田中は思っている。

「……田中さん……」

「何でしょう？」

「こちらの方から聴いたんだが……」

と男は傍にかしこまる新庄に視線を向けて言った。

「あなたは、現在苦境に立っているそうですね。相手は大きな組織で、そこと戦争になる？」

どうせ、新庄から聴いているのだろうと、田中は正直に答えた。

「おっしゃる通りです」

「そこで、あなたが負けると、どうなりますか？　縄張りを奪われる？」

「……いや、まだ負けると決まったわけじゃない。わたしらも、それなりの準備はしていますよ」

田中は気色《けしき》ばんで言い返した。男が笑った。

「わたしに対して頑張らなくてもいいですよ、田中さん。状況はもうこちらの新庄さんから聴いている。道具が不足していて、戦うにも戦えない……そうではないのですか？」

「まあ、確かに。手強いところと事を構えてしまったんで、道具は欲しいと思っていますが」

　また鋭い目に戻った男が言った。

「……小さい魚は、どうしても大きい魚に食われてしまう。これは仕方がないことだ。だが、田中さん、小さい魚でも牙《きば》が特別鋭ければ事情も違ってくる。おたくの若頭の方が話したそうですね、日露戦争のことを。日露戦争でも小さい日本は大きなロシアを食った……当時、貧乏だった日本は、それでも何とか国民から金を搾《しぼ》り出し、フランスや英国から軍艦を買って、襲って来るバルチック艦隊を迎え撃った……。

　いいですか、田中さん、あなたと敵対する組織はこの福原市のヤクザではないでしょう。東京からはるばるやって来る組織でしょう。まさにバルチック艦隊ですね。ここが大事です。ここにやって来るのはただの部隊で、そこの組織全部が一丸となって攻めて来るわけではない。そんなことをしたら、警察が出てくる。だから、敵もそんなことは出来ないですね。たかだか、特攻部隊が来るだけでしょう。まあ、二十人かそこらかな。頑張っても百人は来ない。勢力としては、まあ、とんとんですかね。それでも、田中さん、あなた方は影に怯える。影とは、後ろにある大組織のことですよ。これに怯える」

「いや、そんなことは……」

「まあ、聴きなさい。日本では、皆、どこの組も大組織の傘下に入る。皆、大組織という影に怯えるからだね。だが、本当に大組織が襲って来たことはない。千人、二千人の大部隊が侵攻して来たことはない。せいぜい百人か二百人が、それも、ただ集まっただけ。

そんなもの、集まってきたって実際はどうということはない。警察が出て来るだけだ。それなのに、もう駄目だ、とただの示威行為に怯える……ちょっと事務所に銃弾撃ち込まれただけでギブアップする。これは、一種の敗北幻想でね、こんなもの、恐れることはないのです。警察が怖いのはどっちの組織も同じで、どの道、大したことは出来ないのですから。

でも、だからと言って、安全とも言えない。胡坐《あぐら》をかいていていいわけでもない。やっぱり小さな魚は大きな魚に食われる。小さい歯しかなければ食われるのですよ……つまり、鋭い歯を持たなければ駄目ですね。そして、田中さん、このままでいたら、あなたは確実に負けます。それは、あなたのところに一つ大きな弱点があるからだ。だから、戦争になったら、悪いが、田中さん、あなたのところは一日ともたない……あっという間に負けてしまう……」

田中は反論する気力もなくなって訊いてみた。

「……一日も、もちませんかね？」

「もたない。それは、今言ったように、他と違って、あなたの組は致命的な弱点があるからでね」

「致命的な弱点っていうのは、なんですかね？」

「判らないですか？」

「道具が、武器がないからかね？」

結局はそれが言いたいのか、と田中は思った。ここでチャカの値を吊り上げる気なのだろう。学者のような顔をして、意外に商売が上手いのかも知れない……。

「確かにそれもある。だが、致命的というのは、そのことじゃない」

「そいつは、何です？」

「あなたのところは、指導者が世襲で決まる」

「確かにそうだが……」

「だから、後継者が育っていない」

言われるまでもなく、田中はずっとそのことで悩んできた。だが、だったらどうだというのだ？

「だから、敵にすれば田中組を食うのは簡単なんですよ。あなたの命を取るだけでいいんだから。それだけで、あなたの組は簡単に崩れる。幹部の方たちを前にして、こんなことを言うのは何だが、あっという間に、総崩れになる……そして、悪いが、田中さん、あなたの命なんか、その気になればすぐ取れる……」

憮然として田中は男の顔を見た。確かに、俺が死ねば、組は潰れるだろう。一時は弔《とむら》い合戦と葦原や新庄が張り切るかも知れないが、そいつは線香花火のような抵抗だろうと、田中も思っている。

「解っていますよ、だからガードを固めている。そう簡単に殺《や》られやしない」

鼻で嗤《わら》われた。

「申し訳ないが、あなたのところのガードなんて、まったく役に立っていない。その気になればあなたをこの場で殺すことも出来る……」

田中は、あっとなって男を見た。こいつは……！　男が笑って続けた。

「そう、あなたは、まったくわたしを用心していなかった……あなたは、初対面のわたしに対して体を調べることもしていない……新庄さんを信用して、簡単にわたしを近づけた……わたしがヒットマンだったら、あなたは簡単に殺されている。わたしたちの世界ではこんな無用心なことはしない。わたしたちが今のあなたのような事態になったら、味方でも信用しない。

つまり、わたしの言いたいことはこうだ。あなたは戦争がどんなものかまったく解っていない。長い間のんびり平和路線でやってきたから、戦争を知らない。今の日本人と同じ平和ぼけかな。だから、あなたには強い協力者がどうしても要る。戦争のね、プロが要るのですよ。そうでなかったら、あなたはすぐに殺されて、田中組は壊滅する……」

「戦争のプロですか……」

「……そうです。わたしがヒットマンだったら、あなたはとうに死んでいるでしょう。でも、安心しなさい、わたしはヒットマンではないし、敵でもない。多分、あなたにとっては救いの神のような存在だろうね。なぜなら、多分わたしはあなたを助けることが出来る。いやいや、武器を買ってくれというのではないですよ。それも必要かも知れないが、大事なことはそれではない。一番大事なのは、これ」

と男は自分の頭を指差し、

「それはね、田中さん、戦争の知恵ですよ。わたしはあなたに知恵を貸すことが出来る。考えてごらんなさい。わたしはさっき、商売はあなたと同じだと言った。日本人がロシアに渡って組織を作るのは、そう簡単には出来ませんよ。組織に入れてもらうことだけでも難しい。ましてや自分がその長となるには、度胸や腕っぷしも必要だが、実はそんなものは大したものじゃない。一番大切なものは、やっぱり知恵なのですよ。どうしたらロシア人の上に立てるか、どうしたら人種を超えて彼らを指揮下に置くことが出来るか。なまなかなことでは出来ない。

わたしの今いるところでは、人の命の値はおそろしく安いし、警察も相手によって動こうとはしない。そんな中で他の組織に食い込んでいくのは、至難です。だが、不可能ではない。戦略次第で、やれないことはない。現に、わたしは自分の組織を立ち上げた。まあ、厳密に言えば、立ち上げたわけではなく、既存の組織を奪ったわけですがね」

　と岡本は微笑した。

「今だから、簡単に奪ったなんて言えますが、実際は大変でしたよ。彼らは異人種を簡単に頭には戴《いただ》かない。それを何とかやり遂げた……さて、それが出来たのは、なぜなのか。それは、それなりの戦い方を知っていたからです。戦略を立て、どんな敵にどんな手を使うか、それを考え実行してきた。ところで、田中さん、あなたは、わたしの前歴を知っていますか？」

「……いや、それは……」

「知らないでしょうね、調べる方法がなかったのでしょう。だが、こちらの新庄さんに日本名だけはお教えした。あなたが用心深かったら、その日本名を調べることは出来たかもしれない」

　確かに、この男のことで知っていることといえば、それは新庄の話だけだった。

「わたしは岡本義一という。これは偽名ではない。だから、調べようと思ったらわたしの前歴を調べることは出来る。そんなことは面倒でしょうから、わたしから申し上げるが、わたしはね、軍人だったのですよ。だから、どんな敵に対してどんな戦いを挑むかを知っていた。つまり、戦いはわたしの専門分野だったのですよ」

「……軍人だったのですか……」

「軍人というのも、言い方が古いですね。自衛隊です、防衛庁にいたのですよ。階級は、一等陸佐。それが、今ではロシアで得体の知れない仕事をしている。共産党のおちこぼれを集めてね」

一等陸佐は昔の日本の軍隊では大佐級だ。かなりの高官と考えていい。田中はあらためて相手の顔を見詰めた。

「……何が言いたいのか解りますか？　わたしは、多分、あなたの力になれると思っているのです。必要な銃器を集めることは無論ですが、そんなことより大星会という組織の侵攻に、どう対処すべきか、その戦法を指導することが出来る。今の田中組に必要なのは、作戦参謀だろうな。昔風に言えば、軍師ですか。優秀な軍師が傍につけば、今の状況を変えられるかも知れない……」

田中は淡々と自分の身の上を語るこの男に圧倒された。とくに、次に指摘されたことが胸に刺さった。

「……今の田中組に一番不足しているのは、情報の入手能力です。あなたたちは相手が大星会だということは知っている。だが、大星会がどんな戦いをする組織かは知らない。あそこがこの二年、分裂を繰り返してきたことは知っているでしょう。だが、どんな分裂をしたか、そしてその分裂劇がどんな形で終焉《しゅうえん》を迎えたか……それについては、多分、知らない。

要するに、あなたたちは肝心の敵についてほとんど何も知ってはいないのですよ。これを何と言いますかね、完全なる情報不足。これでは相手の戦力を知ることも出来ないでしょうし、敵の攻撃に対する防御を考えることすら出来ない。やっていることは、ただ木偶《でく》のように、向こうが襲って来るのを戦々恐々として待つだけだ」

田中は何一つ言い返すことが出来なかった。雁首《がんくび》を並べている幹部たちも同じ思いなのだろう、誰も口を挟もうとしないで呆然と、ただ男の話を聴いている。

「それでは、岡本さんが、わたしらの参謀になってくれると、そういうことですか……？」

笑顔で男が応えた。

「お望みであれば。ただ、条件がありますがね」

「代償ですか」

「そう、代償は当然……だが、代償は、思ったような結果が出た後の話。条件は、そこまで辿り着く、そのやり方にある」

と言って、男はジャケットの内ポケットから携帯電話を取り出した。

「今、わたしは日本のスタッフに必要な情報を集めさせている……そう驚いた顔をされては困るな。わたしにはちゃんと日本にもスタッフがいる。そうでなければ、日本との貿易の商売なんか出来ないでしょう。ただ禁制品を船に運び込むだけでは仕事は出来んのだからね。

本題に戻るが、おそらく間もなく必要なデータがわたしのこの携帯に入る。あなたがたの敵である大星会に関して、すべての情報がすぐわたしの手元に入る。あなたたちがどんなことをしても手に入れられないほど、詳細な報告がね。戦争は、まず敵を知ることから始めるのですよ。それをしなければ、作戦も立てられない。

だから、大口を叩くようだが、わたしが、あるいはうちの組織と言ってもいいが、乗り出せば、おそらく完敗することはない。相手が相手だから、完勝は出来ないかも知れない。だが、有利に終結するところまでは持っていけると思っている。

ただし、そこまで行くには、わたしの言う通りの戦争をしてもらわなくてはならない。何もかも、疑わずにわたしの指示に従う。それが、わたしの条件だ。戦争が始まってから、これはいや、あれはいやと言われたら、戦《いくさ》にはならんのだからね。それを、あなたたちに約束してもらう。これが条件。もう一つあるな」

田中と同じように、葦原たち幹部全員が男を見詰め、次の言葉を待った。

「……戦争を始めたからには、勝ってもらわないとならない。勝つためには何が必要か、理解すること。それを教えましょう。

組が勝って生き残るためには、どうしたらいいか解りますか？　ここにいるあんたたち、幹部の命が要るんだ。自分たちは死んでも組だけは生き残る……さっきも言ったでしよう、田中組の場合、幹部が殺されても組は死なない。組がなくなるのは、組長の命を取られた時だけだ。組長が生き残りさえすれば、田中組はどこの手にも落ちない。さあ、どうだ？　組のために、あんたたち、死ねるかね？」

根来も、あれほど張り切っていた新庄も、突然こう尋ねられると、声が出ない。田中が、やっと口を開いた。

「つまり……こいつらを犠牲にして、わしだけが生き残って、組を残す、と言うのかね……そんなことは、できねぇ……」

男が組の幹部たちに向かって、抑揚《よくよう》のない声で言った。

「あんたたち、いったい何を考えていたんだね？　暢気《のんき》に後方から若い組員けしかけて、それで大星会という組織と戦えると、本気で考えていたのか？　ヤクザになった時に考えなかったのかね。組に命預けて、それでヤクザになったのではなかったのかね？　ただ女抱いて、いい車に乗るだけなら、何もヤクザにならんでもよかっただろう。それから、田中さん……」

男が田中に目を据えた。

「あんた、いい格好してはいかんね。親から何を教えてもらったね？　喧嘩の時は非情になれと、あんたの親は教えなかったのかね？　あんたの組が世襲を守ってきたのは、多分、先代、先々代の知恵だろうが、それはただ自分の子供が可愛かったからじゃない。後継者争いで組を割ったり、抗争を作ったりしないため、つまり、組を潰さないための知恵だ。

組を守る、これがあんたたちの第一義。組の頂点に立つ者は、組を守ることを第一義とする。義理だ、人情だ、と甘いことで戦争は出来ない。子分を犠牲にしても、あんたは生き残る、それくらいのことが出来んようなら、戦争なんか止めたらいいし、ヤクザもやめるんだね。

全員が死ぬ気でいたら、まず負けることはない。将棋と同じでね、王さえ取られなければ、金や銀を取られても負けはしないんだ。だから、わたしに従って大星会と一戦交える気なら、最初から命捨てると、そう決心してもらいたい。

その代わり、こっちも約束しよう。大星会がどれだけ兵隊を送り込んでこようと、田中組がここの縄張りを取られることはない。ただし、わたしの指示に従うこと、そして命をわたしに預けてもらうこと。誰かが殺されようと、それで乱されないこと。さあ、どうだろう、この条件が飲めるなら、こっちも本気で力を貸すがね」

田中は答えない。幹部たちも黙ったままだ。葦原が一人、笑顔で言った。

「なに考えてるんです、おやじさん。この人の言うことは、もっともだとわしは思う。わしら、盃貰った時から命、おやじに預けてる。お前らも、そうだろうが、え?」

つられたように新庄が叫んだ。

「わし、やりますよ、おやじさん！　殺られる前に、こっちが八坂の命《タマ》取ってやる！」

この調子者が、と田中は新庄を睨みつけた。だが、悪い気はしない……。

「わしも、やります、命なんて惜しかねぇ」

と根来が言えば、他の幹部もわしも、わしも、わしも、と皆が言い出した。ほっとしたように葦原が言った。

「喧嘩は、やってみなけりゃあ判らねぇ。岡本さん、頼みますよ、この喧嘩、どうしたら勝てるか、そいつを解りやすくわしらに教えていただきたい」

男が笑みを見せて答えた。

「簡単なことですよ。すぐに、この田中さんを安全なところに監禁するんだね。戦争は、王なしでやる。最初から王がいなければ、負けはない」

葦原が嬉しそうに言った。

「理屈だ、ちげぇねぇ」

「もう一つある……」

一同が年寄りを見詰めた。

「今度の戦争は、相手は大星会だそうですね。その大星会のバックにあるのは、新和平連合……」

「そうですが、よくご存知で」

田中はそんなところまで調べてきたのか、と感心して答えた。

「ロシアでも新和平連合の名は知られていますよ、あそこはロシアにもアメリカにも手を伸ばしているからね。おそらく日本で一番進んだ組織だ……あんたたちは、困ったことに、そんな新和平連合のことも考えなければならない。大星会を相手にするということは、そういうことでしょうから。だったら、あなたたちもいくらか頭を切り替えないとまずいね」

「頭を切り替えるというのは、どういうことです？」

田中の問いに、

「それは、これまでのヤクザの常識を捨てること」

と年寄りが答えた。

「相手がこれまで通りのやり方で戦争を仕掛けてくると考えてはいけない」

まだ一同には年寄りの言っていることが判らなかった。

「田中さん、たしかあなたには娘さんがいましたね？」

「ええ、いますが……」

「一人は親元を離れて神戸の大学に行っている」

二番目の娘は確かに神戸にいる。

「明日一番に、誰か頼りになるガードをその娘さんにつけること。そして、他の娘さんたちにもガードをつける……」

田中は、やっぱりこの男は日本のヤクザを知らないと、反論した。

「岡本さん、わしら極道の喧嘩は、女子供には……」

年寄りが手を上げて田中の言葉を制した。

「ヤクザが女子供には手を出さないという常識は、少なくとも今度の戦争には通用しない」

「しかしね、岡本さん……」

「これまで義理場《ぎりば》で何があったか、知っていますか？　昔はそんなところでドンパチはやらなかった。だが、今は平気で葬式の中にも銃弾が飛び込んでくる。病院のベッドにいても殺られるときは殺られる。周囲に堅気がいようと構わないし、勝つためにはどんな手でも使う。

悪いことは言わない。明日、神戸に娘さんのためのガードを送りなさい。そして、あなたとご家族は、わたしが預かる。ゆっくり安全な場所で静養だ。これはあなたの糖尿病にもいい。その間に、わたしたちは負けない戦争をやってのける。おそらく一週間……それで勝ち負けが決まる。もう一度言っておきますよ、田中組に、負けはない……」

田中を除く一同が大きく頷いた。

五

スナック「さなえ」から三百メートル離れたランドクルーザーの中で、美希はパソコン画面を食い入るように見つめていた。

パソコンの画面には、美希が港町で何度か見たことのある田中組のヤクザたちが映っている。みんな、おっちゃんの話を真剣に聴いている。大したものだ、と美希は思った。

恐ろしいヤクザたちを前にして、おっちゃんはまるで小学校の先生のようだった。出来の悪い生徒に教えるように、優しく接している、まるでそんな感じなのだ。おっちゃんは、ヤクザを少しも恐れていない。おっちゃんの芝居にも魂消《たまげ》てしまう。だから、ヤクザたちはおっちゃんがロシア人たちにお金を払ってひと芝居させたとは思ってもいない。ロシアのマフィアみたいなことを言っているけど、聴いていると本物に思えてくるほど迫力があるのだ。いったい、おっちゃんは何者なのだ、と美希は思う。考えてみれば、おっちゃんの事をまだ大して知らないのだ。

それにしても、ホテルでは驚いた。おっちゃんが化粧室から出て来たときには叫びそうになってしまった。どこでそんなメイクのテクニックを教えられたのか、完全に七十くらいの、本物の年寄りに見えた。

「凄い……！」

思わず、そう言ってしまった。白髪にするのは簡単だけど、顔に刻まれた皺やシミは、とてもメイクとは思えない、凄い技術だった。皮膚だって、ドーランとかつけてるとは絶対に思えないもので、瞼《まぶた》だって、皺がある年寄りそのものだった。ステッキをついて歩く姿は、思わず手を貸してあげたくなるほどのものだったのだ。

「そんな格好して、何するんですか？」

おっちゃんは例によって、怖い声で言った。

「弱いほうのヤクザに肩入れする。こんな格好をするのは警察が怖いからさ。ヤクザのほうは構わんが、警察に身元を探られたら後々困る。だから岡本という男になるんだ。岡本というのは、実在の人物だから、身元を調べられても、そこからボロは出ない。と言うことで、お前にも今夜は働いてもらう。俺が説明することをしっかり頭に畳み込んでくれ。もし、犬と遊んでいて忘れたりしたら、俺は一巻の終わりだからな」

とおっちゃんは気に入らないことを言い、今夜の作戦を説明してくれたのだった。美希の役目は現場を監視して、何かが起こったら、それをおっちゃんに、知らせることだった。おっちゃんはいろんな装備を身につけていた。左腕に巻きつけたカメラ、耳にイヤホーン、ズボンのベルトと襟元にマイク……みんなあの榊くんが作ったものだ。一つだけ違うのは、おっちゃんのステッキだった。

「持ってごらん」

と言われて手に取ると、細いステッキなのに、それはもの凄く重かった。

「ただのステッキじゃあない。中に鉛が入っている。これで叩けば、人間の頭蓋は簡単に陥没する。だから、これを持っていれば、ヤクザたちが何を持っていても怖くないのさ、相手が、こいつが届く距離にさえいてくれたらな」

と、おっちゃんはびびる美希に、そう言ってにっこり笑った。この人は、黙っている時は怖い顔だが、微笑むと、突然人が違ったように可愛い顔になる。美希は、そんなおっちゃんを見て、初めてこの人は優しい人なんだな、と思った。

実を言うと、おっちゃんのこと、最初は好きではなかった。太田の叔父さんに連れられて東京駅近くの喫茶店で会ったとき、何て感じの悪い男だろう、と思った。顔立ちは整っているのに、目つきは悪いし、まるで刑事じゃんか、と思った。一緒に旅を始めても、おっちゃんはいつもしかめ面で、無愛想だったし、正直言って、傍にいるのが辛かった。

そんなおっちゃんが優しくなったのは、あの夜からだ。ゴミ処理場でわたしが泣くと、おっちゃんは何も言わず、わたしを抱きしめてくれた。硬い体で、力強く抱きしめてくれた。わたしはおっちゃんの、見かけと違って頑丈な胸の中でずっと泣いた。太田の叔父さんも、兄ちゃんも、健民も、みんな死んでしまったのだ、とわたしには解った。おっちゃんは、

「まだ死んだかどうかは解らん。だから、泣くな。あとでピンピンした兄貴と会ったら、恥ずかしい思いをするぞ」

と言ってくれたけど、そう言うおっちゃんも、みんなが死んでいると思っているのは解っていた。

「もし、兄ちゃんたちが殺されていたら、わたし、そいつを殺してやる」

とわたしが言うと、おっちゃんは怖い顔で首を振った。

「そんなことは考えるな。太田たちが生きていると考えろ。それにな、もし死んでしまっていても、復讐してやろうなんて考えるんじゃない。相手は本物のヤクザだ。女子供にやられるような柔《やわ》なヤクザはいない。

お前まで捕まって殺されるようなことを、兄さんもお前のボーイフレンドも望んじゃあいないんだ。望んでいるとしたら、お前が生き延びてくれることだろう……そしてな、もし復讐しなければならん時が来たら、そいつをやるのは俺の役目だ、お前じゃあない」

と、おっちゃんはまるで子供にするように、わたしの頭を撫でたのだった。

そして今、おっちゃんは一世一代の大芝居をやっている。驚いたことに、本物のヤクザたちを相手に、年寄りを演じている……。

「……それでは、油断のないように。組長のガードを第一義に取り掛かるように。あとは、敵さんが福原市に入って来ているかどうか、各組が分担して情報の収集……」

おっちゃんの長い演説が終わった。ヤクザのざわめきが無線を通して聞こえてくる。港町のヤクザたちは、今はもうおっちゃんを神様が贈ってくれたスーパーマンのように信じているのだろう。

パソコンの画面は、今は「さなえ」の床を映し、揺れている。

「しっ、今は大事なときなの、向こうへ行って」

まとわりつくケンスケにそう小声で言って、パソコンに目を戻した。おっちゃんが店を出たことが揺れる画面で解る。

「……次は、周囲の監視だったよね……」

と、独り言。おっちゃんが言ったのだ、犬にかまけて周囲に注意を払うのを忘れるな、ほんの僅かの油断が命取りになる……。

運転席から通りを窺《うかが》った。おっちゃんはこのままホテルに帰るのだろうか。その場合には尾行の車がいないかどうかを確かめるのが美希の役目だった。

「慌てるな、様子を見るんだ。組長の田中が俺を送るかも知れんし、子分の誰かが送ってくれるかも知れない。場合によっては両方かもしれない。そうなると、車は何台になるか判らない。その中で、田中組の車でないのが現われるかどうか、それを調べるんだ。だから、田中組の車両を頭に叩き込んでおけよ。どんな車が集まっているのか、最初に見ておくんだ。

田中組の車でないのが出て来たら、すぐ知らせろ。そいつが尾行しているようだったら、何人乗っているのか調べろ。人数が少なかったら、作戦決行。三人以上だったら見送る。

その時、どうするかを教える。まず車のライトは点けるな。あの辺は夜になればほとんど車の通行はない。だから、ちょっとの間なら、無灯で走ってもパトカーに停められるなんてことはない。そして、静かに車の後をつける……エンジンは吹かすな、相手に気づかれないようにゆっくり走れ。そして、相手の車が停まったら……」

美希は身を屈《かが》め、周囲の闇に目を走らせながら、おっちゃんの言ったことを順番に呟いてみた。

「……どんな車が来るかしっかり見張る。そして、田中組の車が通り過ぎたら……」

田中組の送迎車がそのまま丸菱ホテルに戻るのならば、その車は美希のランドクルーザーの前を通る。おっちゃんの乗った車をつける車があれば、ここから見ていればすぐ判るはずだ。

アイドリングのまま美希はおっちゃんを乗せた田中組の車の通過を待った。おっちゃんが話してくれたとおり、夜の埠頭《ふとう》付近にはこの時間、車の通行はほとんどない。

助手席に運んだパソコン画面に目をやった。素早くキーを叩いてカメラの画面からナビゲーター画面に切り替える。

おっちゃんの体につけた発信機から来る電波で、今おっちゃんを乗せた車がどこにいるかは、画面に映る明るい点滅ですぐ判る。やっぱりおっちゃんが乗った車は丸菱ホテルに帰るのだと判った。パソコン画面上の点滅の通り、間もなくヘッドライトが通りに見えてきた。

「……本当におっちゃんの乗った車かどうか、視覚で確認……」

美希は煩いケンスケを膝の上から床に押しやり、念仏のように唱《とな》えてみる。

「……通り過ぎるまで待って、尾行があるかどうかを見る……」

ケンスケがまた膝の上に這い上がって来て、ニャーと泣いた。ケンスケを抱き寄せ、座席に伏せて、送迎車が通過するのを待った。やっぱり間違いなかった。田中というヤクザの古いベンツがゆっくりランドクルーザーの横を通り過ぎる。距離を開けて、もう一台。こっちは派手な赤いキャデラック……趣味の悪いヤクザだ。このキャデラックは田中組の護衛の車で、ホテルから「さなえ」まで来る時も、後ろを走っていた車だった。

「……まだ、待つのよ……落ち着いて、落ち着いて」

美希はまたそう呟いてみた。声に出せば、かなり落ち着いた気分になる。

バックミラーを動かして、ミラー越しに後続の車の有無を探る。そのまま待った。さらに新しい車が接近して来た。これは国産車のクラウン……。

「……やっぱり、つけられているじゃんか……」

と美希は慌ててケンスケを追いやった。今度の役目は大変だった。クラウンを、相手にわからないようにつけなければならないのだ。

「おっちゃんに連絡するのよね、ケンスケ？」

神木は補聴器に似せたイヤホーンをつけている。だから田中組の者にはわからないように状況を告げることが出来る。だけど、おっちゃんは、この時だけは携帯を使えと言ったっけ。それは、おっちゃんがヤクザたちに、自分にも仲間がいるんだと言ってあるからだ。だから、ここは本当に仲間が沢山《たくさん》いるようにこっちも芝居をしなくちゃならないのだ。

美希は急いで携帯を手に取った。神木が出た。

「美希です……尾行があります。黒い感じのクラウン……キャデラックの後方、四、五十メートル……」

おっちゃんが、落ち着いた声で応えた。

「解った。乗っているのは何人だ？」

「多分、二人だと思います。運転席と助手席。後部シートに頭は見えません」

「了解した。思い切って、ここで決行。言ったことは覚えているな？」

「覚えています」

「しっかり頼む」

「了解」

通話を切ってランクルを発進した。言われたように、ライトは点けない。他の車が来ないことを祈りながら、美希は無灯のままクラウンの後を追った。


田中のベンツには、田中と神木が後部シートに座り、運転手の若い衆と助手席に根来がいた。携帯を切った神木が田中に告げる。

「今、私のガードから連絡が入った。この車は尾行されていますよ」

驚いた表情で田中が訊き返した。

「後ろは、新庄の車だが」

「その後方、約四十メートルにもう一台いる……」

「やっぱり、監視しとるのか……なに、心配せんでください、今、追っ払います」

「いやいや、排除はわたしのほうでやります。だから、これから言うことをよく聴いて、それを守ってもらいたい。さっきも言いましたが、とにかくわたしの指示を守って欲しい。田中さんはすぐ、自宅に戻る。それから、ご家族にもガードをつけること。それを忘れないように」

「わしは、家に帰らんといかんのですか。ちょっと事務所に寄りたいんだが」

「出来れば、真っ直ぐ家に帰ってもらいたい。わたしがもっと安全な場所を見つけますから、明日、そっちに移動してもらう」

「しかし……」

「組員がチャカ持って突進して来る、なんてことを想像していたら困る。狙撃されないように、必ず前後をガードで固めるように」

「……狙撃ですか……」

田中は言葉を失った。

「わたしが敵だったら、そうします。向こうの照準はあなたに合わせてある。もう一度言っておきますが、警護はご家族も同じように。わたしが連絡するまで、絶対に家から出ない。これも守って欲しい。田中さん、あなたが死んだら、その時点が田中組の最後だと、こいつを忘れないように。さて……わたしはここで降りる……わたしを降ろしたら、そのまま走り続ける……いいですね」

田中に反論の間を与えずに、神木は埠頭の外れの信号でベンツを降りた。

「後ろの車に事情を説明して、真っ直ぐ自宅へ戻るように」

そのまま歩み去る神木に、田中は仕方なく車を出すように命じ、後続の新庄に携帯で今の神木の指示を伝えた。

「……しかし、おやじさん、大丈夫なんでしょうかね……丸腰らしいが」

と助手席の根来がバックミラーを直して覗きながら、不安そうに言った。

「俺もそう思うが、だが、ガードがいるんだろう、ロシアから連れて来た……」

と確信もないままに、田中は家族にかけるための携帯を取り出しながら言った。


田中たちの車を尾行していたのは蒼井連合会の畑野《はたの》組の岡庭《おかにわ》と手塚《てづか》という組員の二人だった。信号機もないところで前方の車が停まったことは、この二人にも判った。

二人は、田中の行動を追っているだけで、ヒットマンではなかった。今回の田中組との喧嘩は大星会の受け持ちで、蒼井連合会はいわば後方支援と決められている。だから、田中組の動きを調べることが二人の任務だった。田中組がどんな援軍を頼むか、どんな道具を集めているのか、そんな組員の動きを探って大星会に知らせる任務だ。

そして今夜は田中組にそれらしき動きがあった。港町のはずれに田中組の組員が集まっていたのだ。いつにもまして警護が凄く、何かが起こっていることは判った。この動きはすぐ本部に伝えている。

およそ二時間後、組長の乗る車が派手なキャデラックに守られる形でスナック「さなえ」から出発。車の走る方角は田中の自宅とは反対の丸菱ホテルの方角だから、そこへ拾った客を送り届けるのだろうと、二人は推測した。後は尾行を続け、それがどんな客なのかを突き止める、それが二人の仕事だった。

埠頭のはずれまで来て前の二台が停まったが、すぐまた今までと同じスピードで走り出した。誰かを降ろしたような停まり方だということは判っていたから、助手席の手塚が暗い歩道を懸命に調べていた。予想通り、人影が信号機の手前に見えた。

「……いた、いた……客を降ろしたな……」

岡庭もその人影を認めた。背の高い男だ。足が悪いのか杖をついている。だが……こんな所でどうして降りたのか……。埠頭のはずれには、それこそ倉庫ばかりで何もない。飲み屋でもあれば途中下車もわからないではないが、こんな所で降りてしまったら、タクシーも来ない。

「何してるんだ、あの野郎……？」

「誰かを待ってるんかな」

「こんな所でか？」

ハンドルを握る岡庭に不安が過った。前方に消えていく田中の車が気になったが、この男も気になった。どっちを追うか……と迷ったところで信号が赤になった。田中の車を追うなら、信号なんかで停まってはいられない。どうするか、という迷いで、それでもスピードが落ちた。

スピードを落としていて良かったことが次の瞬間に起こった。歩道にぼんやり立っていた男が、まるで眩暈《めまい》でも起こしたようによろよろと岡庭の前に飛び出して来たのだ。岡庭は慌ててブレーキを踏んだ。車は斜めになって滑ったが、それでも男を撥《は》ねる前に停まった。ほっとした瞬間、後ろからどかんとやられた。ライトも点けない車に追突されたのだ。

「……この野郎！」

ハンドルに思いっきり肋骨を打ちつけた岡庭は、胸の痛みよりもおかまを掘られたことで頭に血が上った。ふらふらと車道に出て来た男のことも忘れて、車から飛び出した。

「てめぇ、どこを見て……！」

追突したのはトヨタのランドクルーザーで、車幅灯しか点けていなかったが、運転しているのが若い娘だということは判った。運転手を引きずり降ろして二、三発ぶん殴って、という勢いが、相手が子供のような娘だったことで五割方落ちた。

「おいおい、なんだ、ライトも点けねぇでよ」

とランクルに一歩近づいたところで、背後に音を聞いた。どさっというような鈍い音だ。思わず振り向いて、ゲッ、となった。相棒の手塚が車道に横たわり、すぐ目の前に背の高い白髪の男がうっそりと立っていた。

「な、なんだ、てめぇ……！」

男が言った。

「蒼井連合会の者か？」

「だったら、なんだ！」

と言い返したところにステッキが飛んできた。喉を突かれた。杖の先端で、ちょんと突かれただけだったが、それだけで息が止まった。何とかベルトのチャカを引き出そうともがいたが、いつの間にかその腕も男に取られていた。ランクルの娘が傍に立った。

「……おっちゃん……」

とその娘が言った。

「押し付けて、スイッチを押す。それだけだ、やってみろ」

と男が言う。

「はい」

と娘が答えた瞬間、バリバリという音が聞こえ、突然、体が痙攣《けいれん》する凄いショックが来た。岡庭は何一つ抵抗出来ないまま、車道に崩れ落ちた。

六

壁際に転がっている二人の男を、美希はありったけの憎悪を込めて見詰めていた。

(こいつらが、お兄ちゃんを、健民を殺したんだ……叔父さんも、こいつらに殺されたんだ……獣のようなヤクザ……)

二人のうち一人は、もう三十分くらい前から動けるようになっていた。身動き出来ないだけで、最初から意識があることが判っていたから、おっちゃんが出て行った後、美希は何度も男たちにスタンガンを押し付けてやった。

「お前たちが健民や、お兄ちゃんを殺したんだ！　死ね、死ね！」

と泣きながら、何度も何度もスタンガンを押し付けてやった。

榊くんが作ったペンシル型のスタンガンは素晴らしい威力で、ただ単四のアルカリ電池が二個入っているだけなのに、スイッチを入れるとバリバリと凄い音を出し、火花を散らせた。

それを男たちの首筋や、額に押し付けてやると、二人とも体を海老のようにして、口から泡を吹いて苦しんだ。それも当然で、榊くんが作ったスタンガンは、ペンシルタイプでも電圧は十五万ボルトも出るのだ。あんまり沢山押し付けてやったので、ヤクザの一人は死んでしまったのか、最後にはスタンガンを押し付けても苦しまなくなってしまった。

スタンガンのほうも、電池が弱くなってしまったらしく、もうスイッチを入れても火花は出ない。それでも、美希がスタンガンを手に近づくと、一人のほうは今も悲鳴を上げて、動かない体で逃げようとする。

スタンガンというものは面白いもので、押し付けてやると、意識はあるのに体だけが動かなくなるのだ。だから、体が動かないのに必死にスタンガンから逃れようとする。目を一杯に見開いて。いい気味だった。電池さえあれば、もっと押し付けてやるのに……と美希は男たちを睨みつけた。

　港町で二人のヤクザを捕まえたおっちゃんは、最初から考えていたらしく、ヤクザたちをトランクに入れると、ホテルには戻らずに、この「鳩山塵芥処理場」に連れて来たのだった。

　怖い場所だと思ったが、考えてみれば、ここはヤクザたちを置いておくのには最適な場所だった。ここに来る者は誰もいないことは判っていたし、まだ寝泊り出来るだけの備品は残っていたからだ。男たちを縛ってガレージに入れておいて、別の小屋で眠ることも出来るし、その気になれば自炊も出来た。

　おっちゃんが男たちをこの塵芥処理場に連れて来たのは、太田の叔父さんたちがどうなったかを聴き出すためだった。そして、おっちゃんはスタンガンなんか使わなくても簡単に男たちに悲鳴を上げさせることが出来た。特別な技術があるのか、おっちゃんが腕を握るだけで、男たちは苦しんで何でも喋るのだ。

　だが、おっちゃんが聴きたいことは喋らなかった。男たちが我慢強かったのではなくて、最初から知らなかったのだと思う。ヤクザでも、捕まえた二人はそれほど偉くなかったのだ。

「太田は、彼のマンションから連れ出したのか？」

　というおっちゃんの質問に、男の一人は、マンションに行ったのは自分たちだが、それは太田がどことつるんでいるのか、それを調べに行っただけで、後のことは何も知らないと、泣いて叫んだのだ。

おっちゃんは舌を打ち、

「……駄目だな……もっと上のやつを誘《おび》き出さないとな……こいつらは事情を知らんらしい」

と言った。おっちゃんは、男たちに蒼井連合会に連絡を取らせて、もう少し偉いヤクザをここに呼び出すつもりだった。それが出来なかったのは、港町で田中という組長が撃たれたからだった。その知らせはおっちゃんの携帯にかかってきた。

「なにっ！　それじゃあ事務所に寄ったのか！」

おっちゃんが、真っ直ぐ家に向かえ、と言ったのに、田中組の組長は駅前の事務所に寄ったのだ。そこで誰かに撃たれたということだった。

「……死んではいないのだな？　よし、解った、これから病院へ直行する。多分、警察が来る。それまで病院を固めろ。それから、警察が動く前に、大星会がどこに入り込んでいるのか全力で探れ。本格的に県警が出て来たら動けなくなる」

おっちゃんは怖い顔で、そう田中組のヤクザたちに命令した。

「……聴いていただろう、田中組の組長が撃たれた。俺はこれから福原市に戻らなくてはならなくなった。お前、ここでこいつらを見張っていられるか？」

わたしは、大丈夫だ、それくらいのことは出来る、と答えた。それでもおっちゃんはわたしを一人で残していくのがよほど不安だったのか、

「この仕掛けがあれば、誰かがこの処理場に近づけば判るからな。だから、いつも耳を澄ませていろ。アラームが鳴れば、誰かがゲートを通ったことが判る。そうしたら、隠れろ。隠れて、俺が戻るのを待っていろ。朝までには、そうだな、四時間後には戻る」

と言って、鉄の扉にセンサーを取り付けてくれた。これは、自動車の盗難用アラームセットで、大きな音は出ないが、作動すれば携帯の受信機がアラームを鳴らした。いざとなれば、塵芥処理場だから隠れるところはいくらもあったし、怖くなんかなかった。それより、おっちゃんが出掛けてくれたから、男たちに復讐してやる気になったのだ。

事務所にあった石油ストーブをガレージまで運び、美希は毛布にくるまって男たちをずっと見張っていた。おっちゃんの言う通り。おっちゃんの言うことを守らなかったのは、男の一人に、動かなくなるまでスタンガンを押し付けてやったことだけだ。多分、殺してしまったと思うが、後悔はしていない。兄ちゃんや健民を殺してしまったんだ、お前たちも死んじまえばいい。

美希は知らなかった。二人のヤクザは美希が考えているよりもずっとダメージが少なかった。最初こそ十五万ボルトの電圧を食らってまったく身動きが出来なくなったが、男が

いなくなってから押し付けられたスタンガンにはもう威力はなかったし、電圧にもある程度耐えられるようになっていた。

それでもスタンガンを押し付けられるたびに、岡庭は精一杯苦しんで見せた。馬鹿な娘は、それを信じて、何の威力もなくなったスタンガンを押し付けては喜んでいた。手塚のほうはまだ体が動かないらしかったが、岡庭のほうはほとんど回復した状態だったのだ。だが、体が元に戻っても反撃には移れなかった。岡庭も手塚も、ワイヤーで後ろ手に縛られていたからだ。こいつを何とかしなければならない……。

方法はあった。手塚の手が動くようになれば、何とかなる。一人では駄目だが、指が動くようになりさえすれば、それぞれのワイヤーを外しあえばいいのだ。そして、この小生意気な娘をしばいてやる……。

チャンスは突然やってきた。娘が抱いていたバカでかい猫が、ニャーニャーと岡庭たちのところにやってきて、じゃれ始めたのだ。この猫の気まぐれが思いがけないチャンスをもたらした。

「ケンスケ、そっちに行ったら駄目！」

と娘が叫んでも巨大猫は言うことを聴かなかった。横たわったままの手塚の顔を舐め、そして岡庭の膝にやってきた。岡庭の足は自由で、十分に動いた。両足を使って猫を抱え込み、その上に尻を落とした。潰れた猫が鳴き、暴れた。体重を思いっきり暴れる猫の上に乗せた。骨の折れる音が聞こえた。それでも猫は逃れようと必死にもがいて爪を立てた。

「ケンスケ！」

娘が飛び上がった。

「……動くな！　動くとこいつを殺すぞ！」

娘が凍りついたように岡庭の前に立ちすくむ。猫が断末魔のように、凄い声をあげた。

岡庭も必死に猫に体重をかける。

「止めて！」

と娘が叫んで突進してきた。片足で猫を抱え込み、飛びついてきた娘を蹴り飛ばした。

「本当に殺すぞ！」

手塚が這ってきた。野郎も、もう体が利くのだ。娘を睨みつけながら言った。

「……手塚、俺のワイヤーを外せ！」

「よし、解った！」

手塚が這い寄ってきた。背中合わせになって、手塚の指が岡庭のワイヤーを探る。娘が凄い形相《ぎょうそう》で、スタンガンを手に取って迫ってきた。

「動くな！」

と猫の上にもう一度力いっぱい尻を落とした。おかしな声を出すと、バカでかい猫は動かなくなった。

「ケンスケ！」

また娘が突進してきた。今度は娘の足を払った。そして横転する娘の体を両足で抱え込んだ。ここまでくれば、こっちのものだった。もう逃がしはしない。馬鹿な娘は、もうバッテリーの切れたスタンガンを、必死にこっちの体に押し付ける……。スタンガンはもう音もたてない。

「馬鹿が。そんなもん、役に立つかよ！」

胴に足を巻きつけて締め上げた。娘の顔が苦悶に歪む。

「苦しいか？　ほら、どうだ、息が出来ねぇか？　ほらほら、抜け出せよ、ほらほら」

手塚がやっと後ろ手でワイヤーを外した。娘の指が顔にかかってきた。掻《か》き毟《むし》ろうとしているのか、ただ苦しさに足掻《あが》いているのか……岡庭は自由になった両手で、娘の腕を取って、立ち上がった。ぐったりした猫を蹴り飛ばしてから、娘の耳元で囁いた。

「化け物猫はとうに死んでるよ、骨がばらばらになってよ」

娘が呻きながら腕の中で暴れた。引き倒して、組み敷いた。閉じられた眼から涙が溢れ出る。岡庭は、この瞬間が一番好きだった。女が涙を流す瞬間だ。

「……ずいぶん可愛がってくれたよな。おら、見てみろよ、俺の手……」

岡庭は娘の顔に自分の手首を突きつけた。岡庭の手首はワイヤーが食い込んで凹凸《おうとつ》を作り、皮膚が裂けて血が滲《にじ》んでいた。怒りが込み上げてきた。こいつは俺に電流を流しやがった……お陰で今でもふらふらだし、吐き気がする。

「今度はよ、俺たちの番だからよ、俺と手塚で、可愛がってやっからよ」

娘が嚙みついてきた。一発、顔面を殴りつけてやった。娘は鼻血を噴き出し、失神した。

岡庭は嚙みつかれた腕の傷を調べながら、手塚のワイヤーを解いてやった。手塚はよほど頭に来ていたのか、立ち上がるとまだふらふらしているくせに、娘に近づくとその体を蹴り始めた。

「おい、そのくらいでやめろよ、化け物みたいになっちまう」

岡庭は手塚の腕を取って、蹴るのを止めさせた。

「お前、腕を頭んとこで押さえてろ」

岡庭はダウンジャケットを脱がせにかかった。次にジーンズを脱がせると、顔に似合わぬ成熟した女の体が現われた。娘の意識が戻った。懸命に暴れた。また殴ってやると大人しくなった。

「……兄ちゃん……」

と娘が呟くのが聞こえた。

「あの背の高いのは、お前の兄貴かよ?」

一瞬、岡庭の背に冷たいものが走った。あいつは恐ろしい……。

「馬鹿が。あいつが戻って来たら、センサーで教えてくれるんじゃやねぇか」

と岡庭は一瞬湧き起こった怯えを追い払うように笑って、

「さあ、いい気持にさせてやっからよ」

とズボンのベルトを外した。

第四章　覆滅《ふくめつ》

一

「……どうした、もう殺《や》っちまったのか……？」

店から出てきた春日は、路地の暗闇の中に立つ李に尋ねた。場所は福原市駅前の商店街にある焼肉店の横の路地。

「……殺った。長くはここらにはいられない。ここは、離れたほうがいい」

田中は救急車ではなく、あの派手なキャデラックで運ばれたから、街の者はここらで銃撃があったことに気づいていない。だが、田中が撃たれて死んだことはすぐに伝わるだろう。そうなれば、ここらは田中組の組員と、所轄署のやつらで一杯になる。その前に、李にはもう一つ仕事がある。こいつを始末することも契約に入っているのだ……。

「……あんたのほうはどうだ？　上手く運んでいるのか？」

「いや、駄目だ。向こうが、乗ってこねぇ」

と春日は愚痴った。春日は、田中組がケツを持っていると思われる場所で、あらゆることをやってきた。それらしきスナックで暴れてもみたし、闇金で脅《おど》して金を借りようともしてみた。だが、そこで田中組の組員が出て来ることはなかった。逆に、店の者は田中組ではなく、警察を呼ぼうとした。これでは喧嘩にならない。下手をすれば、警察に逮捕される。

時間の余裕はなく、春日は自分の役目が果たせないことで焦《あせ》っていた。李が田中を殺ってしまったということは、順序が逆なのだ。春日がトラブルを起こして初めて報復の理由が出来るわけで、これでは鉄砲玉の役目が成り立たない。

「……こっちに来い、そこにいたら、人目につく……」

李は春日をさらに路地奥へと誘い込んだ。

「警察はまずいが、田中組なら構やしねぇ。かえってそのほうがいい」

と春日は応えて、李の後について路地奥に歩を進めた。今の春日は拳銃を持っている。田中組が現われたら、それでもよし、一人か二人、殺《ば》らしてしまうのだ。とにかく田中組の反撃があって、抗争が成立する。それにしても、田中を殺るのが早すぎる……。

「お前、今からここをずらかるのか？」

「ああ。俺の仕事はこれで終わりだ」

と言って、李は肩から提《さ》げているバッグから煙草を取り出し春日に勧めた。

「すまねぇ」

煙草を貰って、咥えた。春日は李が羨《うらや》ましかった。こいつは田中を殺し、大金を受け取って韓国に帰る。それに引き換え、自分の役回りはきつい。田中組と遣《や》り合って、傷を負わなければ抗争の原因を作れないのだ。そこで殺される気はないが、上手く生き延びても、懲役は覚悟しなければならないだろう。李に火を点けてもらって、言った。

「その道具はどうするんだ？　組に返すのか？」

李が肩から提げているバッグには分解されたライフルが入っている。

「いや、あんたに持っていってもらう」

「俺が？」

春日は李のライフルの回収の役目は聴いていなかった。

「俺は、このままあんたのところのやつの車に拾ってもらって関西空港に向かう。途中で臨検にあったらやばいからね、だから、あんたに預ける」

「ちょっと待てよ、そいつは……」

と言い返した春日は、突然、腹部を襲った激痛に目を見開いた。

「て、てめぇ……なにしやがる！」

二度、三度、腹をナイフで抉《えぐ》られた。

「……お前、もう何もしなくていい。ここで死ねばいいのよ」

もう一度深々と刺された。腹を押さえてよろめき、李から離れた春日は腹から噴き出す鮮血を眺めながら納得した。なるほど、これが俺の役目だったのか……俺さえ死ねば、何も田中組とわざわざ揉め事を引き起こす必要もないのだ。だが……田中組のやつに殺られる覚悟は出来ていたが、こんなやつに殺られるのはたまらなかった。これでは話が違う……。

春日は腰を落として路上に倒れると同時に、ベルトに差してあった拳銃を引き抜いた。

せめてこいつを殺してから死にたい。だが、引き抜いた拳銃がやけに重たかった。

「……止めとけ……お前に、俺を殺すことは出来ないよ」

簡単に拳銃を取り上げられた。

「汚ねぇ……！」

引き裂かれた腹から腸がこぼれ出ていた。血溜まりが尻の下に広がる。全身の力が抜けていく。

「悪いな」

李はそう言って手にしたナイフをたたみ、血溜まりの中でもがく春日に背を向けた。

同じ頃、沢倉市の温泉宿で山内は田中の監視につけた組員からの報告を受けていた。

「なに？　それじゃあ、まだ田中は死んじゃあいねぇのか……！」

組員は、田中は撃たれた後、福原市の市民病院に担ぎ込まれたが、どうもまだ死んではいないようだ、と携帯で報告していた。ただ、この情報も、市民病院に入りこんだ組員が、田中組の組員たちの動きを見ていてそう判断しただけで、それほど確かなものではないように思えた。

「病院に出張っているのは、田中組のどこの連中だ?」

「田中の護衛にあたっていた新庄組の連中です」

と監視役が答えた。新庄組の組員が現在市民病院で警護に当たっていて、県警はまだ出て来ていないとも伝えてきた。間もなく市民病院には他の田中組の連中が駆けつける……それだけではなく、警察もやって来る。そうなれば、山内も手が出せない……。さて、どうしたものかと思案する山内のもとに次に入ってきた報告は、李につけている組員からのものだった。

李は田中の狙撃には失敗したらしいが、春日はきっちり殺したらしいことがこの報告で判った。こっちは周囲の状況を考えて、チャカは使わず、刺殺したという。春日が死ねば、抗争のきっかけは出来たことになる。後は、福原市に乗り込めば片《かた》がつく。

「李を出せ!」

田中の狙撃に失敗したのか、と問い質《ただ》す山内に、李が答えた。

「即死ではなかったかも知れないが、弾丸は間違いなくやつに当たった。ただ、頭部は外れ、当たったのは胸だと思う。これは仕方がない。前もって照準の調整をさせてもらえなかったからな」

むろん山内はこの返答に満足しなかった。

「いいか、よく聴け。お前の仕事は、きっちり田中の命《タマ》を取ることだ。俺のところに入っている情報では、田中はまだ死んじゃあいねぇ。田中が死ぬまでは、残りの金は払えねぇし、帰りの切符も渡さねぇ。文句があるなら、約束通り、きっちり仕事を終えろ！」

と山内は李を怒鳴りつけた。李は不承不承、

「解った。田中はちゃんと殺す」

と答えた。山内は李につけている組員に、あらためて李が仕事をするのを見届けろ、と命じ、一方、福原市の市民病院を張っている組員に、再び病院の内外の状況の説明をさせた。

「まだ、警察は出張っていません。田中組の連中が集まっていますが……人数は十名くらいです」

と監視の組員が報告してきた。

「よし、どいつでもいい、田中がどうなったか、そいつを知っていそうなやつを一人とっ捕まえろ。捕まえたら、こっちに連れて来い。警察が出張る前にやれ」

山内は、そう組員に命じ、翌朝福原市に乗り込む準備のために、幹部たちを連れ、温泉宿から戦闘部隊を待機させているロッジに移動した。

・

神木は市民病院に新庄組と小川組の若い衆を警護として配置すると、あとの者をすべてスナック「さなえ」に集めた。組事務所と田中の家はいずれ県警の警察官に囲まれるはず

で、田中組が避けなければならないことは警察に束縛されることだと神木は判断したのだった。

「さなえ」に集まった組員は幹部を含めて三十人ほどだった。残りの組員は、散らばって大星会の組員がどこに潜入しているのかを捜していた。神木は集まった田中組の組員たちに、若頭の葦原から田中の現況を説明させた。

「おやじさんは死んじゃあいねぇ。今、手術の最中だ。容態は悪いが、結果はもうしばらく待たんと判らねぇ。それから、大星会だが、岡本さんの指示で、うちの者が手分けしてやつらがどこにいるかを捜してる。福原市にいるかどうか判らねぇから、沢倉市や平川市にも手を回した。多分、明日にはやつらの居場所は判るはずだ。

わしらは、やつらが乗り込んできても、いっさい手を出さんことにしていたが、状況が変わった。もし親分が死んじまったら、岡本さんが言っていたように、多分、組は潰される。だが、黙って潰されるわけにはいかねぇ。親分が死んだら、わしらは総力を挙げて報復する。こっちも大星会会長の命を取る。

これからその命を取る役目を誰にするか決める……まず、俺だ。俺が東京に乗り込んで、八坂の外道《げどう》の命を取る。手助けに二名、これから投票で決める。ただし、こいつはおやじさんが死んじまった時のことだ。手術が上手くいったら、何もしねぇ。岡本さんが言うように、やつらにはいっさい手は出さねぇ。

いいか、よく聴いておけ。ここからが大事だ。誰が殺されようと、絶対に手は出さねぇ。腹も立つだろうが、これが組が生き延びる手だ。こっちが反撃せんでおいても、そいつは警察がやってくれる。ヤクザが警察頼ってちゃあ情けねぇが、組を護るにはそれしかねぇ。

肝に銘じておけよ。たとえ俺が殺されても、報復はするんじゃねぇぞ。やつらにとっちゃあそいつが一番困ることなんだからな。やつらは、俺たちの報復を待っているんだ。それを潮《しお》に福原市に乗り込むつもりでいる。だがよ、百人乗り込んで来ようと、こっちが手ぇ出さなけりゃあ、やつらもどうしようもねぇんだ。

親分さえ生きていりゃあ、田中組が潰れるこたぁねぇ。俺が死んでも、この根来が死んでも、小川が死んでも、親分さえ生きてりゃあ田中組はいつまでも健在なんだ。こいつを忘れるな。

さて、これから、いざという時のための投票をやる。二人だ、二人だけ。俺と一緒に死んでくれるやつを決める。この袋の中に、頭のねぇマッチ棒が二本ある。そいつを引いたやつが、俺と一緒に東京に行く鉄砲玉だ。東京に行って、八坂をたたっ斬る。さあ、並んでマッチ棒を引け。頭の取れたマッチのやつが東京見物に行く……さあ、並べ、そして順番に引け」

神木はこの葦原の演説を聴き終え、これでいいのだ、と思った。今、この状況で、田中組が戦って生き残る術《すべ》は、無抵抗主義しかないと信じていた。

二

田中組の組員による市民病院の警戒は、正面玄関と手術後、病室に運ばれた田中の周辺だけだった。玄関ホールでは、事態を知って駆けつけた所轄署の警官たちと田中組組員とが揉めていて、肝心の警護にも隙が出来ていた。

だから、病院の職員になりすました李が裏手の通用門から病院内へ入ることは思いのほか簡単だった。李が白衣を盗むために入った当直室の前には、手術を終えたばかりの当直医二名が、疲れた顔で煙草を吸っていた。

「ご苦労様です」

李の挨拶に、疲れ果てた顔の二人の医師は、李を職員だと思ったのか不審の様子もなく、ただ頷き返しただけだった。昔と違って今は、ほとんどの者が他人の行動には無関心なものだということを李は知っていた。あとで警察に状況を訊かれれば、せいぜいが「そう言えば……」と、李の姿を思い出すかどうか、それすら怪しい。だから、深夜の病院ではおかしいブルゾン姿の李でも、誰かに呼び止められることなく病院の中を移動することが出来た。

李は病院内の部屋をいくつか覗いた。深夜の病院にはナースステーションの周辺しか人がいないことが判った。ロッカールームを探り当てた李は、そこで白衣を手に入れた。それまでブルゾン姿だった李は、今度は白衣を身につけ入院患者の病棟に進んだ。

田中の病室を見つけるのは容易《たやす》かった。警護のある部屋を探せばいいのだ。だから李はいとも簡単にその部屋を見つけた。予想通り部屋の前に二名の警察官と田中組の者が立っている。

さて、この白衣で、そのガードを医師として通過することが出来るか……通過は出来ても病室の中にも田中組の警護要員がいるだろう。もう狙撃は出来ず、確実に殺すにはどうしても田中に接近しなければならない。接近したら、確実に殺れるか？　李が今持っている武器はナイフと拳銃だったが、拳銃にサイレンサーはついていない。だから発砲すれば、発砲音が病院中に響き渡る。

殺すことは出来ると判断したが、問題は脱出だった。これだけ警官や田中組の組員が集まっているのだから、脱出は簡単にはいかないだろう。ただし、ここにいる田中組の組員は拳銃は持っていないだろう。警察が出張っているのだから、拳銃など持っていたら逮捕の対象にされる。だから、武器を持っているのは警護にあたる警察官だけだ、と李は考えた。

病室の前に詰めている警察官は僅か二名……。こいつらの排除は難しくはない。ちょっと荒っぽいことになりそうだが、二名の警官さえなんとかすれば、脱出は可能だ……。

李は同じルートを通り、いったん病院を出た。当直室の前にいた薄緑の手術着の二人の医師は当直室に入ったのか、すでにいなくなっていた。病院玄関のほうにはやっと県警のパトカーや覆面パトカーなどが集まりだしている。田中組の組員が事情を聴取されている。

李は駐車場の外で待機していた片桐会の若い衆に応援を頼んだ。

「お前たちも手伝え。やり方は中に入ってから俺が教える」

だが、組員たちは協力を嫌がった。一人が李に食ってかかった。

「そんな命令は聴いてねぇよ。俺たちはお前の仕事を確認するだけだ」

李は組員の携帯を取り上げ、山内を呼び出した。

「田中を殺るには手助けが要る。だが、お前の子分は俺を手伝うのを嫌だという。俺はどうしたらいいかね？　何ならこの仕事、こっちはやめたっていいんだ。その代わり、約束通り俺を空港に送ってくれ。あんたも、俺がここの警察に捕まるのは嬉しくないだろう」

強気の李に、山内は、舌を打った。

「わかったわかった、若いのに代われ。だが、本当に殺れるんだな？」

「ああ、殺れる。放っておいても田中は死ぬと思うが、あんたはそれじゃあ嫌なんだろうからな」

と、李は笑った。

「駄目だ。きちんと仕事を終えろ」

山内はそう言って、監視役の組員に、李を助けろと命令した。

李は、脱出のために十分後に車を病院裏口に回すように命じると、二人の組員を連れて再び病院裏口に向かった。職員の通用門の前まで来ると、李は不貞腐《ふてくさ》れた顔の組員を振り返って言った。

「いいか、お前ら、こういう仕事は初めてだろう、だから、俺の言うことをしっかり聴け。落ち着いてやれば、すべて上手くいく。これから医者を捕まえる。相手が抵抗したら、殺す。医者は多分、二人だ。お前たちは、そいつらの着ていたものを探せ。手術着か白衣か、そんなものだ」

生意気だった組員も、医者を殺すという言葉で、蒼白の顔になった。

「なんだ、その面は。何もお前らに殺せとは言ってない。その代わり、血を見てパニックになるな。俺の邪魔をしたら、お前らも殺すからな」

先刻とはうって変わって、二人の組員は慌てて頷いた。

三人は通用門から病院に入り、まず当直室に向かった。先刻、李が手術着姿の医師二人を見た場所に来た。廊下に医師がいないことは判っている。李はためらうことなく当直室に侵入した。二人の医師が簡易ベッドで寝ていた。一人はまだ起きていて本を読んでいた。

「……なんだ、君たちは……?」

とベッドから起きだした眼鏡の医師を、抜き出した拳銃のグリップで殴り倒した。李の指示で二人の組員が、まだベッドにいるもう一人の医師を押さえ込んだ。医師はもう薄緑の手術着を脱いでいて、李はその衣類を探した。洗濯物としてどこかに出したのか、手術着は見当たらない。その代わり、普段着ているらしい白衣などが壁際に掛かっていた。

李は床で呻く医師の胸にナイフを突き立て、次に喉を切り裂くと、二人の組員が押さえ込んでいる医師も同様にナイフを使ってあっさり殺した。二人の組員はナイフを振るう李を呆然と見つめていた。

「馬鹿みたいに突っ立ってるな。早くその白衣を羽織《はお》れ。マスクがあったら、それも使え。いいか、来た道を忘れるな。逃げるときに迷わないように、順路を覚えておけ。それから、田中を殺った後、多分こいつを使うことになるよ」

李は腹に差した拳銃を見せ、

「田中組のやつらは銃は持っちゃあいないが、警察官は多分、銃を使おうとする。だから、歯向かってきたら、警官でも撃ち殺す。お前らも拳銃持っていたら、俺の合図で撃ちまくれ」

と、死んだ医師たちを見て震えている組員に命じた。

「何でもいいから、燃えるものを持ってこい」

ガウンやシーツを集めると、それらをカーテンの傍に置き、持っていたライターで火を点けた。火がカーテンに燃え移るまで待って部屋を出た。

「ついて来い！」

手術室近くの廊下で李はストレッチャーを見つけた。患者を乗せて運ぶ移動寝台である。

李はその上に横たわり、ストレッチャーの前後にマスクをつけた二人の組員がついた。体の上にシーツを被せれば、李は救急患者に見えた。二人の組員が手術着だったら完璧な偽装だが、そこまで上手くはいかない。

「さあ、火が回らないうちに行くんだ。怖がるんじゃない。そんな顔してたら、疑《うたぐ》られる」

と二人を叱咤《しった》し、シーツの下で拳銃のスライドを引いた。

田中の病室のある階まで職員用エレベーターで上がった。ここに来るまで人に会うことはなかった。だが、このフロアーは違う。ナースステーションがまずあり、そこを通過しなければ田中の病室には近づけない。エレベーターホールには田中組の男たちが、多分、二、三人はいるだろう。李はエレベーターを停めたまま、様子を窺った。どこかでベルが鳴り始めた。やっと火が回りはじめたのだ。突然、李のいる階でもけたたましいベルが鳴り始めた。

「まだ待て。今にもっと騒ぎが大きくなる。騒ぎ始めたら、俺の合図で突っ込め。真っ直ぐ田中の部屋まで飛ばすんだ、いいな？」

慌ただしい足音が聞こえてきた。看護師たちが走るのが聞こえてきた。アナウンスがスピーカーを通して火事を告げ始めた。

「よし、つっ走れ。邪魔する者が出て来たら、かまわんから撃ち殺せ！　行け！」

二人の組員がストレッチャーを押して田中の病室に向かって走り始めた。


この時、新庄は包帯頭の松谷と田中の病室でベルの音を聴いた。

補液の管《くだ》を繋がれた田中のベッドに付き添っていた新庄は悲痛の思いでいた。間もなく田中の家族が病院にやって来るはずだった。いったい姐《ねえ》さんにどんな顔で挨拶したらいいのか、と泣きたい思いだった。ガードを任されていたにもかかわらず、その役目を全《まっと》う出来なかったのだから、立場がなかった。

事が収まったら、指の一本も詰めなくてはならないだろう。じじいどもは、これを機会と叫ぶに違いない。役立たずの新庄……族あがりのヤクザはこれだからどうしようもない、あんな若造を幹部にしたのが間違いだった……と。死んだような組長を見つめ、新庄は頭を抱えていた。

「……組長！」

と、松谷に声をかけられる前に新庄は立ち上がっていた。火事だという声が同時にスピーカーから流れた。

「おう、おやじさんを運ぶぞ、早く担架《たんか》かなんか持ってこい！」

松谷が部屋から飛び出していくと同時に馬鹿でかい銃声が聞こえた。何だ、あれは？つづいてもう一発。間違いなく発砲音だった。大星会の殴り込みか！

「松谷、戻れ！」

と叫んだが、自分が丸腰だということに気づいた。仕方がなく、自分も廊下に飛び出した。倒れている警官に躓《つまず》きそうになった。

顔を上げると、一斉にいろんなものが目に飛び込んできた。もう一人の警官が大星会の手の者らしい男と組み合っていて、その手前では松谷が別の男に組み伏せられていた。啞然とする新庄の目に次に映ったのは、背の低い中年男が自分にチャカを向けて笑っている顔だった。距離は二メートルと離れていない。何だ、こいつは……？　ヒットマンだとやっと気づいた。

「ま、待て！」

と思わず掌を突き出したが、そんなことで相手が引鉄を引くのを止めてくれるはずもなかった。だが、発砲音も聞こえず、弾丸も飛んでこなかった。男が手元のチャカを見詰めていた。弾丸が詰まったのだ、と気がついた。

新庄は足元に倒れている警官に飛びついた。警官が手にしている拳銃を取ろうと思ったのだ。だが、まずいことに警官の拳銃は肩から紐で吊るされている。もたもたしているうちに、男が拳銃を持ち直した。新庄は警官の上に倒れ込み、やっと手に取った拳銃を男に向けた。

馬鹿でかい銃声に耳がおかしくなった。何発撃ったのか判らない。ただ、自分に相手の弾丸が当たらなかったことだけは確かだった。気がつくと、目の前の男が顔面を鮮血に染めて倒れていくところだった。

新庄は立ち上がった。廊下に立っているのは自分だけだった。他の男たちは全員廊下に倒れていた。ナースステーションの前に、看護師たちが呆然と立っている……。火災報知機のベルが相変わらず鳴り響き、テープなのか、案外のんびりした声が、避難するようにとスピーカーから繰り返し流れていた。

新庄はふらふらと倒れているヒットマンに近づき、靴の先でその体を蹴った。男の白衣にいくつか弾痕があり、体の下からゆっくりと血が広がるのを見て、

「……やったぜ……」

と新庄は呟いた。

三

鉄のゲートが開いていることで、神木は「鳩山塵芥処理場」に何者かが入ったことに気づいた。路肩にランクルを停め、ゲートの状況を調べた。センサーは取り外されておらず、まだ作動している。誰かが侵入したとしても、あの娘は侵入者が小屋に近づく前に身を隠せたはずだ。だが、現実に、何が起こったかは判らない。

美希が無事かどうか、まずそれを確認しなければならない。ランクルを隠せるようなスペースはない。心を決めて再びランクルに乗った。危険を懼《おそ》れるよりも、まず娘の安否を知らなければならなかった。

この処理場にもう人が来ることはないだろうと考えたことが間違いだったのだろうか。それとも、あの二人がワイヤーを外し、仲間を呼び寄せたか……。いずれにせよ、あの娘を一人残したことは、ミスだった。取り返しのつかないことになっていなければいいが……。

用心よりも、自分のミスに対する怒りのほうが強い……。もし侵入者が蒼井連合会のヤクザなら、神木のこの行動は自ら罠に飛び込むようなものだった。

だが、今の神木にはステッキのほかにも武器があった。蒼井連合会のチンピラから取り上げた拳銃である。

田中組とは違って蒼井連合会のチンピラが持っていた拳銃はトカレフなどではなく、九ミリのベレッタM9で、身なりと同様洒落ていた。装弾数はたしか十五発か、十六発のはずである。その拳銃があれば、最悪の事態になっても、互角に戦えると神木は思っていた。

ゆっくりランクルを進めた。小屋の前に二台のクラウンが停まっていた。マフラーから湯気が出ている。車はアイドリングのままなのだ。蒼井連合会のヤクザが駆けつけたか……。神木はランクルを斜めに、そのクラウンの退路を断つ形で停めた。危険と判っても、娘の安全を確保するまでは逃げる気はない。ベレッタのスライドを引き、弾丸を薬室に送り込んで、コートの下のベルトに差した。

ステッキを手にランクルを降りた。地面は雪で凍っている。クラウンの脇を歩いた。車にまだ人が乗っていることは判ったが、スモークガラスなので何人乗っているかは判らない。何人いようと、ここまでくれば同じだと、神木は覚悟を決めていた。

小屋の横を曲がると、三人の男がガレージの前で焚《た》き火にあたっているのが見えた。ゆっくり近づいた。男たちも悠然と神木が歩み寄るのを待っている。背後でクラウンのドアが閉まる音がした。一人降りたか……。神木は真っ直ぐ焚き火の男たちに近づいていった。

ガレージの中が見えた。あの娘も見えた。悪い予感は当たっていた。あの娘は逃げ遅れたのだ……。一人でここに残してはいけなかった……。

焚き火の男たちが神木の前に立ち塞がる。三人のうち二人は港町で捕らえた男たちだった。

「退《ど》け……！」

顔なじみの二人は、真っ直ぐ近づく神木に、憎悪の目で身構えた。だが、三人の手には武器はない。三人がかりなら、得物は要らないと思っているのだろう。見知らぬ一人が神木の前に立った。二人と違って、その男は神木を知らない。神木の前に立ち塞がり、笑みを見せて言った。

「お前、こいつらを可愛がってくれたらしいな」

「退けと言ったのが、聞こえなかったか」

「一人でのこのこ戻って来たのか？　いい度胸じゃねぇかよ、じいさん」

何も答えずにステッキの先端で男の鳩尾《みぞおち》を突いた。男は体をくの字に折り、そのまま後ろに倒れた。

「……野郎……！」

怒号と同時に金属バットが空気を裂いて背後から神木の肩先に打ち下ろされた。神木は振り向きもせず斜めに進み、この打撃をかわした。

娘の姿がはっきり見えた。ガレージの中央に脚を開いた形で仰向けに横たわっている。その隣りには、娘が可愛がっていた猫もいた。どちらも動かない……。

神木にはもう何が起こったかが判っていた。近寄った。娘の目は見開かれたまま、宙を見詰めている。表情は穏やかで、苦悶の色はなかった。

娘の脇に膝をつき、傍に丸められてある毛布を剝き出しの下半身に掛けた。またバットが飛んできた。僅かにステッキを動かし、その打撃を流した。ゆっくり立ち上がり、男たちに向き直った。

「……誰がやった……？」

バットを構えて荒い息をついている男が叫んだ。

「馬鹿野郎！　みんなでまわしたんだ、誰がやったか判るかよ！」

焚き火の傍にいた男が慌ててジャケットの下から拳銃を取り出した。港町で捕らえた男の一人で、手首にハンカチを巻いている。神木のステッキがその手首を打った。

拳銃が撥ね飛び、男が手首を押さえて蹲《うずくま》る。すぐ呻き声が男の口からこぼれた。神木が港町で捕らえたもう一人はすでに逃げ腰になっていた。金属バットを持つ男だけがまだ戦う姿勢を見せていた。

「……誰が娘を殺した……？」

神木はもう一度、立っている三人に訊いた。

「うるせぇ！」

二度の失敗に懲《こ》りず、クラウンから降りて来た男がバットを振り回しながら神木に向かってきた。バットが二回、三回と空を切る。神木は相手の攻撃を捌《さば》きながら、ずんずん男に近づいていった。

神木のステッキが男の首筋に飛んだ。男が苦悶の表情で膝を落とした。一人が神木に背を向け、クラウンに向かって走り出した。ステッキが飛んで男の脹脛《ふくらはぎ》に当たった。男が絶叫して転倒した。

「……お前が殺したのか？」

残った一人に近づいて神木が尋ねた。こいつはあの娘が見張っていた男だ。

「俺じゃあねぇ……」

男の目が救いを求めるように宙を走る。だが、神木の手にステッキがないことに気づき、男が身構えた。

「なんで、あの娘を殺した？」

男が悲痛の形相で神木に殴りかかった。神木は踏み込んでそのストレートを抱え込み、逆に極《き》めて言った。

「殺すほどのことを、あの娘がしたのか？」

鈍い音がして男の右腕が奇妙な形で折れた。男の絶叫がゴミ捨て場に木霊《こだま》した。

男を投げ出し、神木はステッキを拾い上げた。脛《すね》を折られた男が這ってクラウンまで逃げようとしていた。神木はその男の無事なほうの足を叩き折った。

再びガレージに戻り、ステッキを振るった。一人を除いて、三人の四肢を鉛入りのステッキで順番に叩き折っていった。

呻く男の一人が苦悶の表情で叫んだ。

「……クソッ……殺せ……！」

神木が答えた。

「いいや、殺さん。その代わり、無事な骨はすべて折る」

三人の四肢を粉砕すると、手首を砕いた男の前に立って言った。

「……お前の足をどうして折らなかったか判るか？」

男はそれには答えず、ただ、もう止めてくれ、と言った。

「訊きたいことがいくつかあるからだ。あの娘の兄貴と太田はどうなった？　あの娘のように、ここで殺したのか？」

男が、俺は何も知らねぇ、と泣き叫んだ。

「次だ。殺した後、その遺体をどうしたんだ？」

殺ったのは俺じゃあねぇ、俺は何も知らねぇんだ、勘弁してくれ、と男は砕かれた腕を抱えて叫んだ。

「それじゃあ、他の者に訊く。その代わり、お前が知っていることを訊こう。お前のところの会長は蒼井と言ったな？　どこに住んでいる？　これなら知っているだろう」

男がほっとしたように、それなら知っている、と答えた。

「最後の質問だ。蒼井の行動について訊く。朝起きてから寝るまでの行動だ。日によって違うなどと答えるな。人間の行動にはパターンがある。事務所には毎日出て来るのか。出て来るとしたら、何時にどんな方法で出て来るのか。ガードは何人か。さあ、知っていることを全部聞かせてもらおう」

男が懸命に話し始めた。聞き終えると、神木は頷き、その男の無事だった手足を即座に叩き折った。

男たちの呻き声を掻き分けるように、神木は美希の前にもう一度跪《ひざまず》いた。

「一人にして悪かった……」

そして美希の体を丁寧に毛布でくるみ、開かれている瞼《まぶた》をそっと指で閉じた。抱き上げ、ランクルに運んだ。

「どこに行くの？」

と、助手席に座らせた娘が言ったように聞こえた。

「叔父さんや、君の兄貴、そうだ、もう一人いたな、ボーイフレンドだったか……」

「ケンスケもいるよ」

「そうだったな、犬のような猫もいた……」

「何をしようとしているの？」

「言っただろう、落とし前をつけるのは、俺の役目だ」

神木はランクルのエンジンを掛けた。

四

新庄の意気は上がっていた。ガードの役目は失敗したが、二度目の襲撃はこの俺が見事に防いだのだ。それも、ただ防いだだけではない、ヒットマンをきっちりあの世に送ってやったのだ、と新庄は興奮に身を震わせていた。

銃撃戦の後の病院は大混乱だった。その混乱の病室の前で、新庄は考えた。こっちは丸腰で、相手にしたのはプロの殺し屋だ、結果的に相手を殺したが、使ったのは警察官の拳銃である、だからこれは立派な正当防衛だろう。だが、警官が二人死んでいる。この騒動はまさに福原市始まって以来の事件になる。

県警が出張り、福原市は一躍、日本中にその名が伝わる。なにせ、銃撃戦の場所が、深夜とはいえ市民病院の入院病棟なのだ。そこで何が起こったかもテレビが報道合戦を繰り広げることだろう。新庄という名前もテレビで報道されるかも知れない。殺し屋に反撃して反対に撃ち殺してやった強面《こわもて》のヤクザだ。

だが、問題は、別にある。良いことばかりではない。勾留されて、酷い取調べが待っていることは間違いない。その前にしておくことはないか？　こういうときの新庄の頭の回転は速かった。

ひょっとしたら、これは大きなチャンスなのではないか、と思った。お茶の間のばばあどもに名を知られることではない。全国の極道に、福原市の田中組に新庄あり、と知らしめるのだ。ひょっとすると、ひょっとする。何がひょっとするかと言えば、それは跡目だ。

田中のおやじさんは、まだ生きている。生きてはいるが、もう組を引っ張っていく力は残っていないのではないか。そうなれば、じじいどもしかいない田中組はいずれ潰れる。だが、俺が跡目を継いだらどうか。田中のおやじにはどうせ倅《せがれ》はいないのだ。田中組の名を残したければ、俺が養子になってやればいい。

ただ、それには新庄ならば、と認められなければならない。実績を作るのは今だ。ヒットマン一人撃ち殺したくらいでは、認められない。もっとでかいことをやらなければ駄目だろう。だが、今なら、それが出来る。

肋《あばら》を折られたからではなく、興奮に胸が苦しくなった。やってやるぜ、でかいことをやってやる……！　具合の悪いことに、組長のガード役の新庄は、若頭の葦原が指示した不戦の誓いをしっかり聴いていなかった。

　まず、新庄は、現在、自分の子分たちがどうなっているかを調べた。大星会か蒼井連合会か判らなかったが、襲撃者は三人いた。新庄が撃ち殺したヒットマン、それにもう二名。その二人のうち一人は新庄の子分のヤッパで滅多刺しにされて死んでいたが、一人は重傷だったがまだ生きていた。その代わり、廊下で警護させていた小川組の組員一人が射殺されていることが判った。

　病室の近くで襲撃者と格闘していた松谷は、幸い無傷だった。病院の外を守らせていた組員のうち、一人は行方が判らなかったが、残りの三人は無事だということが判った。

　そこまで状況が判ると、新庄は小川組を携帯で呼び出し、事情を伝えた。田中組の中でも小川組は日頃から警察の受けが良い。警察への対応は、だから新庄などより、小川組の組長のほうがずっと良いのだ。

　病院からの通報で、その警察が集まってくるのは間もなくだ。動くなら今しかなかった。新庄は田中の病室を松谷と外から駆けつけた小川組の組員に任せると、まだ動ける襲撃者を引き立てて病院を飛び出し、組事務所に向かった。

　事務所に着くと、五人がかりで襲撃者をしばきあげた。ドスで耳を落とし、鼻を削《そ》いでやると、そいつは簡単に歌った。襲撃してきたのは蒼井連合会の手の者ではなく、東京からやって来た大星会系片桐会の連中だと判明した。予想通り、大星会は福原市侵攻に乗り出してきたのだ。

「てめぇらのヤサはどこだ？　何人で乗り込んできとる？　さあ、歌え！」

目を抉るぞと脅すと、片桐会の組員は何でも喋った。八名ほどの片桐会組員が沢倉市のスキー場近くの温泉宿とロッジに集結していることが判った。

「道具集めろ！」

新庄組が持っている武器は古びた拳銃トカレフが一丁と、あとはヤッパに木刀、金属バットに自転車のチェーンくらいのものだった。相手はチャカをたっぷり用意している八名……殴り込みをかけても新庄の配下は僅かに四人。それもロシア人にやられて、包帯だらけの怪我人ばかりだ。これでは歯が立たない。といって、他の組から人と道具を掻き集めるほどの時間はなかった。

「びびるんじゃねぇ！　いいか、よく聴け！　俺たちは、族あがりだ、族あがりだって、ずっと馬鹿にされてきたんだ。だが、これから、族あがりに何が出来るか、じいさんどもに見せてやる！　俺たちで山内の命を取る！　判ったか、俺たちの手で、大星会の山内の命を取るんだ！」

一人舞い上がる新庄に比べて、四人の組員は弱気の顔だった。道具なしで、どうやって殴り込みをかけるのかと、どの顔にも書いてあった。

「篠原《しのはら》、お前は角材や板を集めろ。トンカチや五寸釘もだ。中田《なかた》、お前は灯油缶を三つ、四つ用意して、ガソリンを詰めて来い！」

発破《はっぱ》があれば一番良かったが、それを用意している時間がなかった。あるだけの道具で戦うのだ。たった一つの拳銃は新庄が持ち、他の子分は金属バット、五寸釘を先端に打ち込んだ角材などで武装した。まるで過激派のいでたちだったが、殴り込みは夜が明ける前にやらなくてはならず、他の組から武器を調達している余裕はなかった。

用意が出来ると、新庄は二台の車で沢倉市のスキー場に向かった。時刻は午前四時……。

沢倉市のスキー場は積雪量が少なく、まだ客はいなかった。ゲレンデの外れに貸しロッジが数多くあり、そこにも一般客の姿はない。新庄たちは目指すロッジぎりぎりまで車を進めた。

半死半生の片桐会の男を縛り上げて車に乗せてきたが、そいつに片桐会のロッジを訊くまでもなかった。片桐会が借りたロッジの前には三台ものベンツが駐まっていたから、目指す場所はすぐ判った。

「……いいか、時間が勝負だ。ちょっとでも遅れたら、もう俺たちに勝ち目はねぇ。だから、中田よ、てめぇがどれだけ早く釘を打ちこめるかで、勝負は決まる。釘は、斜めに打ちこめ。そうしねぇと、中から蹴られて板が外れちまうからな！」

新庄の威勢のいい言葉に、蒼白になっていた組員もやっとやる気になったようだった。

月明かりの中で一同は車を降りた。新庄以外の者が全員で、板材などの大工道具と四個の灯油用ポリ容器を目指すロッジの近くまで運んだ。ロッジの前には見張りもなく、物音一つしない。

「いいか、音を立てねぇように配置につけ」

新庄の指示で、四人がロッジに進み、ガソリンの入ったポリ容器を四隅に置いた。

「戸口は前と後ろだ。俺の合図で釘をぶち込め。窓は一番後だぞ」

一同が頷き、掻き集めた武器を手に取った。金属バット、釘を先端に打ち込んだ角材、ヤッパに鉛管……冷静に眺めてみれば、これがヤクザの持ち物か、と言うくらい情けない武器だった。新庄が用意してきた清酒の一升瓶の口を切った。

「飲め、景気をつけろ！」

順番に酒を胃に流し込んだ。

「もし逃げ出してきたやつがいたら、全員でかかれ。どうせ入り口からは出られねぇから、出て来るとしたら、窓だな……窓から逃げ出すやつを片っ端からぶっ殺す！」

あくまで新庄の威勢は良かった。

全員が配置についた。

「ガソリン撒《ま》け！」

四人が一斉にロッジにガソリンをかけた。

「それ、やれっ！」

二人ずつが組になって玄関口と裏口に駆け寄り、用意してあった板材を扉に渡す形で五寸釘で打ち込んだ。ぞっとするほどでかい音がした。これでは熟睡していてもたちまち目が覚める。ロッジの中から怒声が聞こえた。窓を塞ぐ時間はなかった。

「火、点けろ！」

新庄もくわえていた煙草を投げつけた。一斉に火が上がった。全員が得物を手に、猛火に包まれたロッジを見守った。

「ざまぁみやがれ、どいつもこいつも蒸し焼きだ！」

窓ガラスが割られた。男が一人、火を潜《くぐ》って飛び出してきた。そいつは寝ていなかったのか、分厚いジャンパーを着ていた。新庄は窓からガラスまみれになって転がり落ちてきた男に近づくと、慎重に狙いを定めてトカレフの銃弾を撃ち込んだ。

「出て来やがれ！　新庄組の新庄が相手してやる！」

と新庄が痛む肋骨を押さえて叫ぶ。だがその声はゴーッという猛火の音にかき消された。組員たちが、予想以上の火の手に歓喜の声をあげた。だが、次の瞬間、ドーンという音がして、玄関口で火の手を眺めていた篠原が真後ろに吹っ飛んだ。板材を打ちつけた玄関扉にドッジボールほどの穴が開いているのを新庄は呆然と見詰めた。またドーンという音とともに、扉の下四分の一が吹き飛んだ。

「くそっ……！」

　そいつがショットガンだと新庄はすぐ気がついた。こいつら、凄い武器を持っていやがる……！

　斜交《はすか》いに打ち込んだ板材が三発目の銃声とともにまた吹き飛んだ。新庄は窓を子分に任せ、玄関口に駆け寄り、開いた穴を目掛けてトカレフの銃弾を続けざまに撃ち込んだ。手応えがあったと思った。その証拠に、ショットガンの銃声が止んだ。

　窓際に走って戻った。手下が火達磨《ひだるま》の相手と組み合っているのが見えた。炎の窓から次々と大星会の男たちが飛び出してくる。包帯だらけの新庄組の組員はいかにも劣勢だった。それでも、金属バットや角材を振り回して奮戦していた。

　一人がチャカで撃たれた。新庄は胸を押さえ、痛みを堪《こら》えて走りながら、そんな男たちにトカレフを乱射した。だが、すぐ弾丸が尽きた。

　新庄はトカレフを投げ捨てると、着ていたダウンのジャケットを脱ぎ捨てた。シャツを引きむしるようにして上半身をさらけ出す。さらしの代わりに、体に巻かれているのは包帯だった。それでも肩から両腕のモンモンが月明かりに浮き上がった。

「野郎ども、退《ひ》くな、退くな！　族の根性見せろ！」

　腹に巻いてあったチェーンを手に巻き、新庄も乱闘の中に飛び込んでいった。だが、この乱闘は新庄の参加ですぐに終わった。

火勢がひどくなり、新庄たちはロッジから離れた。全員が血だらけになっていた。焼け爛《ただ》れた衣服の男たちが四、五人、ロッジの窓の辺りに倒れていた。

やったぜ、もう族あがりと馬鹿にはされねぇ……新庄は満足だった。これで女で食うヤクザと陰口を叩かれることはない。

「……組長！」

と言う叫びで振り返った。ショットガンで壊した玄関扉から出て来たのか、黒焦げになり、衣服から煙を立ち上らせた男が立っていた。手に馬鹿でかいチャカを提げている
……！

「……てめぇは、誰だ……？」

男が言った。新庄はチェーンを握りしめ、

「新庄組、新庄鉄哉！　人の名を訊く前に、てめぇも名乗れ！」

「山内だよ」

と男が答えた。こいつが、大星会の山内か……と相手を見つめた。火傷《やけど》なのか、顔面の半分が赤い。後は煤《すす》で真っ黒だ。何を着ていたのか、体にへばりついた衣服からまだ煙が出ている。

「……野郎……！」

新庄に向けた銃口がゆらゆらと揺れていた。

「……若造、いい度胸だな……」

と相手が笑った。撃たれた。腹を見た。包帯の上にぽつんと穴が開いていた。なんでえ、ちいせぇ穴ぼこじゃねぇか、と思った。

「野郎、食らえっ！」

チェーンを一振りして突っ込んだ。だが、肝心の足に力がなかった。力なく膝をつくと、二弾目が飛んできた。反転して固まった雪の上に叩きつけられた。

誰だか判らなかったが、悲鳴のような声で鉛管を持って山内に飛びかかっていくのが見えた。他の組員たちも、同時に絶叫し、山内に襲いかかった。銃声が二発……。結果は判らなかった。

意識が遠のき、俺は死ぬのだな、と新庄は思った。酷く寒かった。そりゃあそうだ、いきがって、モンモン見せるためにこの寒いのに裸になったのだ、それで雪の上に寝てりゃあ寒いのが道理だ、とおかしくなった。激痛がきた。駆け寄ってきた誰かに呟いた。

「退くな……族の意地を見せてやれや……」

と新庄は言い、一つ大きな息をつくと、目を閉じた。

五

蒼井聖一は大方のヤクザと違い、規則正しい健康的な生活をしていた。朝は毎朝六時に起き、最上階の部屋から真っ直ぐ、二階にあるジムに部屋住みのガードを連れて降りた。ヤクザは家族を持つべきでないと思っていたから、そんな早起きに文句を言う家族はいない。また、特定の女も作らなかった。

このマンションに移ったのは三年前だが、平川市一の豪華マンションで、二階には居住者のための共同の温泉大浴場とジムが設備されていた。刺青のある蒼井がこの大浴場を利用することはなかったが、よほどのことがないかぎり、蒼井は毎朝この二階のジムで時を過ごした。

今朝もベンチプレスで筋肉を鍛え、ランニングマシンを速い速度で二十分こなした。ひととおりの作業をこなすと、蒼井は大鏡の前に立った。この時間、蒼井が来ていることを知っているから、他の居住者がやって来ることはない。

鏡に映る蒼井の体は見事なものだった。腹筋はきれいに割れ、大胸筋《だいきょうきん》はほれぼれするほど硬く盛り上がっている。ボディビルダーのように筋肉の化け物にはならず、引き締まった精悍《せいかん》な体に鍛えあげられている。

蒼井はタオルで汗を拭き、入り口でガードにつく曾根崎《そねざき》を呼んだ。

「曾根崎、水！」

曾根崎は元プロボクサーだった男だが、左の耳だかの鼓膜が破れ、耳が遠い。

「おい、水持ってこい！」

ともう一度叫び、タオルを手にシャワー室に向かって歩き出した。途中まで来て、曾根崎の代わりに白髪の男が立っているのに気づいた。見たことのない年寄りだった。ここに入れるのは居住者だけだから、その年寄りもこのマンションに住んでいるのだろうが、自分が毎朝ここを使うことを教えられていないのだろう、と蒼井は思った。背中の刺青を見られないようにタオルで隠し、

「……曾根崎、早く水を持ってこんか！」

と叫び、ルームの片隅にある大型テレビのスイッチを入れた。普通はシャワーを浴びてからニュースを見るのだが、年寄りが入って来たのでシャワーを後にしたのだ。出来れば年寄りに刺青を見られたくなかった。

二つ目のニュースは福原市のニュースだった。朝方、福原市の市民病院で銃撃戦があったとアナウンサーが告げていた。この情報はすでに、福原市に行かせた組員から聴かされている。

福原市に出張ってきたのは大星会片桐会だが、下手をうったものだな、と蒼井は嗤《わら》っている。

いた。あんなことをやれば今後どうなるか、考えなくても判ることだ。

これからの福原市は、T県警に徹底的にマークされることになるのだ。そんなことになれば、せっかく進出出来ても大星会は何も出来ない。何のための侵攻か判らなくなる。しかも、警察官を二名も殺しているのだ。県警のマル暴はそれこそ意地になってヤクザに立ちはだかる。

蒼井は舌を打ってテレビを消した。曾根崎はまだ来ない。

「どこにいるんだ！」

と叫んだ蒼井は、すぐ後ろに年寄りが立っているのに驚いた。

「何か、用かね？」

椅子に座ったまま、蒼井は年寄りに尋ねた。歳の頃は六十代半ばか。白髪で痩軀《そうく》。きちんとスーツを着ている。

「あんたが、蒼井さんかね」

とその年寄りが訊いてきた。

「ああ、わしが蒼井だが……？」

「あんた、太田をどこに捨てた？」

「太田だ？」

とんでもない名前が出てきたことで、蒼井は腰を浮かして年寄りに向き直った。

「どこで殺して、どこに捨てたか、それを訊いている」

年寄りが抑揚のない声で言った。

「なんの話や。知らんぞ、太田なんちゅう男は」

「どうして男だと判るんだ?」

逆に問い詰められた。

「べつに、意味はねぇ。それより、あんた、何者だ? わしと前に会《お》うたことがあるのか?」

ヤクザでないことは勘で判ったが、どこか刑事の臭いがしないでもない。

「あんたは大星会のことで、太田と会っている。さあ、教えてもらおう。あんた、太田をどうしたね?」

ただの男ではないことが判った。こんなじいさんに怯えることもないが、薄気味が悪いのは確かだった。

「おい、曾根崎!」

ガードのくせに何してる、と年寄りを無視して曾根崎をもう一度呼んだ。返事はなかった。年寄りが言った。

「お前のガードは、呼んでも来ない」

「どういう意味だ……」

タオルを手に立ち上がった。刺青が丸出しになったが、今はそのほうが良いと思った。

「曾根崎という男は眠っている。わたしがそうした」

ぞっとした。こいつ、ヒットマンか！

「慌てるな、殺しはせん」

と年寄りが笑みを見せた。

「てめぇ……」

「だが、そうしようと思えば出来る」

蒼井はロッカールームに走った。ロッカーの中にはいざという時のために拳銃を入れてある。だが、一歩踏み出したところで肩を取られた。

自然に向き直る形になった。こうなれば仕方がなかった。年寄りの股間に蹴りを入れた。信じられないことに、簡単に脛でかわされた。

「無駄だ」

と相手に言われた。その妙に白い顔に左のジャブを叩きつけた。外された。外されただけでなく、その腕を抱え込まれた。右で打とうとする前に、逆に極められた。

「貴様……！」

「もう一度訊く。太田は今どこにいる？　鳩山の塵芥処理場か？　それとも、凍りつく日本海か？」

「し、知らん！」

腕がきしんだ。

「止めろ、う、腕が、折れる……！」

放り投げられた。不様《ぶざま》に床に這った。

「立て」

近づいた年寄りが言った。仕方なく立ち上がった。隙を見て脚を取った。引き倒せば、こんな年寄り、何とかなる、と思った。頭を摑まれ、円を描くように引き回され、再び放り投げられた。

気がつくと、また腕を極められていた。奇妙な音をたてて右腕が折れた。飛びだしそうになる悲鳴を何とか堪えた。

「……言え。太田はどこだ？」

左腕を取られた。左腕を折られたら、終《しま》いだと思った。

「解った……太田は、処理場だ……鳩山に捨てた……」

年寄りが腕を放した。ベンチプレスの上に掛けてあるコートを手に取って言った。

「服を着て駐車場に来い、お前の車の所だ」

そのまま出て行った。腕の激痛が襲ってきた。歯を食いしばって堪《た》えた。待ってろ、じじい、今、礼をする……！　片手で何とかジャージーを着て、ロッカールームに走った。

靴箱に隠した拳銃を取り出し、エレベーターホールに向かった。ホールの手前に曾根崎が倒れていた。死んでいるのか……！　そのままエレベーターに乗った。居住者に会うこともなく、地下の駐車場階まで降りた。

蒼井の車は駐車場でも一番良い場所に駐めてある。地階のエレベーターホールを出たすぐの所だ。車には運転手兼ガードを一人つけている。

「……野郎、ぶっ殺してやる……！」

気味の悪い形でぶら下がっている右腕を見て、怒りが込み上げた。拳銃を左手で持ち、扉を肩で押し開けると、飛び出すように駐車場に入った。飛び込んだまま、蒼井は目の前の光景に呆然と立ち尽くした。

蒼井のクラウンの前に四人の男たちが集まっていた。四人が一斉に蒼井を見つめた。二人は制服の警官で、何度か顔を見たことのある二人のマル暴の刑事が、同時に叫んだ。

「……蒼井……！」

蒼井は左手の拳銃を見た。今更隠しようもなかった。

「蒼井、銃を捨てろ！」

刑事が叫んだ。やつらは拳銃を持っていない。だが、それがどうだと言うのか。刑事を殺れば、後がどうなるか、解っていた。これまでだな、と思った。それにしても、何というドジをやったのか。苦笑いで拳銃を投げ出し、クラウンに歩み寄った。

全員が一斉に飛びかかってきた。床に潰され、蒼井は初めて呻き声をたてた。馬鹿な刑事たちは右手が折れていることにも気づかず、乱暴にわっぱを打ったのだ。

引き摺《ず》りあげられて、蒼井は開かれているクラウンのドアを見た。後部シートに見知らぬ女が座っていた。女には毛布が掛けられていた。蒼井はただ、座席の女を呆然と見つめていた。

この女は、いったい何だ？　見たこともない女だった。片目だけがうっすらと開き、宙を見つめている。死んでいるのは顔色で判った。まだ若い小娘だった。助手席に座っている男も惚《ほう》けたような顔だった。そいつは蒼井組の組員で、福原市に行かせた岡庭という若い衆だった。刑事の一人が叫んでいた。

「殺人の容疑で逮捕……」

殺人とは、何だ？　誰が殺人を犯したのだ？

「……この娘は……誰や？」

刑事がせせら嗤《わら》った。

「とぼけるなよ、蒼井、てめぇもこれで終わりだ」

あの野郎はどこにいる？　駐車場にあの年寄りの姿はなかった。折れている腕を取られ、引き立てられた。蒼井は、やっとあの年寄りに嵌められたことに気づいた。

六

怒声の混じった騒ぎに、八坂は席を立ち廊下を覗いた。ハンカチで手を拭きながら、船木がやって来て言った。

「……おかしなじいさんが飛び込んできましてね……」

見れば船木のダブルのスーツの襟元がすっぱりと斬られたように裂けている。

「何があった？」

紅潮した顔の船木を会長室に招き入れて訊いた。

「私を会長と間違えたんでしょうな。入り口に隠れていて、斬りつけられましたよ。ガードの宮台《みやだい》も腕を斬られましてね……」

ふーっと深い吐息をつき、

「貰いますよ」

と言い、船木は備え付けの冷蔵庫からペットボトルを取り出した。

「……福原市の、田中組の男ですよ……二人逃がしたが、一人は取り押さえました。これがまったく威勢のいいじいさんで」

とペットボトルからそのまま水を飲み、船木が苦笑した。

「田中組の者が、俺を狙ってわざわざ東京まで出て来たのか……」

今でも自分を狙う者は多い。福原市の侵攻で、また敵が増えたということか。八坂は苦笑して席に座った。それにしても、大星会もおかしなことで名を売った。いまや大星会は日本全国で一番過激な暴力団と言われているのだ。おかげで四六時中マル暴に張り付かれて、動くに動けない。

「七十過ぎているみたいですが、威勢がよくてね、ドス振り回して、親分の仇《かたき》、ですからね、まるで任俠《にんきょう》映画ですよ」

と、一息入れた船木が苦笑いで続けた。

まあ、田中組は前世紀のヤクザがそのまま生き残ったような組だ。そんなじじいもいるかも知れない、と八坂は思った。

山内に任せた福原市侵攻は不様な形で失敗したが、それでも最後は福原市も大星会の手に落ちた。落とすのに一カ月かかったが、組長の田中が死んでからは速かった。田中を失った田中組は他愛なく白旗を揚げた。組を引き継ぐ器量の者が一人もいないのだから、抵抗出来るはずもなかった。

現在、福原市には死んだ山内の代わりに船木の推薦で相川周一《しゅういち》が入っている。直参である「六三会」出の相川なら、二、三年もすれば何とか形を作るだろう。

「その男の名は聴いたのか」

「いや。だが、若頭だったそうですよ。警察にでも突き出すか、若いのも頭抱えてます。なにしろじいさんなんで、しばくのも何だかねぇ」

と船木は薄くなった頭を撫でた。温厚な船木だから、簀巻《すま》きにして海に放り込むなんていうことはしたくないのだろう。

「あそこの若頭か……葦原と言ったな……」

呟く八坂に、不思議そうに船木が訊いた。

「会長、知ってるんですか？」

「知っている。そのじいさん、まだここにいるのか？」

「下にいますよ。多分、警察に引き渡すことになると思いますがね」

「悪いが、ここに連れて来てくれんか」

「ここにですか？」

「ああ、面、見てみたい。俺を殺しに来たんだろう」

「そうですが……解りました」

船木は不承不承という顔で、会長室を出て行った。見送り、八坂はロッカーから背広を取り出した。

一時間後に何とかマル暴の監視をまいて六本木《ろっぽんぎ》まで行かなくてはならない。イースト・パシフィック代表の富田との会食だった。用件は判らない。丸菱ホテルの一件は富田のリードで上手くいったから、本来なら八坂のほうで席を設けなければならない筋だが、福原市の騒動でそれが出来ずに今日まで来た。

ネクタイを締めたところに、船木たちが入って来た。若い者が老人の両腕を取って引き摺っている。

「そこに座ってもらえ」

八坂は年寄りを客用のソファに座らせた。

「お前たちは行っていい」

船木が、それはまずいです、と言った。二人だけにすることに不安を感じたのだろう。

「大丈夫だよ、さあ、行け」

八坂は若い衆と一緒に船木も部屋から追い出した。年寄りの前に腰を下ろした。ガードに殴られたのか、鼻血が年寄りの安っぽいジャンパーを汚している。

「……葦原さん、久しぶりだね」

と八坂は煙草を出して勧めた。

「……あんたが、会長なのか？」

「ああ、俺が、八坂だ」

年寄りは蒼白になって八坂を睨んでいる。

「煙草は吸わんのか？」

渋い顔で年寄りが手を伸ばした。八坂はその煙草に火を点けてやった。

「……あんた、鶴子《つるこ》を覚えているか?」

煙を吐いた年寄りが、怪訝な顔で八坂を見つめた。

「『天国』にいた鶴子だ。もう忘れちまったか」

訝《いぶか》しげな顔で頷いた。

「覚えとる。『天国』は港町にあった、女郎屋だ」

「そこにいた鶴子だ。覚えていないか?」

「……覚えとる……忘れやしねぇ」

年寄りの顔が、懐かしい昔を思い出す顔になった。

「昔、あんたが惚れていた女だった」

不思議そうに訊いてきた。

「……鶴子を、あんた、知っとるのか?」

「ああ、知っている」

呆然とする年寄りを置いて、八坂は腰を上げた。

「……結局、鶴子は男と逃げたんだったな……」

「逃げたんじゃねぇ、俺が逃がした……」

「ほう、あんたがか」

「ああ、男と逃げたことにした……だが、あんた、何で鶴子のことを知っている？」

「それで、女はどうなった？」

「すぐに死んだ……子宮癌だったからな。どうせ客の取れん体だったから……店のほうも、追わなかった。だが、いったいどうして……？」

八坂が答えた。

「俺は鶴子の子なんだよ。八坂は稼業名だ。本名は鬼頭」

「……それじゃあ、あんたは秀樹か……！」

あんぐりと歯の抜けた口を開けている年寄りから離れ、机の上のインターホーンで船木を呼んだ。入って来た船木に言った。

「若頭を東京駅まで送ってやれ。グリーン車に乗せてやってくれ」

八坂はそれだけ言うと、「ちょっと待ってくれ！」という年寄りに背を向けて会長室を出た。


前後を新和平連合の若い組員に護られて、八坂はゆっくり階段を下りた。

この六本木のフレンチレストランに来るのは二度目だった。あの時は死んだ三島会長が一緒だった。会見場所が料亭ではなく洒落たフランス料理屋だったことに、その時、八坂はふざけた野郎だと招待主の新田雄輝を腹の中で罵《のの》しった。

新和平連合のガードも今と同じスーツ姿で、これが極道の姿か、と思ったものだ。だが、その新和平連合は羊の皮を被った狼だったことがじきに判った。会長の新田雄輝は、まぎれもなくヤクザの中のヤクザだったのだ。

今日も二年前と同じで、店は八坂のために貸切になっていた。店員と新和平連合のガードに連れられて、店の奥にある個室に入った。イースト・パシフィックの富田と新田の顧問弁護士の舟橋《ふなばし》が待っていた。

「忙しいところを呼び出してすみませんね」

と富田が立ち上がって八坂を迎えた。

「その節は、お世話になりました」

新田の指示だが、実際に丸菱ホテル買収の段取りをつけたのはこの富田である。シャンパンが運ばれた。

「明日、ロスに戻るので、どうしてもその前に会っておきたくてね、それでご無理願った」

と話した後、富田は今、弁護士の舟橋と一緒に新潟から戻ったばかりなのだと言った。

「新潟は、新田会長のところですか」

二人が頷いた。

「私も挨拶に行かんとならんと思っていましたが、福原市のごたごたで延び延びになりました。それに、ここのところ、警察が煩いものですから、私が出向いて会長に迷惑がかかっては、とも思いましてね」

「それは、会長も解ってますよ。福原市のことも、みんな伝わっていますから」

刑務所の中にいても、新田ならばどんな情報でも手に入れることが出来るのだろう、と八坂は頷いた。

「それでね、八坂さん、実は新田会長から頼まれ事をしてきましてね」

呼ばれたのはただ飯を食うためでないことは解っていた。だが、富田を通した頼み事が何なのか、推測がつかない。

「私に、何か？」

「そうそう、あなたに頼みたいことがありましてね。私らは、伝言というか、その説得役を仰《おお》せつかったわけでね」

「頼み事、というのは、私に出来ることですかね」

富田が弁護士の舟橋と頷きあって切り出した。

「……大星会の会長職を、そうですな、船木さんにでも譲ってもらいたい」

「船木に？」

「いや、船木さんでなくても、誰でもいいんですよ、あなたの眼鏡にかなえばね」

「……私に、引退しろと、会長がそう言われたんですか？」

福原市侵攻のやり方に、気に入らないことでもあったのか……？

「いやいや、そうじゃない。ただ、兼務は無理なんで、そうしてもらいたい。つまり、順序が逆になりましたがね、新田さんは、自分の後を、あなたに託したいと言っておられるんです。新和平連合の会長を継いでほしいと」

驚いた。自分に、新和平連合を任せようというのか……！

「しかし……新和平連合は、品田さんが代行ということで……」

「確かにこの二年、品田を代行ということでやってきましたがね、どうも上手くいっているとは思えない。新和平連合の内部にも緩みが出ている。が、新田会長が出所出来るのは、そうですね、まだあと四年はかかる。中からコントロールするのも限度がありますから」

「だが、それでは品田が黙っておらんでしょう」

富田が笑った。

「黙るも何も、会長がそうだと言えば文句は言いませんよ。これまで通り代行で置けばいいし、あなたが嫌なら外せばいい」

「だが……」

「今、新和平連合も難しいところに来ている。日本のことではありませんよ。ご存知かどうか知りませんが、新和平連合は新しいプロジェクトを進めなければならない。ロシア、東欧にも駒を進めていますが、これがなかなか難しい。アメリカも厳しくなっているのは同じですよ。それらの問題に対処するには、新和平連合が一枚岩になっていなければならない。日本国内でがたがたしているようでは困るのです。

だから、新田会長は思い切った改革をしたいと、そう思っている。そこであなたなら、と会長は思われたんじゃありませんか。あなたなら、箍《たが》を締める、とでも言いますかね、今の新和平連合を引き締めることが出来るだろうと、新田会長は、そう期待されている。

どうでしょうね、会長の意を汲んで、ひとつこの役を引き受けてもらえませんか。そうすれば、私も安心して明日アメリカに帰れる」

新田はそこまで俺を買ってくれていたのか……。熱い思いが、八坂の胸に広がった。

「いろいろ問題は出てくるでしょうが、あなたなら捌けると、新田会長はそう思っている。頼みますよ、八坂さん」

しかし、と八坂は返答に窮した。新和平連合の会長の座に座るということは、日本のヤクザの頂点に立つことではないのか。俺にそれほどの器量があるのか……。そんな八坂の心を読んだように、富田が言った。

「このことは、実は、うちのオーナーにも伝えてあるのです。ご存知ですよね、うちのオーナーのことは」

「知っています」

と答えた。

「決心がついたら、そう、なるべく早く、フィレンツェに行っていただきたい。オーナーは今、イタリアにいるのです」

と富田は言った。

七

菊池は黒のスーツ姿の見張り役に、

「煙草ねぇか」

と訊いた。若い男が無言で菊池にマルボロを差し出した。

「すまねぇ」

と一本抜き出して咥え、部屋を見渡した。正直、これがヤクザの組事務所か、と思った。菊池の知っている組の事務所とはあまりにも違った。事務所は二十階もありそうなビルにあり、入り口は普通のオフィスビルと変わらなかった。

この部屋も同じだ。大きなガラス窓の外は東京の街が広がり、窓際には観葉植物の鉢が並んでいる。立派なデスクに客用の応接セット。突っ立っている組員も黒のスーツにネクタイ姿、まるでどこかの大企業の社長室じゃねぇか、と菊池は思った。その部屋に座っている格好じゃあねぇな、と菊池は自分のくたびれた革ジャンを見て思った。

菊池は広島で捕まった。広島なら関東の組は入っていないと踏んで選んだ土地だったが、下手を打った。土地のヤクザに捕まったのだ。その組はテキヤではなく、稼業違いの博徒だった。広島からそのまま東京まで真っ直ぐ車で運ばれた。

途中、死ぬ気になれば逃げられないこともなかったと、思わないではない。だが、もう菊池は逃亡の生活に疲れ果てていた。どうにでもなれ、と思った。しばかれて、どこかの山奥にでも捨てられるのだろう、と思っていたが、この予想は外れ、車に乗せられ東京まで連れて来られたのだ。

東京に入ると、田舎ヤクザからスーツ姿のヤクザたちに引き渡された。大星会のどこの組かと思ったが、そいつらは驚いたことに、大星会系列の組員ではなかった。菊池を拘束したのは、予想もしなかった新和平連合の下部組織だった。そして今、菊池は新和平連合の本部に連れ込まれていた。

「火貸せや」

財布から何からすべての持ち物を広島の組員に取り上げられていた菊池は、煙草もライターも持っていなかった。黒服がおとなしくライターで菊池の煙草に火を点けてくれた。

男たちが入って来た。いよいよ最後の時が来たかと、煙草を吸い込んだが、男たちの中に女が混じっているので驚いた。若い綺麗な女で、オフィスガールのような身なりをしている。

その女が運んできたのは、これまた魂消《たまげ》たことに食い物だった。殺す前に、食わせてくれるのか、と菊池は苦笑して銀の盆に載ったカレーライスを眺めた。ご丁寧に水とコーヒーまでついていた。

菊池は黒スーツの男たちが眺めるなかでそのカレーライスをむさぼるように食った。長い道中、何も食わせてもらえなかったので、腹が減っていたのだ。あっという間に食い終え、コーヒーを飲んだ。美味かった。こんな美味いものは久しぶりだ、と思った。

コーヒーを飲み終えると、やっと真打《しんうち》が入って来た。黒服たちが入れ替わりに部屋から出て行く。中年の男が一人だけ残った。こいつはガードだろう。入って来た男が、菊池の前に腰を下ろして言った。

「……いい面構えだな……俺が品田だ」

ほう、こいつが品田か、と思った。他の若い衆と違って、こいつだけは洒落たツイードのダブルを着込んでいる。噂通り、洒落者のヤクザだ……。

品田が現在、新和平連合の会長代行だということは知っていた。だが、その品田が何でここに出て来るのかが解らなかった。まあ、それでも新和平連合が自分にとって味方でないことは解る。今では新和平連合は大星会を傘下におさめた上部組織なのだから、大星会と同じようにこいつらが自分を追ってもおかしくはない、と菊池は思っている。

それにしても、東京まで運ばれて、何で大星会ではなく新和平連合の事務所に連れ込まれたのか？　そいつが今も菊池には解らない。

「それにしても、相当暴れたな。何人殺った？」

と品田が笑いながら訊いてきた。

「いちいち覚えちゃあいませんよ」

と菊池も笑って応えた。

「ごちそうになりました。これで思い残すこともない」

「……女がいるそうだな……」

どこで仕入れたか、よくそこまで調べたものだと思った。だが、美奈子とは新潟で別れたままだ。その後、逃亡の途中で何度か連絡を取ったが、美奈子の携帯は不通になっていた。おそらく一剣会の連中に捕まったのだろうと、菊池はもう女のことは諦めていた。

「いましたが、もう関係はありませんよ」

と菊池は苦いものを飲み下して答えた。

「子供が生まれたそうだ」

菊池は品田の顔を見詰めた。そうか……美奈子は俺の子を産んだのか……熱いものが胸に込み上げた。

「へぇ、子供をね、そうですか」

　感情を殺すのが難しかった。

「会いたいだろうな」

　と品田が新しい煙草を差し出してきた。見たこともない銘柄だった。一本貰って、火まで点けてもらった。

「……関係ありませんよ、もう」

　菊池はそう応えて煙を吐き出した。

「会おうと思えば会える」

「どういう意味です？」

　と菊池は昂《たかぶ》る思いを堪えて訊き返した。

「言葉通りだ。その気になれば、女にも子供にも会える」

「その気というのは……どういうことです」

「死ぬ気なんだろうが、その気になれば、もう一度やり直せるということだ。わからねぇか、死なんでも済む。お前次第でな」

　と品田が笑って、戸口に立つ男を呼んだ。男が紙包みを持ってやって来て、包みを菊池の前に置いた。

「……仕事をやる……それを引き受ければ、お前を見逃す。ただし、間違えるな、新和平連合が見逃すんで、大星会が見逃すわけじゃあねぇ……」

菊池は思わぬ品田の台詞《せりふ》に、テーブルに置かれた包みに手を伸ばした。

「道具が入っている」

と品田が言った。

「仕事を、俺にくれるんですか」

「ああ、そういうことだ」

「何をやればいいんです？」

生き延びられる……生唾《なまつば》を飲み込んだ。思ってもいなかった展開に、急に生への執着が湧き起こった。

「……お前のところの会長だ、大星会の八坂を殺れ」

「八坂を？」

「殺す相手に不足はねぇだろう。お前をさんざん追い回してきた相手だ」

とまた品田が笑った。

「……殺ったら、八坂を殺ったら、俺のことは見逃してくれるんですか」

「見逃すだけじゃあ足りねぇだろう。早晩、またどこかでとっ捕まる。早いか遅いかの違いだな。だから、大星会の手の届かんところに逃がしてやると言ったら、どうだ？　ソウルでも香港《ホンコン》でもマニラでも、好きなところに逃がしてやる。女も息子も一緒にな」

美奈子は男の子を産んだのか……。感動に目頭《めがしら》が熱くなった。包みを手にとって開いた。品田の言葉通り、チャカが一丁入っていた。

「八坂は明後日、成田《なりた》に行く。イタリアに行くんだ。お前も成田に行け。そこで八坂を殺れ。殺ったら、お前もそのままマニラでもどこでも行けばいい。パスポートは偽造だが、明日までに用意してやる。

女はそこで後から呼び寄せればいいだろう。しばらく向こうで暮らせ。二、三年経ったらうちに戻れるようにしてやる。うちが面倒みると決めれば、大星会も文句は言わん。どうだ、菊池、悪い話ではないだろう」

悪い話どころではなかった。九分九厘終わりだと思っていた人生が、これでまた変わるのだ。だが、この男は何で八坂を殺したいのだ？　それが読めない……。

「この話、乗る気はねぇのか？」

「いや……そんなことはねぇ」

と菊池はかすれる声で答えた。

「それとも、俺の保証じゃあ、こころもとねぇか」

「そんなふうにゃ思っちゃいません。ただ、あんまり意外な話だったんで」

「八坂を殺りてぇやつはごまんといる。だが、簡単には殺れねぇ。そう思っているんだろう。だが、成田でならやつには大したガードはいねぇ。こっそりとな、知られねぇように日本を出る。そいつを知っているのはうちだけだ。

　面白いことを教えてやろう。いいか、当日、成田で八坂を護衛するのはな、大星会じゃあねぇ。俺のところの者が八坂のガードにつく。

　だから、殺り損じることはない。八坂が車を降りるのは第1ターミナルの北ウィング、殺ったら、お前はそのまま南ウィングに行く。そこからすぐにイミグレーションを通過してしまう。空港警察も、出国手続きしちまった者まで手は回さん。そこまで手を回すには時間がかかる。その前に、お前は日本を出ちまうんだからな。

　仕事としちゃあ、大して難しいもんじゃない。そうは思わないか？　お前にとって、こいつは最後のチャンスだ。さあ、考えろ、もう一度、ヤクザとしてやり直すチャンスをくれてやる。きっちり片をつけてみんか」

　鈍《にび》色に光るチャカを手に取って、菊池は答えた。

「この仕事、やらせてもらいます」

八

　新和平連合の車に乗せられて菊池が成田の新東京国際空港に着いたのは、決行の時刻より二時間も前だった。菊池はこれまで成田に来たことがなく、現地を事前に見ておく必要があったからである。

空港では誰に咎《とが》められることもなく、菊池は新和平連合の付き添いと一緒に二時間後に行なわれる八坂殺しの現場をその目で見て歩いた。北ウィングと南ウィングの位置関係もこれで解り、菊池はひとまず駐車場に戻り、車の中で、新和平連合の付き添いからもう一度最終的な指示を受けた。

菊池の旅仕度は、新和平連合の組員が用意して南ウィングの空港内トイレで菊池に渡す。北ウィングには、逃げやすいように菊池はチャカだけを懐《ふところ》に飲んで入る。そこで八坂の到着を待つ。

八坂は新和平連合のガード二人をつけただけで、北ウィングに送迎の車で着くことになっている。北ウィングに入る手前で、送迎客を装った菊池が八坂を襲う。待機の間、不審を抱かれないように、菊池はビルの外にある喫煙の指定場所で煙草を吸いながら時間をつぶした。

八坂に止《とど》めをさしたら、チャカを持ったまま、ガーデンスクエアに逃げこむ。チャカをすぐ捨てないのは、一般客に後を追わせないためだ。拳銃を手にした菊池を追う旅客はまずいない。警戒しなければならないのは、空港ビルの警備員だが、実際には警備員の姿はそれほどないから、すぐに菊池が追われることは考えられず、菊池がここで窮地に立つことはまずない。

ガーデンスクエアに入ったら、チャカを服の下に隠し、そのままトイレに直行。そこで待機している新和平連合の組員にチャカを渡す。トイレでチャカを新和平連合の組員に渡したら、航空券、パスポートなどを受け取り、トイレのブースで服を着替える。用意してある旅装が整ったら、そのまま出国手続きを済ませてしまう。どこにも問題はないように思えた。

段取りを頭に叩き込んだ菊池は、新和平連合の品田に用意してもらったスーツとコート姿で北ウィングに降り立った。菊池を降ろしたクラウンはそのまま走り去る。

菊池は決められた段取り通りに、車寄せの中央にある喫煙場所に向かった。キャスター付きのスーツケースを傍《かたわ》らにした男女の旅客が五、六人、煙草を吸っていた。

菊池もその中に交じって煙草を吸った。風が強く、コートの裾がはためく。遠距離の狙撃では問題になる強風だったが、菊池の仕事に風は影響がない。八坂の近くまで突っ込み、至近距離から銃弾を撃ち込む。最後の一発は八坂のこめかみに撃ち込め、というのが品田の要求だった。

煙草を四本吸ったところで決行の時間が来た。車寄せにはひっきりなしにバスが着く。

だが、八坂の車は現われない。

一般の乗用車は、外側の車寄せに着く。八坂はそこからガードに囲まれてバス用の車線を徒歩で渡ってビルに入る。つまり、車の到着から空港ビルに入るまで、かなりの距離があり、菊池には接近の時間的余裕があるから、慌てずに八坂に近づくことが出来る。

菊池は半ばまで吸った煙草を灰皿に捨てて、ぶらぶらと歩き始めた。八坂がどこで車を降りるのかが判らず、とりあえず乗用車から降りる客が一番多い場所の近くで待とうと思った。

二台の車が着いたが、ベンツと国産のバンで、聞いていたクラウンはまだ着かない。不安になった。時刻は聞いていた予測の時間よりもう十分も遅れている。

バスの発着が激しい。菊池が考えていたよりも、旅行者の数が多い。八坂への銃撃はこの中でやらなければならないのか、と少し不安になった。だが、人が多ければそれだけ八坂に怪しまれずに接近出来るのだと、そう思いなおした。

やっとそれらしい車が来るのが見えた。濃紺のクラウン……。乗っているのはおそらく三人……。コートの前を開き、ベルトに差したチャカを握った。

動悸《どうき》が耳を打つ。逃走の時にも何人かに銃弾を撃ち込んだが、その時には感じもしなかった緊張が今、菊池を襲っていた。それは名も知らぬ相手を標的にするのとは違って、同じ大星会会長の八坂が相手だから感じる緊張だった。

俺を、俺たちをいつまでも追い続けてきた八坂……。角田俊夫も、武井章介も、八坂の放った追っ手によって殺された……。勝俣組の島田克己だけは消息を聴いていないが、おそらくもう生きてはいまい。今度はこっちの番だ。

こっちから引導を渡してやる……。

ゆっくり歩いた。車から黒いスーツのガードが二人飛び降りてきて後部座席のドアを開く。運転手がトランクから小さなスーツケースを降ろす……。間違いなく八坂の車だった。

八坂が車を降りた。サングラスを掛けている。菊池は足を速めた。人が多く、早足で歩いても目立たない。一人のガードがスーツケースを持ち、もう一人が八坂の背後を護っている。

近づいた。車道の途中で前を歩くガードが近づく菊池に気がついた。かまわずに接近した。こいつらは、品田からここで何が起こるか聴かされているはずだった。

五メートルまで接近した。足早に近づく菊池に、八坂がやっと気がついたのか、立ち止まった。突進した。ガードが品田の指示を忘れたのか、あるいは本能的にか、菊池の前に立ちはだかる……。

「退《ど》けっ！」

チャカを抜き、引鉄を絞った。五発撃った。全弾が八坂に当たったのが判った。八坂が膝をつく……。女の悲鳴が背後で起こったのを聴きながら、菊池は呆然としている二人のガードに叫んだ。

「消えろ！」

うつ伏せに倒れた八坂に跨《またが》り、菊池は指示された通り、リボルバーの最後の一発を後頭部に撃ち込んだ。

そのまま弾丸の尽きた拳銃を手に南ウィングに走った。何人かの旅客が前方にいたが、顔に血飛沫《ちしぶき》を浴びて拳銃を手に持つ菊池を制止する者はいなかった。旅客は唖然とした顔で、走る菊池を眺めているだけだった。

南ウィングに飛び込み、菊池はチャカをコートのポケットに入れ、コートの袖で返り血を拭き取った。返り血を拭っておくことを考えなかったのは失敗だと思った。南ウィングにいた何人かの旅客は、菊池の血飛沫を浴びた顔を見てしまったのだ。

だが、そんな菊地に叫び声をあげる者もなく、菊池はなんとか南ウィングにある洗面所に飛び込んだ。中に二人の旅客がいた。二人とも手荷物を持っている。計画にあったような新和平連合の組員はいなかった。仕方なく、菊池はブースに飛び込み、トイレットペーパーで残っていた顔の血を拭った。

血で汚れた紙と一緒に、チャカも便器の中に捨てた。コートにも八坂の血が飛び散っていた。コートも脱いで床に丸めて捨てた。

ブースを出たが、まだ新和平連合の組員はいなかった。足元にスーツケースを置いた旅客が顔を洗っているだけだった。焦った。パスポートと航空券がなければイミグレーションを通ることは出来ない。打ち合わせた新和平連合の組員はどこにいるのか？　仕方なく、旅客と並び、まだ残っていた手の血を洗い流した。

「……汚れていますよ……」

と隣りで顔を拭いていた旅客が言った。

「背中……ケチャップかなんかついている……」

コートの下のスーツに八坂の血がついているはずはなかったが、その不自然さに菊池は気がつかなかった。本能的に、首を捻って自分の背を見た。目が鏡から離れた。わき腹に激痛が走った。

「うっ……！」

二度、三度と腹を刺された。耐えられずに、膝を落とした。目の前に血に濡れた刺身包丁が落ちてきた。

「……野郎……！」

顔を洗っていた男がスーツケースをひっぱりながら洗面所を出て行く。

「待てっ！」

声にならなかった。なるほど、こういう絵図かよ、と菊池は納得した。新和平連合の品田が八坂を狙ったと知られては困る。つまりは、菊池が生きていては困るのだ。美奈子と子供と一緒に暮らせると、そんな夢を見た俺は、何とおめでたいヤクザか。上手く嵌められたもんだ、と笑いたくなった。

激痛に歯を食いしばって立ち上がった。鏡に死人の顔が映っている。腹から腸がはみ出るのを掌で押さえ込み、よろめきながら洗面所を出た。通路は旅客で一杯だった。ガラガラと、手荷物を引いて旅客が行き過ぎる。楽しい旅が待っている旅客たちだった。

腹から腸をぶら下げ、血を撒き散らせて歩く菊池に、やっと何人かの旅客が気づいた。悲鳴が上がり、旅客が逃げて行く……。

南ウィングのロビーまで来た。出国の案内板が遠くに見えた。懸命に歩いた。広いロビーがぐらりと揺れる……。チケットもなく、パスポートもないのに、出国出来るわけはねえな、と腰を落とした。堪えようもなく、仰向けに倒れた。高い天井が見える。

「……誰か、煙草くれ……」

誰も傍に来てくれる者はなかった。ロビーの喧騒がやがて遠のき、菊池は目を閉じた。

エピローグ

「これ、美希ちゃんの……」

パソコンを手に、千絵が言った。

「棺《ひつぎ》に入れようと思ったんですが、ここに持ってきたほうが良いような気がした」

と神木は答えた。僅かな期間だったが、この八王子の部屋に集まっている「救済の会」の人たちは、みんな美希を愛していたと思う。とくに歳が近かった喜一は、美希に妹のように接してくれていたと、神木は会長の有川涼子からも聴いていた。

「……辛い思いをしましたね……」

と涼子がパソコンと位牌を見詰めて言った。

神木は福原市で何があったかを、ここにいる人たちに詳しく話してはいなかった。ただ、結局太田を見つけることが出来なかったことと、美希が死んだことを簡単に伝えただけだった。

だが、有川涼子も、稲垣も、後にされたマスコミの報道で、神木が福原市で何をしてきたか、おおよそのことは察しているだろうと思っている。福原市の事件に関して、マスコミの報道は相当の量であったし、その後発生した成田での事件もまたテレビの報道で詳しく報じられていたからだ。美希を殺害した容疑で平川市の蒼井連合会の会長が逮捕されたことは小さな報道だったが、それも稲垣が詳しく調べ上げているはずだった。

太田の遺体は発見されず、死亡の確認はなされないままだったが、美希の遺体の引き取りは、神木が縁者ということで福原市の所轄署に名乗り出たのだった。

神木は日本にいる太田の縁者を知らなかったし、事実、太田は日本に親戚はいないと言っていた。したがって太田の菩提寺を知る者もなく、事件の発表後、美希の縁者もまだ現われてはこなかった。だから美希の骨壺は、神木のアパートの部屋にある。いずれ太田の縁者が見つかれば、美希の遺骨もそこへ移すが、見つからなければ自分の墓に入れようと、神木は思っていた。

「……ところで、成田で殺された八坂ですが、奴がどこへ行くつもりだったか、どうやら見当がつきましたよ」

と稲垣が言った。稲垣は、相変わらず青山たちの目を盗んで暴力団の動きを追っているのだ、と神木は微笑んで訊いた。

「どこへ行くはずだったんですか」

「イタリア。こいつは、何だか納得がいかんのですがね。だってそうでしょう、大星会とイタリアというのは、ちょっとね」

「……そうでもないでしょう、解らないこともない気がします」

と涼子が稲垣を見て続けた。

「稲垣さんにはまだ話してなかったけど、八坂はおそらく浦野孝一に会いに行こうとしていたのだと思う……」

「浦野ですか……浦野孝一は、イタリアにいるのですか？」

「ええ、多分」

浦野孝一は、新和平連合の前会長浦野光弘の遺児。会長の新田雄輝が逮捕されると同時に海外に逃げ、その後、行方が判らなくなった新和平連合の隠れたオーナーだった。

その浦野がイタリアにいることをどうして有川涼子が知っているのか。神木はため息をついて涼子を見つめた。つまり、この「救済の会」の会長もまた、警視庁の青山たちの勧告や監視をものともせずに暴力団の情報を追っているのだ。

そしてここまで詳しい情報は、決して合法的に入手出来ることではない。情報の入手は、ぞっとするような離れ業を実行しているのだろう。喜一や千絵が、また非合法で危険極まりない盗聴をやっているのか。

「それで、八坂がどうして新和平連合の浦野に会いに行くのです？　新和平連合の品田が行くのなら解るが」

「それは、八坂が新和平連合の会長に座るはずだったから。深読みではないと思いますよ」

と、神木の思いをよそに、涼子がおっとりした口調で答えた。

「驚いたな、あの八坂が新和平連合の会長になるはずだった……。だが、その直前に撃たれた……」

「菊池が、前々日に品田に会っているの。おかしいでしょう? 大星会が追っていた菊池と品田が新和平連合の本部で会っている……ここまで解れば、絵図も簡単に解けるでしょう?」

「そりゃあまた、面白い。そいつを大星会に教えてやれば、また火が点くか」

と稲垣が嬉しそうに言った。

「今の大星会の代行は船木よ。ただ、大星会は四課が厳しくて簡単には動かないでしょうね」

四課とは警視庁ではマル暴である。美希の話で湿っていた空気が、今は熱を持ったものに変わっている。この人たちは、やっぱりヤクザを追う猟犬なのか。そんな遺伝子を誰もが持っているのだ、と神木は思った。

「会長……」

と神木は苦笑して言った。

「あなたたちは、懲《こ》りないんだな。青山がこの会話を聴いたら大変ですよ。恩を仇で返すのかと怒る」

「大丈夫です、ここは盗聴なんかされてませんよ、僕が毎日チェックしてますから」

美希のパソコンを抱いていた喜一がそう口を挟んだ。この若者までが、今は立派な猟犬に成長している。

「警察を甘く見ては駄目だよ。暴力団なんかよりも警察のほうがよほど始末の悪い組織なんだ。それは、会長も、この稲垣さんもよく知っている」

「おっしゃるとおり」

と稲垣が笑った。

「心配しないで。神木さんが心配するような、おかしなことはしませんから」

涼子が恥ずかしそうに言う。美希のパソコン画面を開いていた喜一が言った。

「姉さん、これ……」

千絵が画面を覗き、言った。

「チーフ、このパソコン見たんですか?」

「いや、見ていない」

「美希ちゃんの、手紙があるんです、チーフ宛の」

喜一が読み始めた。

「……おっちゃん、ごめん、わたし、おっちゃんを誤解してたよ……」

読んでもいいのか、という顔で喜一が神木を見た。

「続けてくれ」

喜一が続けて読んだ。

「わたし、おっちゃんが好きだよ。でも、ケンスケを犬と呼ぶのだけは許せない。ケンスケは……ケンスケって、なんですか?」

喜一が不思議そうに訊いた。

「ケンスケというのは……可愛い猫だよ」

と神木は答えた。

本書は平成十八年十二月、小社から『照準』と題し、四六判で刊行されたものです。なお、この作品はフィクションであり、登場する人物および団体はすべて実在するものといっさい関係ありません。

闇の警視　照準

一〇〇字書評

切り取り線

購買動機（新聞、雑誌名を記入するか、あるいは○をつけてください）

- □（　　　　　　　　）の広告を見て
- □（　　　　　　　　）の書評を見て
- □ 知人のすすめで
- □ タイトルに惹かれて
- □ カバーがよかったから
- □ 内容が面白そうだから
- □ 好きな作家だから
- □ 好きな分野の本だから

●最近、最も感銘を受けた作品名をお書きください

●あなたのお好きな作家名をお書きください

●その他、ご要望がありましたらお書きください

住所	〒				
氏名		職業		年齢	
Eメール	※携帯には配信できません	新刊情報等のメール配信を希望する・しない			

あなたにお願い

この本の感想を、編集部までお寄せいただけたらありがたく存じます。今後の企画の参考にさせていただきます。Eメールでも結構です。

いただいた「一〇〇字書評」は、新聞・雑誌等に紹介させていただくことがあります。その場合はお礼として特製図書カードを差し上げます。

前ページの原稿用紙に書評をお書きの上、切り取り、左記までお送り下さい。宛先の住所は不要です。

なお、ご記入いただいたお名前、ご住所等は、書評紹介の事前了解、謝礼のお届けのためだけに利用し、そのほかの目的のために利用することはありません。

〒一〇一-八七〇一
祥伝社文庫編集長　加藤　淳
☎〇三(三二六五)二〇八〇
bunko@shodensha.co.jp

祥伝社ホームページの「ブックレビュー」からも、書き込めます。
http://www.shodensha.co.jp/bookreview/

祥伝社文庫

上質のエンターテインメントを！　珠玉のエスプリを！

祥伝社文庫は創刊15周年を迎える2000年を機に、ここに新たな宣言をいたします。いつの世にも変わらない価値観、つまり「豊かな心」「深い知恵」「大きな楽しみ」に満ちた作品を厳選し、次代を拓く書下ろし作品を大胆に起用し、読者の皆様の心に響く文庫を目指します。どうぞご意見、ご希望を編集部までお寄せくださるよう、お願いいたします。

2000年1月1日　祥伝社文庫編集部

闇《やみ》の警視《けいし》　照準《しょうじゅん》　長編サスペンス

平成20年2月20日　初　版第1刷発行
平成22年7月25日　第3刷発行

著　者　阿木《あぎ》慎《しん》太《た》郎《ろう》

発行者　竹内和芳

発行所　祥《しょう》伝《でん》社《しゃ》

東京都千代田区神田神保町3-6-5
九段尚学ビル　〒101-8701
☎03（3265）2081（販売部）
☎03（3265）2080（編集部）
☎03（3265）3622（業務部）

印刷所　萩原印刷

製本所　ナショナル製本

ISBN978-4-396-33407-9　C0193

祥伝社のホームページ・http://www.shodensha.co.jp/

祥伝社文庫

阿木慎太郎　闇の警視　照準

ここまでリアルに〝裏社会〟を描いた犯罪小説はあったか!?　暴力団壊滅を図る非合法チームの活躍を描く！

阿木慎太郎　闇の警視　弾痕

内部抗争に揺れる巨大暴力組織に元公安警察官はどう立ち向かうのか!?凄絶な極道を描く衝撃サスペンス

阿木慎太郎　闇の狼

大内空手ニューヨーク道場に続発する不審死の調査依頼を受けた荒木。迫りくる敵の奸計を粉砕する鉄拳！

阿木慎太郎　暴龍（ドラゴン・マフィア）

捜査の失敗からすべてを失った元米国司法省麻薬取締官の大賀が、国際的凶悪組織〈暴龍〉に立ち向かう！

阿木慎太郎　非合法捜査

少女の暴行現場に遭遇した諒子は、消えた少女を追ううち邪悪な闇にのみ込まれた。女探偵小説の白眉！

阿木慎太郎　悪狩り《ワル》

米国で図らずも空手家として一家をなした三上彰一。二十年ぶりの故郷での目に余る無法に三上は…。

祥伝社文庫

阿木慎太郎

流氓《リユウマン》に死に水を　新宿脱出行

ヤクザと中国最強の殺し屋に追われる若者。救助を頼まれた元公安刑事。狭《せば》まる包囲網の突破はなるのか!?

阿木慎太郎

赤い死神《マフィア》を撃て

「もし俺が死んだらこれを読んでくれ」元KGB諜報員から手紙を渡された元公安。密かに進行する国際謀略！

阿木慎太郎

夢の城

一発の凶弾が男たちの運命を変えた。欲望うずまくハリウッド映画産業の内幕をリアルに描いた傑作！

安達　瑶

悪漢刑事《わるデカ》

犯罪者ややくざを食い物にし、女に執着、悪徳の限りを尽くす刑事・佐脇。エロチック警察小説の傑作！

安達　瑶

悪漢刑事《わるデカ》、再び

最強最悪の刑事に危機迫る。女教師の淫行事件を再捜査する佐脇。だが署では彼の放逐が画策されて……。

安達　瑶

警官《サツ》狩り　悪漢刑事《わるデカ》

鳴海署の悪漢刑事・佐脇は連続警官殺しの担当を命じられる。が、その佐脇にも「死刑宣告」が届く！

祥伝社文庫

南 英男
猟犬検事 悪行《あくぎょう》

病院長、市民運動家、人権派弁護士…本当の悪はどっちだ! 東京地検のアウトロー検事・最上 僚《もがみりょう》が巨悪を強請《ゆす》る。

南 英男
猟犬検事 密謀

今度の獲物は15億円! 東京地検のアウトロー検事・最上僚は痴漢騒動から巧妙な企業恐喝組織に狙いを定めた。

南 英男
猟犬検事 堕落《だらく》

美女を拉致して卵子を奪う事件が頻発していた。闇の不妊治療組織の存在を調べ始めた最上に巧妙な罠が…。

南 英男
猟犬検事 破綻《はたん》

偽装国際結婚、裏口入学…ロシア美女の甘い罠。背後にはもっと大きな黒幕と陰謀が!

南 英男
囮《おとり》刑事《デカ》 賞金稼ぎ

「一件一千万の賞金で、超法規捜査を遂行せよ」妊婦十三人連続誘拐事件に困惑する警視庁が英断を下す!

南 英男
囮《おとり》刑事《デカ》 警官殺し

恩人でもある先輩刑事・吉岡が殺される。才賀は吉岡が三年前の事件の再調査していたことに気づく…。

祥伝社文庫

南 英男
囮刑事《おとりデカ》 狙撃者
相次いで政財界の重鎮が狙撃され、一匹狼刑事・才賀は「世直し」を標榜する佐久間を追いつめるが…

南 英男
囮刑事 失踪人
失踪した父を捜す少女・舞衣と才賀。なぜ舞衣の父は失踪し、そして男を殺したのか?やがて、舞衣誘拐を狙う一団が…

南 英男
囮刑事《おとりデカ》 囚人謀殺
死刑確定囚の釈放を求める不可解な事件発生。一方才賀の恋人が何者かに拉致され、事態はさらに混迷を増す。

南 英男
刑事魂《デカだましい》 新宿署アウトロー派
不夜城・新宿から雪の舞う札幌へ…愛する女《ひと》を殺され、その容疑者となった生方《うぶかた》刑事の執念の捜査行!

南 英男
非常線 新宿署アウトロー派
自衛隊、広域暴力団の武器庫から大量の武器が盗まれた。生方猛警部の捜査に浮かぶ〝姿なきテロ組織〟!

南 英男
真犯人《ホンボシ》 新宿署アウトロー派
放火焼殺、刺殺、そして…。新宿で発生する複数の凶悪事件に共通する「真犯人」を炙り出す刑事魂!